Celine war sehr unsicher, als sie in dieser kühlen Märznacht, in der ein Geruch nach Schnee in der Luft lag, dem hochgewachsenen Mann in das villenartige Gebäude folgte. Es erinnerte sie an die alten Häuser in den Südstaaten der USA, die sie nur aus Filmen kannte. Ihre Füße waren kalt geworden in den hohen Stilettos, die sie extra für den Ball an der Kunstakademie gekauft hatte.

Celine studierte erst seit einem Semester dort und war noch ziemlich fremd in der Stadt. Sie bewohnte ein kleines Mansardenzimmer im Dachgeschoss eines renovierten Altbaus, von dem sie einen weiten Blick über die rötlichen Dächer der Stadt hatte, was sie oft in eine träumerische Stimmung versetzte, in der sie gut malen konnte. Doch als sie am Abend zuvor in die Abenddämmerung hinausgesehen hatte, kristallisierte der Augenblick und ließ sie erstarren. Eine zunehmende Düsternis ergriff sie, die Einsamkeit begann sie zu quälen. Als sie Bilder, die sie für eine Collage verwenden wollte, aus einer alten Illustrierten ausschnitt, fiel ihr das knallige magentafarbene Plakat wieder ein, das einen Ball im alten Theater ankündigte. Der Gedanke löste eine flüchtige Glückseligkeit in ihr aus. Spontane Freude erfüllte sie, und sie beschloss, sich ein Paar neue Stilettos zu gönnen, die sie in dem italienischen Geschäft um die Ecke entdeckt hatte, wo es so herrlich nach Leder duftete. Die Schuhe, golden mit rotem Untergrund und aus besonders weichem Material gearbeitet, passten ihr wie angegossen.

Die Blätter glänzten vom Regen, die Pappeln auf der Straße raschelten, eine Saatkrähe beobachtete sie mit schief gelegtem Kopf, Celines weiter Rock knisterte, und sie fühlte sich seit langer Zeit erstmals wieder recht zuversichtlich.

Am Abend stand sie mit gerunzelten Brauen vor der prächtigen Fassade des Theaters. Die Ströme gut gekleideter Leute und das Gedränge schüchterten sie kurz ein, aber sie wollte aus ihrer Krise heraussteuern. Mit kompromissloser Ernsthaftigkeit betrat sie die große Halle, die in dunklen Blautönen gestaltet war. Glücklicherweise traf sie bald ein paar der Kommilitonen, die sie im Aktmalkurs kennengelernt hatte. Sie tanzte lange mit einem Studenten, der dünn wie ein Messer war und dauernd sarkastisch grinste, was sie unangenehm berührte. Um ihm zu entkommen, hatte sie sich kurz in eine Nische zurückgezogen. Sie fühlte sich zerbrechlich wie eine Nussschale, als sie spürte, dass ein fremder Blick auf ihr ruhte. Unwillkürlich sah sie hoch. Das Lächeln des Mannes gefiel ihr außerordentlich. Er sah sehr elegant aus, groß und sportlich, mit eisgrauen Haaren. Als er Celine ansah, verengten sich seine Augen. Er straffte sich, setzte sich zu ihr in die bläulich ausgeleuchtete Nische und begann beiläufig eine Unterhaltung, befragte sie über ihre Lebensumstände und spendierte ihr einen Karibikdrink mit weißem Rum. Auf Celine wirkte er beharrlich und wahrhaftig, und seine Anwesenheit löste sofort extreme Empfindungen in ihr aus.

Als er schließlich mit allem gebührenden Abstand mit ihr tanzte – ihr sein edles Aftershave in die Nase stieg, wenn er sich herunterbeugte und ihr tief in die Augen sah – geriet sie unwillkürlich in eine leicht euphorische Stimmung. Der dekorierte Saal begann in ihrem Kopf zu kreisen, das Geplätscher der vielen Stimmen lullte sie ein. Die laute Musik pulsierte heftig durch ihr Blut und ließ ihre Beine über das Parkett schweben, bis sie nicht länger widerstehen konnte und ihren Kopf an sein blütenweißes Hemd sinken ließ.

Er verhielt sich abwartend, weder ermutigte er Celine, noch wies er sie ab. Sie tanzten weiter, und sie hielt sich an ihm fest, als hätte sie endlich einen Anker in dieser unübersichtlichen kalten Stadt gefunden.

Später fragte er sie, ob sie ihn noch begleiten wollte, er habe einige teure Gemälde in seiner Kunstsammlung. Sie stimmte sofort zu, denn sie sehnte sich sehr nach etwas Abwechslung und wollte endlich die gleichförmigen Wellen ihres Lebens durchbrechen.

Celine hielt sich sehr gerade, um ihre schlanke Figur zu betonen, die in dem grasgrünen Satinkleid, das sie für diesen Abend ausgewählt hatte, besonders gut zur Geltung kam. Ihr rötlichblondes Haar hatte sie sorgfältig hochgesteckt und ihren feinen Porzellanteint mit Glanzpuder zum Leuchten gebracht.

Sie verließen den Saal. Die silbernen Vögel der Dekoration schwankten hin und her. Für einen Augenblick beschlichen Celine vage Ängste, als würde ihr der Boden unter den Füßen weggerissen, und als triebe sie in ein graues Meer hinaus. Doch in diesem Augenblick legte er ihr ganz leicht den Arm um die Schultern, und sie fühlte sich beflügelt und streckte sich. Sie fuhren durch die dunklen Straßen der Stadt, durch die öden Vorstädte, vorbei am Busbahnhof, hinaus aufs freie Land. Celine begann sich zu wundern, wagte aber nicht nachzufragen, um nicht kindisch zu erscheinen. Sie redete sich ein, dass er eben in einem Villenvorort weiter draußen wohnte, und dass ihr Leben sich von nun an viel angenehmer gestalten würde.

Er schaltete das Radio ein, Tom Waits dunkle Stimme klang gebrochen durch die Nacht, und ein feiner Sprühregen netzte die Scheiben.

„Sind wir bald da?", fragte Celine schließlich zaghaft in das Schweigen hinein. Sie spreizte die Finger in einem krampfhaften Versuch, die Situation unter Kontrolle zu bringen. „Es wird sich noch eine Weile hinziehen, ich wohne außerhalb", antwortete er ruhig. Sie fragte sich, wie sie heute Nacht noch zurück in die Stadt gelangen sollte und dachte, dass sie wohl gezwungen wäre, bei ihm zu übernachten. Trotz seiner Ritterlichkeit konnte sie nicht verhindern, dass immer mehr Ängste in ihr aufstiegen – schließlich kannte sie ihn kaum. Erst jetzt fiel ihr auf, dass er ihr fast nichts von sich erzählt hatte. Das kindliche, fast ehrerbietige Vertrauen, das sie auf der Tanzfläche empfunden hatte, löste sich auf. Eine nicht mehr zu dämpfende Beklemmung bemächtigte sich ihrer.

Doch als er endlich anhielt, und sie die weiße Villa sah, die durch die Nacht leuchtete, atmete sie auf. Durch einen parkähnlichen Garten voll rauschender Bäume liefen sie nebeneinander her, aber seltsamerweise wurde die Fremdheit zwischen ihnen immer größer. Celine fröstelte, der Nieselregen fiel auf ihr Haar. Ein paar Marmorstufen führten zu einer schweren Eingangstür, die er nun aufschloss. Die Wirkung der Drinks war mittlerweile verflogen. Sie dachte fieberhaft darüber nach, in welche Lage sie sich manövriert hatte. Ihre Gedanken überschlugen sich, sie musste einen Weg finden, um mit der Situation fertig zu werden. Celine seufzte innerlich. Sie hätte es geschickter handhaben und sich in einem Café in der Stadt mit ihm verabreden sollen. Gleichzeitig hing sie immer noch an ihren versponnenen Vorstellungen von einem wilden Künstlerleben – vielleicht in Paris – mit beringten Fingern und lila Spitzenblusen. Seine Männlichkeit, seine eigenartige Strenge sprachen sie nach wie vor an.

Sie betraten eine Diele mit weichem Teppichboden, der jedes Geräusch schluckte. Erschrocken fuhr Celine herum, denn er hatte sofort hinter ihr wieder abgesperrt.

Er legte ihr wieder den Arm um die Schultern. Sie sah ihn forschend an und stellte wiederholt fest, dass er wirklich hervorragend aussah. In dem Saal, den sie dann betraten, saßen einige Frauen. Celine hatte augenblicklich das Gefühl, in einem falschen Film gelandet zu sein, aber da wandten sie schon die Köpfe, starrten sie an und begannen untereinander zu flüstern. Erschrocken wandte sie sich zu ihm um und sah direkt in sein Gesicht. Ein seltsames Lächeln spielte um seine schmalen, gut geformten Lippen.

„Das ist Celine“, sagte er laut, und ein Schwindel erfasste sie. Der Saal war ein sehr großes, üppig ausgestattetes Zimmer mit dunkelroten Samtsofas, gedämpften Lampen in allen Ecken, die grünlich oder orange schimmerten, einem schweren polierten Tisch und wehenden weißen Vorhängen. Antik aussehende Bilder in klotzigen Goldrahmen hingen an den Wänden, und die Atmosphäre lud zum Ausruhen ein. In einer Ecke stand ein altes Klavier. Ein junger blond gelockter Mann spielte leise darauf, plätschernde Töne klangen durch den Raum. Er sah aus wie ein gefallener Engel, trug ein silbernes Seidenjackett und hatte einen Schal lose um seinen Hals drapiert.

Celines Blick glitt zu den drei Frauen an dem Mahagonitisch. Zuerst dachte sie an eine Party, die noch nicht zu Ende war. Die Frauen saßen lässig da, tranken etwas aus großen Tassen und zerkrümelten nachlässig Kekse. Sie musterten sie ungeniert, fast dreist. Die grellen hennaroten Locken einer Frau stachen Celine ins Auge. Dazu das runde Gesicht mit dem üppigen Mund. Um ihren Hals glänzten strahlend weiße Perlen. Das alles erinnerte Celine an eine Sumpfblüte. Da tauchte plötzlich lautlos eine Asiatin neben Celine auf. Sie war barfuß, hatte zotteliges langes Haar und ein Gesicht wie eine traurige Katze. „Kia“, sagte der Mann, der sich als Pete vorgestellt hatte, „zeig ihr das Zimmer.“

Kias bleiches Gesicht war Celine unheimlich, der Klavierspieler hatte aufgehört zu spielen und sich zu ihr umgedreht. Tief in ihr begann etwas aufzubegehren.

„Ich will nach Hause, sofort!“, sagte sie gepresst. Die Asiatin hatte inzwischen Celines Handgelenk umfasst, es fühlte sich unangenehm kalt an.

„Das wird leider nicht möglich sein“, sagte Pete freundlich, „nun schläfst du erst einmal, und morgen erklären wir dir alles, was du hier wissen musst, um dich einzufügen.“

Celine glaubte nicht richtig gehört zu haben und versuchte sich loszureißen, doch die Finger der Asiatin waren wie eine Kralle.

„Was ist das hier?“, schrie sie.

„Nun“, antwortete Pete mit einem unverschämten Lächeln, „das hier ist, um es geradeheraus zu sagen, ein Hurenhaus der Nobelklasse.“

Celine stockte der Atem, doch dann verlangte sie, immer lauter werdend, wieder gehen zu dürfen. Sie ahnte jedoch bereits, dass sie in eine Falle gelaufen war, die sie so schnell nicht wieder freigeben würde. Wieder versuchte sie sich loszureißen, und alles in ihr bäumte sich auf. Wäre eine Axt greifbar gewesen oder ein Schürhaken, sie hätte damit ein Loch in Petes Brust gerissen. Sie begann zu schreien und zu zetern und wie ein Fuhrknecht wilde Drohungen auszustoßen. Schmerzhaft schrie sie auf, als Pete ihr einen Arm auf den Rücken drehte. Kia und er schoben sie nun gewaltsam durch das Zimmer bis zu einer dunklen Wendeltreppe, die nach oben führte. Celine erinnerte sich erschrocken an die Bruchstücke, die sie ihm erzählt hatte – über ihre große Einsamkeit in der Stadt und dass niemand sie vermissen würde. Sie bogen mit ihr in einen langen Gang ein, auch hier versanken die Füße in weichen Teppichen. Eine Tür wurde aufgestoßen und Celine sah, dass das Fenster weiß vergittert war. Wieder begann sie zu schreien und zu toben, sie stürzte auf Pete los, trommelte mit den Fäusten gegen seine Brust, bis er ihre Hände einfing. Kraftvoll drückte er Celine auf das weiche Bett, schnell waren ihre Hände über ihrem Kopf fixiert. Er warf Kia einen Blick zu, der wohl nichts Gutes bedeutete. Innerhalb von Sekunden waren auch Celines Beine nicht mehr bewegungsfähig, und sie lag ausgestreckt auf dem üppigen Bett, ihr Kleid war nach oben gerutscht und ihr schneeweißer Slip sichtbar.

Pete lächelte ein wenig herablassend auf sie herunter und sagte gleichmütig: „Celine, du kannst nun Ruhe geben und hier schlafen, oder wir werden uns zu helfen wissen, doch dann wird es ziemlich unangenehm für dich."

In der Gewissheit, dass sie verloren hatte, warf Celine wütend den Kopf hin und her. Da sie von Natur aus heißblütig war, begann sie wieder zu fluchen und zu schreien, bis ein harter Schlag über die Oberschenkel sie abrupt verstummen ließ. Kia hatte den schwarzen Stock, der an ihrer Seite baumelte, erhoben und ihn ihr über die Beine gezogen. Der Stock wirkte fast dämonisch und glänzte dunkel. Auf Celines Beinen zeichnete sich ein roter Strich ab. Sie suchte Petes graue Augen, verstummte vor Entsetzen. Er sah sie herausfordernd an. In seinen grauen Augen war keinerlei Nachsicht.

Celine schwieg geschockt. Nach einer Weile, in der niemand mehr sprach, löste Pete die Hände hinter ihrem Kopf und befestigte sie an den Seiten. Das Bett schien über viele derartige Vorrichtungen zu verfügen.

„Nun, dann wünsche ich eine angenehme Nachtruhe", sagte er ironisch und beugte leicht den Kopf. Sie verließen das Zimmer. Celine hörte, wie sich der Schlüssel hinter ihnen im Schloss drehte.

Sie verlor jedes Zeitgefühl. Das Liegen auf dem Rücken fiel ihr zunehmend schwerer und kaltes Entsetzen kroch in ihr Herz. Unlösbare Fragen türmten sich vor ihr auf.

Sie starrte in die Nacht hinaus. Hinter den weißen Gitterstäben sah sie die dünne Sichel des jungen Mondes. Etwas in ihr weigerte sich, die Hoffnung aufzugeben. Doch sie hatte das Gefühl, unaufhaltsam in einen Abgrund der Alpträume zu stürzen. Sie konnte die halbgeöffneten gelben Katzenaugen der Asiatin nicht vergessen. Sie verrieten nicht, welche Gedanken oder Empfindungen die Frau bewegten.

Am Morgen schreckte Celine durch eine kühle Berührung am Arm auf. Verstört starrte sie in das Gesicht einer anderen Asiatin. Ihr Mund war trocken, und sie fühlte sich steif. Sie blinzelte, draußen plätscherte der Regen leise auf das Dach, ein gleichmäßiges Geräusch, das sie etwas besänftigte. Heute würde sich alles aufklären, dachte sie in einem Anflug von nervöser Zuversichtlichkeit.

Diese Asiatin sah wesentlich freundlicher aus, sie lächelte und hatte kurzes, fast violett schimmerndes Haar, aus dem ein paar lange Strähnen rostrot bis auf ihre Schultern fielen. „Ich bin Yuki", sagte sie. Das Lächeln schien auf ihrem Gesicht festgefroren „Ich werde dich nun waschen und vorbereiten, dann wird Pete sich deiner annehmen."

Celine schüttelte entschieden den Kopf: „Ich bin hier nicht richtig", setzte sie an, „das ist alles ein Irrtum!"

„Das meinen alle. Du kannst mir schon glauben, dass du hier nicht mehr raus kommst, es sei denn, du findest einen reichen Freier, der sich deiner persönlich annimmt. Aber die wachsen nicht auf den Bäumen", sagte Yuki gleichgültig. Celine, die noch in einer blaugrauen Schläfrigkeit gefangen war, zuckte zusammen.

Ihr wurde eine Spur kälter. Die Asiatin fuhr fort: „So übel ist es hier gar nicht, wenn man sich einfügt. Tolle Designerklamotten, Spitzenkosmetik, wir arbeiten auf höchstem Niveau. Pete und Madame Nell sind nicht kleinlich. Wenn man kooperiert." Sie löste endlich die Fesseln, und Celine rieb sich die geröteten Handgelenke.

Yuki führte sie durch das Haus, das noch ganz ruhig im Schlaf, in einer Art großen Lethargie zu liegen schien. Sie gingen immer weiter hinunter bis zu einem Kellergewölbe, in dem Yuki eine massive Tür aufstemmte. Sie betraten einen

Baderaum, der leuchtend türkis gekachelt war und in dem sich ein ovales Schwimmbecken befand. Überall gab es filigrane Einlegearbeiten aus Gold. Alles wirkte sehr orientalisch, aber die feuchtwarme Schwüle in dem Raum drückte noch mehr auf Celines Gemüt. Große dunkelgrüne Porzellanschildkröten mit kanariengelben Verzierungen saßen am Rand des Beckens wie Wächtertiere. „Zieh dich aus und geh ins Wasser!", sagte Yuki leise. Sie sah Celine erwartungsvoll an. Celine zögerte, doch Yuki warf ihr einen scharfen Blick zu. Celine dachte unwillkürlich an den Stockschlag vom Abend vorher und begann langsam das rote Kleid abzulegen. Viele Empfindungen regten sich in ihr, vieles verstörte und erregte sie, ohne dass sie es genau benennen konnte. Ein paar Augenblicke stand sie verlegen herum, dann streifte sie die Träger ihres BHs von den Schultern. „Alles!", sagte Yuki eine Spur schärfer. Celine sah, dass auch sie an der linken Seite diesen reptilähnlichen Schlagstock trug. Schnell zog sie ihren weißen Slip aus und stieg – den Tränen nahe – hastig mit vorgerecktem Kopf in das lauwarme Wasser, schwamm mit einer derartigen Befangenheit mehrere Runden, dass sie völlig außer Atem geriet.

Die Tür öffnete sich, und die katzenähnliche Asiatin vom Abend vorher führte ein nacktes Mädchen herein, das verheult aussah. Sie hatte lange tizianrote Haare, die bis auf ihre Schulterblätter herabhingen. Ihre Augenlider waren halb geschlossen, ihr rosa Mund stand leicht offen wie ein Fischmaul. Sie hatte die buttermilchweiße Haut vieler Rothaariger und bewegte sich wiegend und nachlässig wie eine große Schlingpflanze. Kia versetzte ihr einen groben Schlag in den Rücken, sodass sie stolperte und fast umknickte.

Yuki nahm sie in Empfang und sagte: „Bette, jetzt kannst du ein paar Runden schwimmen." Als das Mädchen ihr den Rücken zuwandte und sich zum Wasser niederbeugte, sah Celine mit Schaudern, dass ihr Po knallrot und mit Striemen übersät war, und etwas aus ihrem Po herausragte. Celine starrte sie an, konnte den Blick nicht abwenden und empfand Zuneigung zu dem fremden Mädchen. Ihr Anblick löste ein erneutes verzweifeltes Aufbäumen aus. Fast besinnungslos vor Panik stürzte Celine aus dem Wasser und auf die schwere Tür zu. Sofort griff Yuki sie von hinten am Arm. Bevor Celine die Tür auch nur aufstemmen konnte, traf der Stock sie mehrmals hinten an den Oberschenkeln. Celine wurde stocksteif. Dann zielte Yuki auf die Kniekehlen. Celine ging zu Boden und schluchzte hilflos.

Yuki zerrte sie hoch. Celines Hände wurden hinter ihrem Rücken fixiert. Sie starrte auf das blaue Wasser im Pool, um nicht in Yukis strenges Gesicht sehen zu müssen und fühlte sich so fremd wie in einer unbewohnten Mondlandschaft. Es dauerte nicht lange, bis Kia sie abholte. Sie trieb Celine splitternackt über die Stufen wieder hinauf. Auf der Treppe begegnete ihnen ein blonder Jüngling mit bleichem Gesicht und leicht schräg gestellten Augen, der Celine zulächelte.

Kia zog sie weiter. Celines Augen waren dunkel vor Zorn. In dem großen Saal schienen sich nun zahlreiche Leute aufzuhalten, denn lautes Stimmengewirr und Lachen drangen heraus. Celine fragte sich, wie irgendjemand in diesem Haus fröhlich sein konnte.

Vor einer schweren gepolsterten Tür blieb Kia stehen und drückte auf einen Klingelknopf. Ein brummender Summton erklang, die Tür öffnete sich wie von selbst. Sie stand in Petes luxuriösem Privatraum. Er saß in einem dunklen Ledersessel und musterte unverblümt Celines Nacktheit. Er wirkte ernsthaft, ruhig und fixierte Celine mit einer zutiefst zufriedenen Miene.

Der Raum roch herb nach schwerem Tabak, auch hier hingen düstere Gemälde in Goldrahmen an den Wänden. Celines Füße versanken in dem weichen Teppich, sie krallte ihre Zehen hinein, als könnte sie so Halt finden.

Pete nickte Kia kurz zu, dann war Celine allein mit ihm.

Verstört sah sie an sich herunter, warf ihm einen verstohlenen Blick zu. Eine ungeheure Erschütterung hatte ihr Gemüt erfasst, doch sie nahm noch einmal ihren ganzen Mut zusammen und sagte laut: „Ich bin hier nicht richtig." Er lachte laut auf. Lässig erhob er sich und legte ihr die Hand auf die schmale Schulter. Ihr rotblondes Haar hing glatt herunter, seine Hand fuhr hindurch, wühlte flüchtig darin. Dann dirigierte er sie zu einem Stuhl, der in einer Ecke stand und drückte sie hinein. Auf einen Knopfdruck hin erschienen Beinstützen. Er packte Celines Beine an den Fesseln und legte sie hinein. Wieder wollte sie aufbegehren, doch die Angst vor weiteren Schlägen bremste sie. Sie fühlte sich wie in einer gynäkologischen Praxis. Ausgebreitet wie eine offene Blüte lag sie vor ihm und wartete, sah auf die Läufer, die gläsernen Lampenschirme, einen Teewagen. Sie schwieg betroffen.

Schwer drückte seine Hand auf ihren nackten Bauch. „Celine, ich werde jetzt deine Eingänge untersuchen, danach werde ich dir mitteilen, was weiter mit dir geschieht."

Celine musste schlucken, die Situation erschien ihr so absurd, als würde sie jeden Augenblick aus einem makabren Traum aufwachen. Völlig reglos verharrte sie. Pete stand nun ganz nah vor ihr, tastete ihre Bauchdecke ab und berührte ihre Schamlippen. Celine zuckte zusammen, sie sah Sternchen vor ihren Augen, alles verschleierte sich, sein Geruch nach Tabak und Veilchen benebelte sie. Er zog die großen Schamlippen langsam auseinander und betastete ausgiebig ihre Klitoris. Sie konnte nicht verhindern, dass eine peinvolle Röte in ihre Wangen schoss. Sie wollte ihn abwehren und begann zu zappeln. „Wenn du keine Ruhe gibst, muss ich dir einen Bauchgurt anlegen", sagte er ganz ruhig.

Er schaltete eine sehr helle Lampe an, die er genau auf ihre Scham ausrichtete, dann suchte er den Eingang zwischen ihren Schamlippen und drehte einen Finger hinein. Celine begann zu weinen, als er so unverfroren in ihre intimste Stelle eindrang – sie fühlte sich unvorstellbar nackt. Am liebsten hätte sie ihm gesagt, dass er ein abscheulicher Kerl war. Er begann nun den Finger hin und her zu bewegen und mit der anderen Hand ihre Klitoris zu reiben. Seinen stahlgrauen Augen entging keine Bewegung. Celine presste die Lippen aufeinander, denn es sollte ihm nicht gelingen, sie zu erregen. Sie führten einen lautlosen Kampf. Er spürte ihren Widerstand und begann einen zweiten Finger in sie hineinzuzwingen. Celine spannte ihre Muskeln und sah ihn trotzig an. Flüchtig dachte sie an die Bilder, die sie in ihrer Mansarde ausgeschnitten hatte, und die jetzt dort verstreut herumlagen. Großes Selbstmitleid überfiel sie.

Ohne Kommentar ließ er plötzlich von ihr ab. Sie wollte schon triumphieren, als er sie weiter nach vorn zog, ihr wieder direkt ins Gesicht sah und ohne eine Miene zu verziehen fragte: „Bist du schon mal anal genommen worden?"

Sie lief feuerrot an. Er schien auf eine Antwort zu warten, doch Celine sah ihn an, als verstünde sie nicht, was er meinte. Ohne weiter auf eine Antwort zu warten, drückte er plötzlich einen Finger auf ihre Rosette. Das war endgültig zu viel für Celine. Ihre Gedanken wirbelten und überschlugen sich, eine gespenstische Angst ergriff sie, und sie kämpfte sich hoch aus der liegenden Position. Halb sprang sie, halb fiel sie von dem Stuhl herunter und rannte zur Tür, an deren Klinke sie vergeblich rüttelte. Schon spürte sie seine Hand unerbittlich in ihrem Genick, er schüttelte sie leicht wie eine Katze.

„Du glaubst also, du kannst mir entkommen?", fragte er amüsiert und dirigierte Celine zu dem Horrorstuhl zurück. Er stieß sie wieder darauf, legte ihr sorgfältig einen festen Lederriemen über den Bauch und fixierte ihre Beine. Sie war ihm nun völlig ausgeliefert, verschluckte sich fast, als er halb beruhigend sagte: „Celine, ich habe doch noch überhaupt nichts gemacht." Es dröhnte hohl in ihren Ohren. In einer Anwandlung von Grauen hielt sie den Atem an.

Dann fühlte sie wieder seinen drängenden Finger an ihrem Anus, es kribbelte unangenehm in ihrem Kreuz. Eine starke Spannung ergriff sie. Kurz darauf spürte sie etwas Kaltes, das er in sie hineinrieb. Celine begann vor Scham zu glühen. Sie verlegte sich aufs Betteln: „Bitte, hören Sie auf, ich tue ja alles, nur bitte hören Sie auf damit!" Er antwortete nicht, sondern drückte nun langsam seinen Finger in ihren Anus, was sie völlig hysterisch machte. Nur langsam kam er tiefer in sie hinein. Celine strömten Tränen der Erniedrigung über das Gesicht. Er ruhte nicht, bis der ganze Finger in ihr steckte, dann begann er ihn ein wenig zu bewegen, erst vor und zurück, dann kreisend. Celine beobachtete ihn mit emporgerecktem Kopf und wollte ihn abschütteln, was aber unmöglich war. Die ganze Zeit über war sie durch den in ihr steckenden Finger mit ihm verbunden. Er dehnte die Rosette, und Celine winselte und wimmerte.

„Hier an diesem Ort sind die Frauen überall zugänglich, Celine", sagte er mit tiefer Stimme, die ihr verriet, dass er erregt war. „Ich fürchte, du musst geweitet werden, überhaupt scheinst du besonders störrisch zu sein." Aus dem Garten hörte Celine ein gleichmäßiges mechanisches Geräusch, das sie seltsamerweise etwas beschwichtigte.

Immer noch quälte sie der Finger. Es fühlte sich an, als hätte Pete ein glühendes Eisen in sie hineingeschoben. Dann zog er sich langsam zurück und schien nachzudenken. Celine lag schweißgebadet auf dem Stuhl und hoffte, dass die Untersuchung nun endlich vorbei wäre, und er sie gehen lassen würde. Doch dann öffnete er seine graue Anzughose mit dem Schlangenledergürtel, der so weich und biegsam aussah, und sah seinen Phallus aufgerichtet herausspringen.

Celine stieß einen Schrei aus, denn der unerwartete Anblick seines großen Gliedes erschreckte sie. Er lächelte und zog sie noch ein Stück weiter nach vorn. Dann schob er sein Glied ohne weitere Worte in ihre enge Scham. Er dehnte sie bis zur Unerträglichkeit, stand zwischen ihren gespreizten Beinen, griff nach ihren Brüsten und drückte sie, während er ganz in sie eindrang. Celine schwankte zwischen Gefühlen der Beängstigung und einem Eindruck der Lächerlichkeit ihrer Lage. Obwohl diese unerwünschte Nähe sie erschreckte, erregte sie sein großes Glied. Sie spürte, dass ihre Zehen sich vor Lust anspannten, und sie sich sicherer zu fühlen begann. Ihre Sinne waren aufs Äußerste geschärft. Dunkel ahnte sie, dass sie Pete immer noch bewunderte.

Er stieß sie regelmäßig und hart, drang tiefer und tiefer in sie ein, nicht nur körperlich, sondern tief in ihre Intimsphäre, ihr ganzes Wesen. Celine sah an ihm vorbei auf ein leuchtendviolettes Gemälde auf der grellweißen Wand. Er hob seine freie Hand an ihr Kinn und zwang sie unerbittlich, ihm in die Augen zu sehen, während er weiter in sie hineinstieß. Sein Blick vereinnahmte sie völlig, er wollte, dass sie sich ihm ganz ergab. Celine versuchte den Eindruck von Gleichgültigkeit und Teilnahmslosigkeit zu erwecken, obwohl das unter den Umständen kaum möglich war. Im letzten Augenblick sah sie zur Wand und fühlte, dass sein Samen sich tief in sie ergoss. In der kurzen Spanne zwischen seinem Orgasmus und seinem Rückzug kamen die Dämonen der Enttäuschung über sie, trieben sie an den Rand der Tränen und bereiteten ihr grässliche Gefühle. Sie wähnte sich in einem dunklen Gang – sie führte einen aussichtslosen Kampf.

Mit einer seltsamen Zärtlichkeit zog er sich aus ihr zurück. Celines Körper fühlte sich nach der erzwungenen Vereinigung schwer und ermattet an. Doch als sie sah, dass er sich umwandte, seinen Gürtel schloss und einen Gegenstand in die Hand nahm, fiel ihr schlagartig das Mädchen aus dem Bad ein. Mit einem kläglichen Überbleibsel ihres Mutes schrie sie wieder auf: „Nein, ich will nicht!" Er nahm den Plug, setzte ihn an ihrem Anus an und sagte mit einem amüsierten Zwinkern: „Ich möchte dich etwas weiten." Wieder sah er ihr so tief in die Augen, dass ihr ein Schauer über den Rücken jagte. Sie kämpfte mit großer Mühe den Impuls nieder, sich ihm zu unterwerfen, ihm sogar zu gestehen, dass sie sich in ihn verliebt hatte. „Ich führe dir diesen kleinen Stöpsel ein, das ist wirklich kein Grund, um herumzuschreien", sagte er mit einem spöttischen Unterton. Es war nun strahlend hell in dem Raum, von draußen hörte man ab und zu unbeteiligte Krähenschreie. Der metallische Analplug blitzte kurz in der Sonne auf. Celine saß wie auf glühenden Kohlen. Dann schob er ihn ihr kurzerhand hinein. Es schmerzte dumpf und beschämte sie. Nun durfte sie endlich aufstehen, fühlte sich erleichtert, aber so geöffnet auch unendlich verletzlich. Sie konnte nicht verhindern, dass ihr erneut Tränen in die Augen schossen.

„Kann ich Kleider ...", setzte sie an. Beim Aufstehen pulste der Dehnungsschmerz von unten durch sie hindurch. Er schüttelte den eisgrauen Kopf. „Du wirst jetzt in deinem Zimmer ruhen, dort essen und dich eingewöhnen, bis wir der Meinung sind, dass du an der Hausgemeinschaft teilnehmen kannst. Zunächst werde ich mich persönlich um dich kümmern. Ich bin noch nicht sicher, ob ich dich dauerhaft in den Kreis meiner Favoritinnen aufnehmen möchte, zunächst muss ich aber noch deine Widerborstigkeit brechen."

ete die Tür. Sie musste nackt und barfuß hinter ihm hergehen. Bei jedem ihlte sie den Stöpsel in ihrem Po, er schien sich auszuweiten, immer größer den und scheuerte. Sie gingen an einem Mädchen vorbei, das vor ihrer Zimmertür stand. Diese hatte kurze schwarze Locken, sah wie eine Italienerin aus und sah Celine mitleidig an. Celine wurde feuerrot. Der Plug erregte sie zunehmend, sie zitterte leicht und blickte rasch in die Ferne, eine starke Traurigkeit überkam sie.

Pete schloss Celine in ihrem Zimmer ein. Große Einsamkeit überkam sie. Kurz darauf servierte Yuki eine große bunte Obstplatte mit hauchdünnen Mandelkeksen und ließ sie dann wieder allein. Sie lag träumend auf dem Bett und hielt eine stumme Zwiesprache mit den Bäumen vor dem vergitterten Fenster. Wieder und wieder durchlebte sie die Szene, wie Pete sein riesiges Glied in sie schob, wie es sie ausfüllte, und wie sein Finger in jenem geheimen anderen Ort steckte, der immer noch geweitet wurde. Es erregte Celine, ihre Lippen röteten sich, ihre Scham schwoll an, sie musste an fette gelbe Butterblumen denken. Sie naschte von dem Obst und leckte den Mangosaft von ihren Fingern. Pete hatte sie trotz der ihr eigenen Widerspenstigkeit und ihres Ungestüms beeindruckt. Doch dann ballte sie die Faust und schrie innerlich: „Nein! Nein! Nein!“ Gleich darauf erfasste sie eine unglaubliche Verzweiflung. Je länger sie allein blieb, desto schlimmer wurde ihre Gemütsverfassung. Draußen regnete es wieder heftig, der Himmel war perlgrau, und sie fröstelte. Schlafen konnte sie auch nicht, dazu war sie viel zu angespannt und nervös. Sie fand Pete zunehmend erbarmungsloser, nannte ihn insgeheim Mr. Gnadenlos. Immer wieder drehten sich ihre Gedanken um seine Person, beneidete ihn, fürchtete seine Strenge, verfluchte ihn. *Er hat was in mir zerstört,* dachte sie böse.

Der Abend dämmerte bereits, als Pete zusammen mit dem blonden jungen Mann, dem sie heute bereits in den Gängen begegnet war, wieder hereinkam. Er musterte ihr Gesicht. „Das ist Andrasch.“ Der Mann lächelte breit, er hatte einen großen eckigen Mund.

„Nun dreh dich auf den Bauch!“, sagte Pete ohne Umschweife. Der dunkle Klang seiner Stimme elektrisierte sie gegen ihren Willen. Widerwillig drehte Celine sich um, krallte sich in die weiße Seidenbettwäsche, als wollte sie sie zerreißen. Pete zeigte Andrasch den Plug und wand schnell ein Lederband um ihre Handgelenke. Er legte alles an ihr bloß. Celine lag da, alle viere von sich gestreckt. Sie dachte an die Flamingowolken, die nach dem Regen vor ihrem Fenster über den Abendhimmel strichen, floh geistig aus dem Raum. Sie hörte die Männer anzüglich lachen. Pete zog sie wieder hoch, sodass sie nun aufrecht auf den Fersen saß. Andrasch setzte sich vor sie aufs Bett, lächelte ihr zu, strich über ihre rötlichen Haare und küsste ihren weißen Hals. Sanft und geschickt liebkoste er ihre Brüste, bis Celine die Augen niederschlug. Sie fühlte Petes Atem hinter sich auf ihrer Schulter. Pete strich über ihren Rücken, ihre Kurven und sanften Wölbungen, bis sich ihre Haut langsam öffnete. Er nahm sich Zeit. Die bernsteinfarbenen Augen von Andrasch funkelten, als er seinen weißen Phallus entblößte, der dem Petes an Größe in nichts nachstand. Er strich lächelnd darüber, liebkoste die kleinen Kuhlen in Celines Schlüsselbeinen und saugte an ihren rosa Brustwarzen, bis sie erschauerte. Die Männer streichelten sie von zwei Seiten mit viel Feingefühl.

Celines Unterleib zog sich vor Lust zusammen. Eine wuchtige Lawine drängte nach Entladung. Alle Empfindungen, die sie für Pete hegte, rauschten wieder durch ihr Denken. Die Intensität ihrer Wahrnehmung fachte Funken an. Pete kniete hinter ihr, hielt sie hoch aufgerichtet an den Schultern fest und sagte: „Mach es ihm mit dem Mund!“. Seine Stimme klang wie rauer Samt. Celine sah ihn ratlos an, sie empfand Andrasch als Störung ihrer zärtlichen Gefühle für Pete. Doch dieser drückte von hinten ihren Kopf sanft auf Andraschs Glied herab. Hinter der Sanftheit spürte sie wieder seine absolute Unnachgiebigkeit, seine Strenge, die sie zusätzlich erregte. Sie ekelte sich in diesem Augenblick beinahe vor Andraschs Penis, doch als Petes Finger fester drückten, begann sie zaghaft mit der Zungenspitze daran zu lecken.

„Nimm ihn tiefer in den Mund!“, befahl Pete, und schon lenkte Andrasch den Penis in die Tiefe ihres Mundes. Celine begann zu würgen. Zuneigung und Abneigung stritten sich in ihr, die Eindrücke beider Männer überfluteten sie, es ging ihr viel zu schnell, Erregung und Abwehr flossen wie zwei sich spaltende Flüsse. Alles in ihr tanzte auf und ab wie ein Schwarm Mücken. Pete überließ es nun Andrasch, ihren Kopf so zu dirigieren, wie es ihm beliebte. Dieser streichelte ihr Gesicht und drang tiefer in ihren Mund ein, ihre Erregung spann sich rasch und rascher fort und explodierte fast, als sie wieder Petes feste Hände auf ihren Brüsten fühlte, er reizte sie intensiv. Sie wurde immer kopfloser, fast aufgescheucht, wollte flüchten und doch auch wieder nicht. Pete stimulierte sie immer intensiver, und plötzlich schlug er leicht zu.

Celine erschrak, schluckte, sie wollte aufschreien. Ihr Blick war glasig vor Lust, weil Andrasch ihr in die Kehle stieß. Sie empfand einen Anflug von Panik, ihr Blick traf eine Sekunde auf Petes graue Augen, ein tiefes Erkennen flackerte zwischen ihnen auf. Sie sah zur Seite, wehrte ihn ab, sah ihn wieder an, wie um ihn zu bitten, das Unvermeidliche aufzuschieben. Einen kurzen Moment glaubte sie zu ersticken an dem harten Phallus in ihrem Mund. Pete versetzte ihr weitere harte Klapse auf die Brüste und befingerte ausgiebig ihre Brustwarzen. Sie hatte das Gefühl, ihn verärgert zu haben, doch andererseits schien er in dem köstlichen Gefühl dieser Schläge zu schwelgen.

Er begann an dem Plug herumzufummeln, seine Finger umklammerten ihn, langsam zog er daran, bis er herausglitt. Doch sofort verschloss sein drängender Finger diese Öffnung wieder, kreiste, dehnte lustvoll ihren Anus, bis Celine peinlich berührt die Augen schloss und dunkel zu ahnen begann, was er vorhatte. Sie schauderte. Sie sah Andraschs schräg gestellte Augen, die seinen wölfischen Charme verstärkten. Er hatte den Kopf leicht zurückgeworfen und genoss die Massage durch ihren Mund.

„Halt still!“, flüsterte Pete rau, weil Celine immer wieder unruhig zappelte.

Sie konnte ihnen nicht entkommen, vorne hielt Andrasch sie mit seinen langen kühlen Fingern, hinten an ihren Hüften arbeitete Pete. Es fühlte sich an, als würden ihre erregten Eingeweide im Zimmer verteilt. Sie troff vor Nässe. Wieder fühlte sie eine kühle Creme, die sie geschmeidig machen sollte. „Bleib jetzt ganz still!“, wiederholte Pete, und es klang wie ein Befehl. Nichts hatte sie auf den jähen Schmerz vorbereitet, als er wie mit einem scharfen Schwertstoß seine Eichel in sie hineinpresste. Er knurrte vor sich hin, dass es eine Wonne sei, einen jungfräulichen Arsch anzustechen und lehnte sich schwer nach vorne, um seinen Penis tiefer in ihren Anus hineinzupressen.

Andrasch sah von oben zu, was Pete ihr antat. Es erregte ihn so stark, dass er unversehens in Celines Mund kam und sie zwang, alles hinunterzuschlucken. Tränen traten in Celines Augen. Ihre Hände schlossen sich und spreizten sich wieder in hilfloser Erregung.

Die Männer lachten grob. Pete bedeutete Andrasch, sie festzuhalten. Seine Hände drückten ihre Schultern aufs Bett wie Schraubstöcke, während Pete den geheimen Eingang bis zum Bersten weitete. Als Celine schrie, legte Andrasch ihr seine weißen langen Finger auf den Mund. Hinten fühlte sie eine Fülle, die sie kaum ertragen konnte. Doch langsam wurde es stiller in ihr, sie entspannte sich etwas, fühlte eine erneute Aufwallung der Lust. Ihr Körper, der sich verspannt hatte wie Stahl, wurde weicher und überzog sich mit einer purpurroten Welle.

„Nichts geht über die erste Pfählung", sagte Pete gepresst, und dann war er ganz tief in ihr drin. „Entspann dich, ich will den Rest hineindrücken", murmelte er unterdrückt. Sie konnte ihn bis in ihren Bauch hinein fühlen, in ihrer Scham, überall. Er war tief nach unten eingedrungen wie in einen schwarzen Schacht, in den kein Sonnenlicht mehr fiel.

Eine Träne rann über Celines Wange. Ihre Erregung schwappte auf und ab. Als er ganz eingedrungen war, verhielt er, drosselte das Tempo. Celine hatte die Beine angezogen, er hielt ihre Hüften, sodass sie weit aufklaffte. Pete küsste ihren Rücken, er fasste unter ihren Beinen durch und massierte die Innenseiten ihrer Oberschenkel.

„Entspann dich noch mehr, lass es zu!", sagte er heiser, „lass es zu, dass ich dich in den Arsch ficke!" Die Sanftheit seiner Hände auf ihren Schenkeln löste unbeschreibliche Gefühle in ihr aus, sie kam fast um vor Lust, und wieder stieß er überfallartig zu. Er fasste weiter nach oben und begann ihre Scham zu streicheln. Seine Berührungen entzückten, beruhigten und stützten sie. Während er mit seinen Fingern in ihr kreiste, begann er in ihren Arsch hineinzustoßen, zunächst mit sanften Bewegungen, dann massierte er ihre Klitoris, mit der anderen Hand berührte er wieder die Leisten.

Irgendetwas in Celine gab nach, der brennende Schmerz in ihrem Anus verband sich mit der grenzenlosen Lust, die Pete in ihr erweckte. Sie dachte vage, dass er es ihr griechisch machte. Ihre gerade Nase kräuselte sich, ihre Augen wurden groß. Unter dem Schmerz erweckte er ein seltsames Gefühl in ihr, das sie noch nie erlebt hatte.

„Du bist eine ganz Schöne", raunte er ihr leise ins Ohr, „so sprühend vor Leben." Er stieß jetzt gleichmäßig und flüsterte: „Ja, Süße, ja, du bekommst es von mir hinten rein, du brauchst es so, es ist dein verborgenes Verlangen." Und mit einem letzten wilden Stoss schoss er ihr seinen Samen hinein. Sie spürte hinten die Fülle und vorne den Reiz auf ihrer Klitoris, und alles in ihr krümmte sich zusammen in dem wildesten Orgasmus, den sie je erlebt hatte. Ihr rotes Haar lag fast golden auf dem Bett, Pete bedeckte sie mit einer Stola, glättete ihr Haar, strich ihr über den Kopf und küsste sie auf den Rücken.

Schwer atmend lag sie in den Kissen und schämte sich entsetzlich. Zaghaft sah sie auf. Andrasch war nicht mehr im Raum. Sie versteckte ihr Gesicht wieder in dem Kissen, ihre gefühlsmäßige Verwirrung war groß, erneut versank sie in hilflosen Grübeleien und fuhr wieder auf, als Pete ihr Haar und ihren Rücken streichelte. Sie schauderte, sie bebte, Pete drehte ihr Gesicht zur Seite und fütterte sie mit Obststückchen. Seine Zärtlichkeiten erdrückten sie, sie bemerkte seine Genugtuung über seinen eigenen Glanz. Er war ungestüm und konnte grausam sein wie ein Falke, und doch spürte sie gleichzeitig, wie etwas in ihr nachgab und sich ihm noch tiefer hingeben wollte. Ihr Gleichgewicht war zerstört worden, sie war dabei, ihm zu verfallen. Doch um nichts in der Welt hätte sie ihn ansprechen können, sie hüllte sich ein und versuchte zurückgezogen ihre Gefühle, die zwischen Empörung und Bewunderung schwankten, wieder zu ordnen.

„Morgen lasse ich dir Kleider bringen – eine ganze Kollektion zum Auswählen", sagte er, schob ein Bananenstückchen mit Lavendelhonig auf ihre Lippen und strich über ihren Kopf. Er berührte wieder ihren Po und sie erschauerte, aufgebrochen wie sie von ihm war.

„Schlaf schön!" Er warf sich sein weißes Hemd über. „Ich verzichte für heute Nacht auf den Plug. Morgen wirst du in unsere Gemeinschaft eingeführt."

Völlig erschöpft und doch irgendwie beschwichtigt schlief Celine ein, aber schon im Morgengrauen erwachte sie mit furchtbaren Angstgefühlen. Sie dachte über die entwürdigende Situation nach, die ihr so früh am Tag erst richtig zu Bewusstsein kam. Ihre Gedanken wanderten durch kahle Labyrinthe auf der Suche nach einem Fluchtweg. Sie errötete, wenn sie an den vorherigen Abend zurückdachte, tausend Bruchstücke wirbelten durcheinander, und sie sah Petes spöttisches Lachen vor sich, seine seltsame Mischung aus Strenge und Humor. Sie beschloss, sich ihm seelisch nicht mehr zu öffnen. Geistesabwesend betrachtete sie ihr nacktes Bein. Egal, was er tat, und wie sehr er sie beeindruckte, sie musste eine unsichtbare Mauer um sich ziehen, tausend Schleier werfen, sonst würde er in ihr Innerstes eindringen und sie zerstören. Das wurde ihr klar, als der Morgen mit einem kalten Blau anbrach. Ihre ungeheuerliche Unvernunft vom Vorabend und ihre weibliche Verdrehtheit machten sie wütend.

Ihr Entschluss erleichterte die Last etwas, mit der sie sich herumschlug, und sie schlief nochmals ein.

Als Celine von Yuki geweckt wurde, fühlte sie sich immer noch zerschlagen und hatte ein wundes Gefühl im Unterleib. Aber sie hatte sich vorgenommen, nicht aufzugeben, sondern einen Ausweg zu suchen, Fluchtmöglichkeiten zu finden, bestechliche oder mitleidige Personen, wach und aufmerksam alles zu beobachten. Ihre Empörung darüber, dass jemand überhaupt keine Rücksicht auf die Empfindungen anderer Menschen nahm, war über Nacht gewachsen. Sie drehte betäubt und geblendet den Kopf weg, wie um einem neuerlichen Guss Schmutzwasser zu entgehen. Sie hatte Yuki nichts zu sagen.

Yuki hatte einen ganzen Rollwagen voller Kleider hereingeschoben, bunte Farben, verschiedene Stoffe, Seide, Satin, Taft, Samt, raffinierte Dessous. Celine sah schweigend auf die Farbenpracht, richtete sich auf und begann lustlos darin herumzuwühlen. Viele Fragen kämpften weiter in ihr, sie fühlte sich wie ein vollgesogener Schwamm. Immer wieder kam ihr die Galle hoch bei der Frage, wie sie es wagen konnten, ausgerechnet sie einzusperren?

„Zieh dich an und komm dann herunter zum Frühstück. Es gibt zwei Mahlzeiten am Tag, die unten serviert werden. Du kannst auch persönliche Wünsche bei Carla, unserer Köchin, vorbringen und dir dein Lieblingsgericht kochen lassen“, lächelte Yuki. Celine wünschte sie zum Teufel.

Hätte sie nicht bereits um das dunkle Geheimnis dieses Hauses gewusst, sie hätte es für das Paradies auf Erden halten können. Gereizt wühlte sie in all dem kostbaren Tand.

„Du kannst auch unten im Bad schwimmen und Kosmetik bei mir bestellen – alles, was dein Herz begehrt. Andrasch gibt Massagen, wenn eine Frau das wünscht, und bald darfst du auch in unseren Garten“, fuhr sie in ihrem hellen Singsang fort. Sie lächelte die ganze Zeit über, die bunten Strähnen wippten in ihrem Haar. Celine kam es wie ein großer Kostümball vor, so, als leuchte man einen Zauberpalast aus, der über ein dunkles Verlies gebaut wurde. Sie warf einige Teile in Rosa- und Rottönen hinter sich aufs Bett, deren Farben einen satten Glanz hatten. Tastend befühlte sie die üppigen Materialien, und langsam glitt sie in eine aufgehellte Stimmung hinein.

Yuki hielt ihr dunkle halterlose Strümpfe mit Tropfenmuster hin. Sie reichte ihr ein Seidenhemdchen, leicht wie ein Windhauch. Celine konnte ein Lächeln nicht unterdrücken, als sie den seidigen Stoff berührte. Doch dann sagte Yuki: „Nun leg dich hin, ich will dir den Plug einsetzen, heute einen etwas dickeren." Celine schrak zusammen, sah Yuki entsetzt an und schüttelte heftig den Kopf.

„Nun stell dich nicht an, sei froh, dass du so schnell Kleider bekommen hast!", sagte Yuki. Es klang lächerlich in Celines Ohren. Sie fühlte Yukis kleine Hand mit den scharfen lila Fingernägeln auf ihrem Oberschenkel. Seufzend legte sie sich auf den Bauch. Yuki zog ihre Pobacken auseinander und setzte den Plug an. Doch Celine war wund und sehr verschlossen, sogar noch mehr als gewöhnlich, weil sie sich schützen wollte. Der Plug prallte ab. „Willst du, dass ich Pete rufe?", fragte Yuki mit einem schrillen Unterton. Celine hörte sie schneller atmen. Sie fühlte sich gänzlich schutzlos gegenüber dem neuen Verhängnis, es glomm rot vor ihren Augen. Yuki schmierte ihr ein grünes Gel zwischen die Pobacken und drückte wieder zu, und ganz langsam glitt der Plug jetzt in die Rosette, die Celine zucken spürte. Erst als der Plug sicher in ihr verankert war, reichte Yuki ihr ein Seidenhöschen. Celine raffte sich mühsam zusammen, dann wählte sie einen weiten Rock und eine weiße Spitzenbluse aus. In der ungewöhnlichen Kleidung fühlte sie sich wie auf einem altertümlichen Schiff, das langsam über einen trägen Fluss glitt.

Zögernd ging sie die Treppen in den Saal hinunter, unten war Stimmengewirr zu hören. Celine hielt sich krampfhaft an dem glänzenden Geländer fest und spähte vorsichtig hinunter. Sie fühlte sich entsetzlich befangen, als sie die letzten Stufen hinunterging. Der Plug pochte in ihrem Po, und sie wünschte sich, unsichtbar zu sein.

Als sie die große Runde sah, die an dem schweren Tisch saß, wäre sie am liebsten umgedreht, doch Yuki schob sie unerbittlich vorwärts. Eine geschnitzte, bedrohlich wirkende Eidechse stand am Ende der Treppe. Viele Frauen saßen um den Tisch, eine schöner als die andere, lachten und plapperten, und der Tisch bog sich unter einem üppigen Brunch. Celine sah diverse Marmeladen, mindestens fünf verschiedene Honigsorten, dunkle und helle Brotlaibe, Eier, Käseplatten, auch mit den französischen Ziegenkäsesorten, die sie so liebte. So unauffällig wie möglich glitt Celine auf den nächsten freien Stuhl. Neben ihr saß die Frau mit den hennaroten Locken, die ihr schon gestern Abend aufgefallen war. Sie hatte wässrige veilchenblaue Augen und lächelte honigsüß, als sie Celine den Brotkorb reichte. „Ich bin Biba", sagte sie freundlich, griff nach einem Laugengebäck und begann es mit der cremigen Butter zu bestreichen. Wieder beschlichen Celine Gefühle der Schande und der völligen Niederlage. Sie war entschlossen, die Villa noch heute zu verlassen. Ihr gegenüber saß ein traurig aussehendes, dunkelhaariges Mädchen mit einem zarten olivefarbenen Teint und einer vollen Bobfrisur. Sie war ziemlich mager. Celine bemerkte, dass sie nichts aß, sondern nur an einem Kaffee nippte.

„Das ist Mara", sagte Biba, „sie ist auch neu. Ihr werdet euch schon eingewöhnen. Es ist nicht übel, es sei denn, man wird von Pete persönlich betreut." Celine zuckte zusammen. „Wieso?", fragte sie hastig und verschluckte sich beinahe. Sie presste ihren schmalen Fuß gegen das Stuhlbein und blickte in das Gewirr von Frauengesichtern um den Tisch herum.

Biba beugte sich zu ihr hinüber und flüsterte ihr leise ins Ohr: „Weißt du, er steht auf SM, das ist hart. Er steht auch auf anal, und das tut weh. Also, geh ihm besser aus dem Weg, wenn du kannst." Celine brachte kein Wort heraus, spürte den Plug überdeutlich in sich stecken. Sie wurde immer steifer, zeichnete nervös mit dem Finger ihre Brauen nach und straffte dann energisch ihre Schultern.

„Da drüben sitzt seine Favoritin", raunte Biba. Sie wies mit dem Kinn unauffällig auf eine zarte Frau, die zierlich wie eine Elfe mit gekräuselter aschblonder Lockenmähne war. Sie trug ein anschmiegsames Blümchenkleid im Empirestil. Celine fragte sich, wie die Frau Petes heftigen Attacken standhielt, denn sie selbst fühlte ihre Kraft fast bis auf den letzten Tropfen aufgezehrt. Ihre Zehen prickelten vor Anspannung, am liebsten hätte sie einen Whiskey getrunken und irgendjemandem umgehend ihre Leidensgeschichte erzählt. Sie kam zu dem Schluss, dass Pete diese zarte Frau wohl anders behandelte als sie. Neue Zweifel peinigten sie, ihr Blick ruhte wie magnetisch angezogen auf der Favoritin, sie musterte deren Gesicht, die makellosen Lippen und das üppige Haar. Celine begann sie zu hassen für ihre zur Schau getragene Großartigkeit, für die Pracht ihres Haares und für ihren fordernden Gesichtsausdruck.

Die Sonne schien durchs Fenster und warf blendende Strahlen auf den Tisch, kleine Staubpartikel tanzten darin.

„Sie heißt Sigrid", erzählte Biba, „sie hält sich schon lange ganz oben, sie hofft sicher, dass er sie zu seiner einzigen Frau macht. Man sieht es ihr nicht an, aber sie gibt nicht auf, sie muss innerlich aus Stahl sein."

„Ist sie die einzige Favoritin?", fragte Celine – in Gedanken an Petes Worte vom Vortag. „Nein, da ist noch Lara, die Russin". Biba deutete ans andere Tischende, an dem Celine eine bleiche junge Frau mit verschleierten Augen und einer strengen

Hochsteckfrisur entdeckte. Auch sie war sehr hübsch, wirkte aber gefährlich und verschlagen.

„Nimm dich vor ihr in Acht, sie ist ein Teufel“, plapperte Biba, „sie hat sogar Sigrid schon Tränen gekostet.“

Celine betrachtete Lara, die sich gerade rekelte und arrogant in die Runde sah. Mittlerweile schwirrte ihr der Kopf von den vielen unterschiedlichen Gesichtern, den sirrenden Stimmlagen, die sie umgaben. Es würde ihr nie gelingen, sie alle auseinanderzuhalten. Im Gegensatz zu diesen Frauen hier fühlte sie sich schlicht.

Nach und nach wurde es leerer am Tisch. Celine beschmierte sich gerade ein Brötchen dick mit Erdbeermarmelade, als Pete den Raum betrat. Sein Selbstbewusstsein, seine Sicherheit beeindruckten Celine immer noch. Ihr Entschluss, ihn nicht mehr an sich heranzulassen, geriet sofort ins Wanken. Mit einiger Mühe richtete sie sich steil auf. Erstaunt bemerkte sie, wie ihr Entschluss abbröckelte. Sein stolzer Gang weckte bereits wieder den Wunsch in ihr, er möge mit seinem großen Phallus in sie eindringen, auf welche Art auch immer. Pete schien Energie in die Luft zu schießen wie eine Gischtsäule, die anregend und belebend wirkte. Celines Wangen brannten. Dann fiel ihr Blick auf Sigrid. Celine sah in ihren aufblitzenden haselnussbraunen Augen, dass sie ihm verfallen war, denn ihr Blick folgte seinen Schritten und füllte sich mit einem sehnsüchtigen Glanz. Celine spürte einen Stich Eifersucht, gleichzeitig warnte sie aber etwas in Sigrids Augen, auf der Hut zu sein. Aufrecht sitzend begann sie zu glühen. Sie dachte an Petes steifen Penis, wieder und wieder, er erinnerte sie an einen Degen, der unbarmherzig zustach. Die Wohlgerüche des Essens, die kostbaren Gewänder der Frauen ließen Celine sich fremd und exotisch fühlen wie in einem Märchen, und doch wusste sie um die faulige Kehrseite von all der Pracht und dem Luxus.

Sie beobachtete, wie Pete zu Sigrid hinüberging und wie diese aufstand, sich leicht an ihn lehnte und ihn dann auf die Lippen küsste. Celine konnte nicht wegsehen, als er sanft über Sigrids leicht vorstehende Wangenknochen strich, und sie rosa zu erblühen schien. Sie spürte eine große Nähe zwischen den beiden. Wieder fragte sie sich, ob er mit Sigrid dieselben Dinge getan hatte wie mit ihr, aber sie glaubte immer mehr, dass er Sigrid mit Sanftheit verwöhnte. Er redete mit ihr, schien sie mit zärtlichen Worten zu umschmeicheln, bis er seinen Rundgang wieder aufnahm.

Er ging weiter an dem Tisch entlang, lächelte einer Frau zu, überging eine andere, machte hier eine spöttische Bemerkung, zog dort eine Augenbraue hoch. Celine wusste intuitiv, dass diese Morgenrunde für viele ein unangenehmer Ort der Beurteilung war, der über ihren weiteren Tagesverlauf entschied. Sigrid faltete ihr Gewand um sich herum zusammen und saß mit der Spannkraft einer Feder am Tisch, ein verzückter Ausdruck lag auf ihrem Gesicht. Während Pete nun langsam weiterging, betrachtete Celine zum ersten Mal die Wandgemälde genauer und entdeckte, dass sie alle ziemlich aufreizend waren. Eine geschminkte Musikantin spielte auf dem Phallus eines Mannes wie auf einer Flöte, drei Männer verkehrten mit einer Hetäre und miteinander. Celine runzelte ärgerlich die Stirn, sie fühlte sich erschöpft, und wieder kämpfte sie den Drang nieder, ihre Unzufriedenheit in Worte zu fassen.

Inzwischen war Pete bei Lara, der Russin, angekommen. Er sprach in strengem Ton mit ihr. Sie verzog den Mund und schimpfte ganz unverhohlen vor sich hin. Pete schüttelte nur unwillig den Kopf und ging weiter. Lange stand er bei einer schwarzhaarigen Frau, die einen ihrer Arme über und über mit bunten Blumen bemalt hatte.

Dann kam er auf Biba zu, blinzelte kameradschaftlich und sagte leichthin: „Führst du die Neuen gut ein? Du kannst ihnen die Küche zeigen und sie später zu Madame Nell bringen." Biba nickte freudig. Dann lächelte er Celine zu, seine Augen funkelten spöttisch. Er fasste ihr an den Po, als amüsierte er sich darüber, dass sie den Plug tragen musste. Seine Geste brachte Celine aus der Fassung.

Plötzlich gab es ein krachendes Geräusch. Lara hatte einen Teller mit so großer Wucht auf den Boden geschmissen, dass er sogar auf dem weichen Teppichboden zersplittert war. Eine der Frauen sprang auf und versuchte den Vorfall zu vertuschen.

Petes Mund straffte sich, es entstand eine unangenehme Pause. Er bedeutete Kia, Lara hinauszuführen und flüsterte mit ihr – dicht neben Celine. Sein Schatten fiel auf sie. Sie lauschte, um ein paar Worte zu erhaschen und hielt den Atem an, als Kia auf Lara zuging. Diese weigerte sich trotzig, ihr zu folgen. Gleichzeitig sah Celine den Triumph in Sigrids aufleuchtenden Augen, aber ebenso deren harten Glanz. Und schon kam der schwarze Stock zum Einsatz. Kia zielte auf Laras Kniekehlen. Lara strauchelte, hielt sich verbissen am Tischrand fest. Sie schien vor Wut zu schäumen, ihre Mandelaugen wurden schmal.

„Sie nimmt heimlich Opium", flüsterte Biba Celine zu. Dann wurde es totenstill im Raum. Wiederholt drosch Kia in Laras Kniekehlen. Diesmal ging Lara zu Boden, ihre Blässe wirkte fast gelblich. Hass blitzte aus ihren Augen. Sie sah zu

Pete hinüber, der keine Miene verzog. Kurz darauf wurde Lara von Kia und einem jungen Mann, der Celine an einen Vampir erinnerte, aus dem Zimmer geschleift.

Die meisten Frauen erhoben sich nun. Ein eisiger Hauch hatte die fröhliche Runde gestreift. Pete beugte sich über Bibas Schulter. „Bring die Neuen bitte heute Nachmittag in mein Büro. Ich möchte, dass sie Laras Abstrafung beiwohnen, es ist eine Erziehungsmaßnahme." Beklommen nickte Biba, ihr mondförmiges Gesicht hatte sich verdunkelt. „Na, dann wollen wir mal, ich zeige euch die Küche und unsere Perle", sagte sie betont fröhlich, doch Celine merkte, dass sie Pete nicht traute. Sie sah zu Mara hinüber, die eingesunken dasaß und immer noch nichts gegessen hatte. Sie trug ein kurzes schwarzes Kleidchen. Mit ihrem schwarzen Haar und den dichten schwarzen Wimpern wirkte sie wie ein kleines Mädchen in Trauer.

„Möchtest du nichts essen?", fragte Biba. Hastig schüttelte Mara den Kopf. Celine fragte sich, was sie wohl derart eingeschüchtert hatte, vergaß aber dabei, dass nicht jede ihr robustes Temperament hatte. Mara wirkte versteinert. Sie hatte die ermüdende Art von Leuten, die nichts mit sich anzufangen wissen.

Mit hängenden Köpfen schlichen Celine und Mara hinter Biba her. Celine sammelte allen Mut zusammen und fragte: „Wenn man in den Garten darf, kann man dann nicht fliehen?" Biba schüttelte den roten Kopf und legte verschwörerisch einen Finger auf die Lippen. „Das hier ist ziemlich abgelegen. Es haben schon einige versucht, aber sie sind alle wieder aufgegriffen worden. Und hinterher machen sie dich erst richtig fertig." Celine war der Gedanke, sie könnte aufgegriffen werden, unerträglich.

Sie betraten eine helle Küche mit rötlichen Bodenfliesen, in der es herrlich nach frischgebackenem Brot duftete. Eine junge Frau schnitt Gemüse, an einer Spülmaschine stand ein braunhaariger Junge, der Geschirr sortierte.

„Hallo, Carla, Mike", sagte Biba, „ich bringe euch die Neuen vorbei." Sie ließ sich auf einen der rot lackierten Stühle fallen. Carla kam sofort herüber und wischte sich ihre Hände an der bunten Schürze ab. Sie war Celine auf den ersten Blick sympathisch. Flinke, dunkelbraune Augen, die hin und her hüpften, ein kleines Gesicht voller Sommersprossen und ein großer Mund. Sie strahlte Gemütsruhe aus. Ihr schüchternes Lächeln verscheuchte Celines Bangigkeit. Sie bot ihnen eine Schokolade an, die cremig und dunkel war und nach Anis und Zimt duftete. Celine ließ ihren Blick durch die Küche schweifen. Ein rotes Gewürzregal, Kräuterbüschel, die von der Decke baumelten, Öle, Tinkturen, Rosenzucker. Für kurze Zeit wurde Celine völlig von ihrer Schmach abgelenkt. Diese Küche war ein traumhafter Ort, eine Art Zuflucht. Sogar Mara sah etwas entspannter aus.

Celine löffelte die dicke spanische Schokolade und hörte zu, wie Biba und Carla sich unterhielten. Auch Mike trat hinzu. Er trug zerlöcherte Jeans und ein Lederband um sein Handgelenk und versuchte gutmütig, Mara ein wenig aufzuheitern. Sie saß da, gegen die Wand gelehnt, den Kopf wieder gesenkt, stocksteif und hoffnungslos. Sie wirkte verbraucht, ihre Wangen waren eingefallen. *Wirklich kein Anblick, der Männerherzen höher schlagen lässt*, dachte Celine. Außerdem wunderte sie sich, wieso Carla und Mike, die so freundlich wirkten, für Pete arbeiteten – aber sie traute sich nicht direkt zu fragen. So genoss sie einfach die Pause, während Carla Biba an ihrem selbst hergestellten Orangenwasser riechen ließ und sie Marzipankonfekt kosteten. Doch dann musste sie das Gemüse weiter zerkleinern, und Biba erhob sich, um die Frauen zu Madame Nell zu führen, der geheimnisvollen Besitzerin der Wildrosenvilla. Celine versuchte immer wieder, durch ein beiläufiges Lächeln oder eine Bemerkung einen Kontakt zu Mara aufzubauen. Die schwieg hartnäckig und stakste steif wie eine gefangene Gazelle herum.

Wieder liefen sie durch viele Gänge mit geheimnisvollen Türen, immer über üppige Teppiche, die jedes Geräusch erstickten, immer höher hinauf bis unters Dach. Überall hingen erotische Bilder, aber Celine konnte nicht stehen bleiben, um sie genauer zu betrachten. Die Luft wurde ihr knapp, ihr Herz schlug schneller, sie fühlte wieder den peinigenden Plug in sich stecken. Ganz oben klopfte Biba an eine lackrot gestrichene Tür mit einem goldenen Türknauf. Es dauerte lange, bis schlurfende Schritte dahinter erklangen. Biba knickste tief. „Madame Nell, ich soll Ihnen die Neuen präsentieren, Mara und Celine."

Vor ihnen stand eine sehr alte Frau. Sie stützte sich auf einen schwarzen Stock mit einem goldenen Knauf, der wie ein Krokodilsmaul aussah und unangenehme Erinnerungen in Celine wachrief. Ihr Haar war dünn und gelblich, sie ging gebückt, aber ihre Augen, die die Mädchen durchdringend musterten, hatten die Schärfe eines Habichts. Sie klopfte herrisch mit dem Stock auf den Boden und trat zurück, damit sie eintreten konnten.

In dem Raum stand ein großes Bett mit einem Baldachin, in dem sich der Großteil ihres Lebens abzuspielen schien, es war überdeckt mit Fotos und Rechnungen. Hier oben war es sehr hell, eine ganze Wandseite bestand aus Glas, die Sonne fiel strahlend herein. Es roch stark nach Veilchenparfum. Welke Rosen standen auf einem Tischchen, daneben lagen einige Nüsse.

Trotz ihres fortgeschrittenen Alters trug Madame Nell lange Ohrgehänge und war stark geschminkt. Ihr Blick blieb an Mara hängen. „Zu was soll die taugen? Ist wohl mehr ein Knabe", sagte sie krächzend. Dann streifte sie Celine mit dem Stock und sagte: „Zu viel Feuer in deinen Augen, Kindchen. Du brauchst harte Zucht." Sie schlug mit dem Stock leicht gegen Celines Schienbeine. Dann sagte sie mit zuckersüßer Stimme zu Biba: „Und wie geht es dir, bist du zufrieden mit den Freiern, die ich dir zugeteilt habe?" Biba knickste wieder und sagte brav: „Sehr, Madame. Wenn ich irgendetwas für Sie tun kann oder Sie begleiten soll, wenn Sie in die Stadt müssen ..."

Madame Nell nickte kurz. „Ich werde Pete meine Beurteilung der Neuen zukommen lassen. Hat er auf eine der beiden einen Anspruch erhoben?"

Ein ungutes Gefühl überschwemmte Celine, ihr wurde trotz der Sonne eiskalt, aber sie schwieg hartnäckig. Madame Nells Beurteilung fühlte sich wie ein Verhängnis für sie an. Sie zuckte die Achseln und versuchte das schlechte Gefühl abzustreifen. Biba wusste nichts über Petes Vorlieben. „Kann man mir nicht die notwendigen Informationen zukommen lassen, bevor ich die neuen Hühner inspiziere?", polterte Madame Nell. Wutschnaubend griff sie zum Hörer eines altmodischen Telefons. Celine fühlte sich nackter und armseliger als je zuvor. Nach allem, was sie bereits wusste und beobachtet hatte, war es wohl das Schlimmste, an Pete persönlich zu geraten, dennoch ersehnte Celine es. Die Alte hatte den Hörer aufgelegt und sah Celine mit einem gehässigen Lächeln an. „Aha, Pete hat dich bereits genommen." Dann schlug sie ihr wieder den Stock über die Beine und sagte: „Mädchen, kannst du den Mund nicht aufmachen?"

Celine bewahrte auch in der Verlassenheit, die sie in der Villa empfand, eine große Wachsamkeit. Sie murmelte etwas vor sich hin und sagte dann lauter und ziemlich von oben herab: „Ich kenne mich hier nicht aus mit den Gepflogenheiten." Im nächsten Augenblick hätte sie sich auf die Zunge beißen mögen. „Vorlaut?", krächzte die Alte, „du wirst dich wundern, was für eine Beurteilung ich über dich verfassen werde, Kindchen!". Celine schwankte zwischen Wut und Angst, Madame Nell weiter herauszufordern. Flüchtig war sie geneigt, deren Worte verächtlich abzutun, doch Biba warf ihr einen warnenden Blick zu.

Die Alte ließ sich auf ihr grünseidenes Bett fallen, trank aus einem Likörglas eine orangefarbene Flüssigkeit und sagte zu Biba: „Richte ihm vorerst aus, ich kann mit den beiden nicht viel anfangen. Wer will schon eine Trauerweide vögeln? Und die andere“, wieder wies ihr Stock auf Celine, „hat erst mal eine Abreibung nötig. Ich mag in meinem Alter keine aufsässigen Gören mehr in meinem Haus, sie sollten Dankbarkeit zeigen.“

Bei dem Wort Abreibung lief Celine rot an, sie fand die Alte immer abstoßender, wagte aber nichts mehr zu sagen. „Richte Carla aus, sie soll mir Veilchen kandieren, und ich möchte morgen Apfelstrudel, aber hauchdünn!“

Die Audienz war beendet. Celine musste an das Märchen „Hänsel und Gretel“ denken. Am liebsten hätte sie Madame Nell in den Ofen gestoßen.

Biba neigte den Kopf und knickste. Celine hasste derartige Verstellungskünste. Madame Nell dirigierte sie hinaus.

„Celine!“, sagte Biba, sobald die knallrote Tür zugefallen war, „das war wirklich dumm von dir! Sie bestimmt über alles hier, selbst Pete ist weisungsgebunden, sie hat das Geld, sie kann dir gutmütige Freier zuteilen oder eben Kotzbrocken.“

Celine wurde immer wütender. „Das ist ja lächerlich!“, fuhr sie auf. „Was soll es mir nützen, ihr zu schmeicheln, wenn Pete mich schon vergewaltigt hat?“

Biba hielt kurz inne, ihre wasserblauen Augen glänzten kalt. „Sie hat auch große Einflussmöglichkeiten auf Pete, du wirst es schon noch merken. Jetzt wirst du erst mal abstürzen.“ Celine schnaubte. Sie glaubte nicht, dass die Alte Pete von irgendetwas abbringen konnte, was er sich in den Kopf gesetzt hatte. Mara stand wie ein dunkler Schatten neben ihnen und schwieg. Von Zeit zu Zeit blieb sie ruckartig stehen und schaute verwirrt in den Raum. Sie machte Celine Angst.

Die nächsten Stunden verbrachte Celine in ihrem Zimmer mit der Aufgabe, sich eine Garderobe zusammenzustellen und aus einer Liste Kosmetika auszuwählen. Nach wie vor war sie in aufgebrachter Stimmung, all der Luxus widerte sie an, obwohl sie noch vor ein paar Wochen viel darum gegeben hätte, nur eine einzige Designerjeans zu besitzen. Ihre Stimmungen wechselten rasch. Sie nannte Madame Nell innerlich eine verknöcherte alte Nörglerin, die meinte, alles müsste sich um sie drehen, wenn sie nur den kleinen Finger bewegte.

Celine stocherte mit spitzen Fingern in einer Fülle von Abendroben, Miniröcken, Strümpfen, Pelzjäckchen, hauchdünnen Blusen aus schimmernden Materialien und Blazern. Sie ärgerte sich immer noch über Biba, die Madame Nell schmeichelte und Bewunderung für sie vortäuschte. In einem kurzen Aufwallen von Aufbegehren erwog sie, sich den Plug einfach herauszuziehen, um ihnen zu zeigen, dass sie jedenfalls nicht bereit war, sich ihnen unterzuordnen. Doch Madame Nells

Androhung einer Bestrafung hielt sie von dieser Eigenmächtigkeit zurück. Sie schimpfte laut vor sich hin und gebrauchte dabei Ausdrücke, die noch vor kurzer Zeit nicht zu ihrem Vokabular gehört hatten. Sicher würde sie bald herausfinden, ob Pete sich nach Madame Nell richtete, oder ob es doch eher umgekehrt war, wie sie vermutete. Madame Nell war tyrannisch und ungerecht. Krampfhaft versuchte Celine Gleichmut zu bewahren und sortierte die Kleider.

Als Kia das Zimmer aufschloss, starrte Celine sie wütend an. Die Asiatin glich mehr denn je einer Katze. Kein menschliches Gefühl lag in ihren Augen mit den schmalen Pupillen, als sie Celine am Handgelenk packte und eine Handschelle zuschnappen ließ.

„Was soll das?“, rief Celine empört und hätte ihr fast die weißen, maskenhaften Züge zerkratzt. Das ganze Universum hier war unwirklich und aufregend, wild pulsierte das Blut durch Celines Adern.

Sie riss brutal an der Handschelle und schrie: „Ich will Pete sprechen, sofort!“

„Los!“, sagte Kia. Wieder spürte Celine einen ziehenden Schlag auf den Waden, eine Schmerzwelle verdüsterte ihr Gemüt, und nur mit Mühe unterdrückte sie eine weitere kritische Bemerkung. Kia verhielt sich völlig unpersönlich wie eine Marionette.

Es war nicht weit bis zu Petes Zimmer. Als sie eintraten, saßen bereits etliche Gäste auf den Ledermöbeln herum und tranken Espresso und Prosecco.

Celine entdeckte Andrasch. Sie starrte in sein glattes Gesicht und Scham erfasste sie, als ihr einfiel, dass er gestern beobachtet hatte, wie Pete sie genommen hatte. Er grinste dreist, als er Celine sah und betrachtete sie ausgiebig. Sigrid stand neben ihm und sah aus wie eine zarte Prinzessin. Sie trug ein Kleid mit Rosenmustern und strahlte unter ihrem üppigen Haar, in ihren Augen stand eine gewisse Verzückung. Auch der Junge mit dem langen honigblonden Haar, der am ersten Abend Klavier gespielt hatte, stand neben Andrasch, einen silberfarbenen Seidenschal im offenen Hemd. Lässig lehnte die Frau mit dem bemalten Arm an der Wand, sie trug ein schlichtes schwarzes Kleid, und ihre Augen waren halb geschlossen wie bei einer lauernden Raubkatze. Unter dem hauchdünnen Kleid zeichneten sich ihre Brustwarzen und ihre Scham ab.

Die ganze Gesellschaft widerte Celine an, doch besonders ärgerte sie der verzückte Blick von Sigrid. Kia umklammerte Celines Handgelenk und zog sie vorbei an den Leuten, die plaudernd herumstanden und Celine genau musterten. Celine fühlte sich neben Sigrid verblassen und starrte stumm geradeaus. Ganz hinten stand eine rote Ledercouch, auf der bereits Lara und das Mädchen, das sie im Bad mit dem Plug gesehen hatte, saßen. Immer noch vertraute Celine auf eine sublime Macht, die sie über Pete zu haben glaubte. Sie tröstete sie, enthob sie der Rätselhaftigkeit all dieser Vorgänge und erleichterte ihre Bürde ein wenig. Die beiden Frauen waren nackt, Pete war nirgends zu sehen.

„Zieh dich aus, du bekommst eine Abstrafung!", zischte Kia. Eine Bahn aus Sonnenlicht lag auf dem Teppich und blendete Celine.

„Ich denke gar nicht daran!", sagte sie scharf, nun völlig wütend, „das kann mir Pete dann ja selbst sagen." Kia warf Celine einen seltsamen Blick zu. Celine wurde siedend heiß klar, dass sie sich ständig auf Pete berief, auf seinen Schutz hoffte und doch ziemlich sicher nicht damit rechnen konnte. Sie hätte plötzlich weinen mögen. Trotzdem hatte sie noch einen Funken Hoffnung. Sie starrte wieder in die Sonne. Sigrids zur Schau getragene Selbstherrlichkeit und ihr strahlender Blick schüchterten sie ein.

Celines Blick glitt zur Wand. Dort hing ein prächtiges, in leuchtenden Farben gemaltes Wappenschild mit einem Löwen und einer Krone. Überall im Raum stand Geschirr mit Häppchen, Meeresfrüchten, Kaviar, Bergen rosiger Shrimps. Die Stimmung unter den Besuchern war eigenartig gedämpft wie in einem Glashaus, ihr Gemurmel schlug an Celines Ohr wie eine schwache Brandung.

Kurz versank sie in Betrachtungen ihrer eigenen Person. Ihr Vater hatte sie immer „mein Vögelchen" genannt. Celine war schnell und geradlinig, und vor allem war sie sehr eigenwillig. Sie hatte ihre Familie verlassen, um Künstlerin zu werden. Hilfe suchend sah sie zu Lara hinüber, doch deren Augen wirkten verschleiert und sahen Celine an, als hätte sie den Verstand verloren. In ihrem Blick lag auch eine gewisse Boshaftigkeit. Bette, das rothaarige Mädchen, war völlig weggetreten. Sie rutschte dauernd auf der Couch herum, scheuerte ihren Po dagegen und fasste sich zwischen die Beine. Celine fand den Anblick ekelhaft. Dann empfand sie eine heftige Angst, die sie wie eine Flamme verzehrte. Kia hatte sie auf der Strafbank sitzen lassen und sagte nichts mehr, sondern beobachtete die Leute, die in den Raum strömten, der mit dem gleichmäßigen Plätschern gedämpfter Stimmen angefüllt war. Es dauerte endlos lange, bis Pete hereinkam.

Celine starrte bedrückt auf den Teppich, denn sie konnte den Anblick der eleganten Gesellschaft nicht ertragen. Der Raum füllte sich immer mehr. Yuki kam dazu und noch ein Mädchen mit einer goldenen Helmfrisur, die kühne Augen hatte, klein und zierlich war, sich mit einer tanzenden Anmut bewegte und Pete zuwinkte, als er den Raum betrat. Er küsste sie auf beide Wangen.

Trotzig verharrte Celine auf der Couch. Sie war bereit, allem, was in diesem Raum auf sie zukommen mochte, Widerstand zu bieten. Die Zeit schritt voran. Durch das geöffnete Fenster hörte man einen Vogel krächzen, und Celine fühlte den Mut der Verzweiflung. Kurzsichtig glaubte sie, von den Gesetzen des Hauses ausgenommen zu sein.

Pete trat vor die Couch. Sein gut geschnittener grauer Anzug betonte vorteilhaft seinen braunen Teint und die eisgrauen Augen. Celine sah ihn dreist an. Er schien ein Lachen zu unterdrücken. Celine sah sich einem ernsten Blick aus unvergleichlichen Tiefen ausgesetzt. Er sah sie an, als hielte er sie für einen Kindskopf. Sie begann plötzlich hysterisch aufzulachen, lachte und lachte, als wäre die Vorstellung ein Stück absurdes Theater. Doch dann sah sie, dass er einen fest anliegenden Lederhandschuh trug, der bis zu seinem Ellbogen reichte. Ihr schwindelte und sie verstummte – doch sie war immer noch bereit zu kämpfen.

Kurz streifte sein Blick die anderen Mädchen, dann sagte er: „Du weigerst dich, meinen Befehlen Folge zu leisten?“ Er beugte die Finger in dem Handschuh. Celine sah ihn flehend und doch herausfordernd an, immer noch auf seine Milde hoffend. Sie schlang die Arme um ihre Knie, sah ihn von unten an, hoffte in die geheimen Kammern seines Herzens vorzudringen, legte einen Hauch Anschmiegsamkeit in ihren Blick.

Da sagte er leise, fast überredend: „Nun, Celine, zieh dich aus!“ Wieder blickte er ihr tief in die Augen, und sie musste an den vorherigen Abend denken, als er so tief in ihr Inneres vorgedrungen war. Plötzlich ersehnte sie nur noch Einssein mit ihm, Vertraulichkeit. Ihr Trotz brach. Sie schluchzte auf und lehnte den Kopf an seine Knie, als befänden sie sich allein im Raum.

Er selbst war es, der die Knöpfe ihrer Bluse öffnete, ihr fast zärtlich den Slip herunterzog und den schändlichen Plug entblößte.

Als er sie mit festen Händen zwang, sich auf die Couch zu setzen, wurde sein Blick so intensiv, so eigenartig, dass Celine sich kurz an seine Hand klammerte. Er riss sich los. Sie saß jetzt neben den zwei anderen nackten Mädchen und versuchte die Beine übereinanderzuschlagen und ihre Brüste mit den Händen zu bedecken, noch immer entschlossen zu streiten und zu kämpfen und ihnen ihren Hass entgegenzuschleudern. Wieder drang das Gemurmel der Leute zu ihr, und alle Blicke waren auf Celine gerichtet. Pete war aufgestanden, doch sein seltsamer

Augenausdruck, seine fast zärtlichen Gesten hatten eine subtile Veränderung in ihr bewirkt. Sie tauchte ein in eine andere Welt.

Seltsamerweise rasten ihr nun Kindheitsbilder durch den Kopf, so stark und so deutlich, dass alles andere um sie herum verblasste.

Sie war auf einem Hof aufgewachsen, inmitten von Wäldern und Mooren. Die Bilder dieser stillen Welt, die blühenden Kirschbäume feiten sie vorübergehend gegen die klamme Angst, die in ihr hoch kroch. Sie sah die vielen schnellen Jagdhunde, Gordon Setter, die ihr Vater gezüchtet hatte, eine Meute schwarzer Leiber, tobte mit ihnen durch ein Netz von Bächen, Kanälen und Tümpeln, überwuchert von Weidengebüschen und Hecken, durfte einen alten Kahn benutzen, mit dem sie über die schmalen Wasserwege zog und beobachtete oft die Frösche und Aale, die sich in den Gewässern tummelten.

Auf der anderen Seite des Hofes lag ein Wald mit dicht stehenden Eichen und Kastanien. Sie sammelte Kräuter und Wurzeln, trocknete sie, zerrieb sie, füllte sie in Säckchen, die sie versteckte. Ihre Visionen von der Vergangenheit wurden immer lebhafter. Sie sah sich bei der alchemistischen Beschäftigung mit Wurzeln und Kräutern, beim Pflücken von Gänseblümchen, beim Sammeln von Wurzeln und Algen. Sie erntete ganze Büschel Vergissmeinnicht, Angelika und Minze, sammelte wilde Beeren und Pilze. Oft stellte sie sich vor, sie würde einer Zauberin oder einer Fee begegnen.

Celine schreckte aus ihren Gedanken hoch. Pete hatte sich aufgerichtet und eine Hand erhoben. Das Gemurmel im Raum erstarb. Seine klaren grauen Augen hatten sich verengt. Pete fasste Bette nachdrücklich an der Schulter und führte sie mit dem furchterregenden Handschuh in die Mitte des Raumes. Bette zuckte zurück wie ein Hund, den man geschlagen hatte.

„Bette hat Schwierigkeiten sich einzugewöhnen“, sagte er ironisch lächelnd.

Andrasch trat mit zwei elastischen Schritten hinzu und schob einen hölzernen, mit Leder bespannten Bock direkt unters Licht. Bette wich erschrocken zurück, doch Pete und Andrasch legten sie mit Leichtigkeit über den Bock und fixierten sie so, dass sie schnell bewegungsunfähig war. Ihr Haar ergoss sich bis zum Boden, ihr Po mit dem hässlichen Plug wurde herausgepresst, und sie jammerte vor sich hin wie eine junge Katze. Immer noch redete Celine sich ein, Pete würde sie verschonen, da sie einen intimen Augenblick geteilt hatten. Ein Lichtkegel schloss einen Kreis um Bette, Pete und Andrasch. Andrasch beugte sich zu Bette hinunter und schob ihr etwas zwischen die Zähne. Eine entsetzliche Angst begann in Celine zu toben. Sie wollte um keinen Preis vor dieser ganzen Gesellschaft entblößt und dargeboten werden. Ihr ganzer Körper wurde starr, als Pete sich nun hinter Bette stellte, ihre Pobacken teilte und den Plug mit einem festen Griff herauszog. Dann griff er zu einem Bambusrohr, prüfte es sorgfältig mit der Hand und holte zum Schlag aus. Es pfiff durch die Luft, pfeilschnell und gebieterisch.

Es war totenstill. In das gespannte Schweigen hinein erklang überlaut der Summton der Klingel. Yuki öffnete geräuschlos, und Madame Nell humpelte herein. Befriedigt glitten ihre Augen an Celine vorbei zum Strafbock, während ein Mann namens Brendan ihr rasch einen Sessel bereitstellte, in den sie sich aufseufzend hineinfallen ließ. Ihre gelblichen Habichtaugen leuchteten auf, als sie ihren Blick auf das Opfer richtete.

Celine erschien die Situation so irreal wie eine gestellte Szene in einem Fellini-Film, nur dass sie nicht zuschaute, sondern mitten darin saß und nackt war. Sie wartete auf ihre Abstrafung – das Märchenreich jenseits der Hecke ihrer Kindheit war nun verschlossen. Plötzlich riss ein zu straff gespannter Faden in ihr, es drängte Celine mit aller Macht nach Hause, zurück in die Gefilde ihrer Kindheit. Wie in Trance erhob sie sich und ging wie eine Schlafwandlerin auf die Tür zu, bis viele fremde Hände sie festhielten und sie zurückzwangen auf das scharlachrote Sofa der Sünde.

„Können wir jetzt endlich weitermachen?“, fragte Pete und sah Celine ungeduldig an. Celines Wangen waren hochrot.

Er nahm den Stock wieder auf und begann Bette zu züchtigen. Er schlug auf ihr Gesäß, ihre Oberschenkel, ihre Waden. Celine konnte sehen, wie sie sich anspannte und verkrampfte, ihr Po durchlief alle Stufen der Rötung, von einem kräftigen Rosa bis zu einem flammenden Scharlachrot.

Pete schlug immer schneller, und trotz des Knebels konnte man stöhnende Töne von Bette hören, ihr Körper wurde sichtbar schwerer, sie gab nach, ihr Po klaffte auf, man konnte sogar ihre rasierte Scham sehen und auch ihren hinteren Eingang. Celine hörte Madame Nell vor sich hinkichern, sie rauchte aus einer kleinen schwarzen Pfeife.

Nach endlos langer Zeit legte Pete den Stock zur Seite, betastete das Gesäß, dann begann er mit dem Lederhandschuh darauf zu schlagen. Mittlerweile wurde es immer heißer im Raum. Ein Geruch nach Schweiß lag in der Luft und Sigrids Wangen leuchteten erregt, während Sarah totenblass wirkte. Andraschs Hose wölbte sich auf, das Mädchen mit der blonden Helmfrisur wippte aufgeregt mit dem Fuß, und Madame Nell paffte befriedigt vor sich hin, während sie gelblichen Likör schlürfte.

Als Pete endlich Bettes Fesseln löste und sie von dem Bock herunterhob, sank sie in die Knie. Er musste sie um die Taille fassen und stabilisieren, damit sie nicht umfiel.

Ihr Gesicht war tränenüberströmt. „Für den Anfang reicht das wohl", sagte Pete und schob sie zu Brendan, der Bette auf seinen Schoß zog und sie dort festhielt. Bette schien gar nicht mehr wahrzunehmen, was um sie herum vorging, ihre Augen waren leicht nach innen gedreht, ihre Lippen wirkten zerbissen. Brendan versuchte sie zu beruhigen, er ordnete ihr taillenlanges Haar.

Dann befahl Pete Lara zu sich. Sie sah trotzig zu Boden, ihre Haut war sehr weiß, und sie trug eine hohe geflochtene Zopfkrone. Sie stand hoch aufgerichtet, als stünde sie im prachtvollen Bernsteinzimmer eines Palastes und nicht vor einer Abstrafung. Sie drückte ihre Brüste heraus. Celine sah ihre starke gerade Wirbelsäule und das animalische Glitzern in ihren dunklen Augen.

Sie war fülliger als Bette und hatte ein ziemlich kräftiges Gesäß. Celine fühlte sich mittlerweile so, als brannten tausend Kerzen in ihr, sie begann zu glühen.

Lara sah starr wie eine Eule auf den Strafbock. Ihre kräftigen Kiefermuskeln mahlten aufeinander.

Sie würdigte Pete keines Blickes, als er erklärte, dass Lara sich ihm nicht gefügig erweise, vor allem den analen Verkehr verweigere und sich häufig Sonderrechte anmaße. Auch sie wurde kurzerhand auf den Lederbock gehoben. Pete spreizte ihre weißen Beine auf. An einer Wade hatte sie ein hellbraunes Muttermal, geformt wie eine Münze.

Sie wurde in einem weiten Spagat fixiert. Die Anwesenden konnten tief in sie hineinsehen, ihre Rosette war sichtbar – ein kleiner dunkler Stern – und ihre fülligen prallen Schamlippen.

Mittlerweile fanden im Publikum unverhüllt sexuelle Aktivitäten statt. Brendan hatte Bette auf seinen Penis gezogen und tastete genüsslich ihre mit Striemen versehenen Pobacken ab, während er sie langsam stieß.

Bette weinte zwar immer noch, aber gleichzeitig zeichnete sich eine ekstatische Erregung auf ihrem Gesicht ab. Brendan hielt ihre Hände fest und spreizte ihr Beine, ihre angeschwollene Klitoris wurde sichtbar, ein pralles fleischfarbenes Knötchen. Bette begann feucht zu werden und rhythmisch zu zucken, während sie die Augen schloss und alles willenlos mit sich geschehen ließ.

Ein dunkelhaariger Mann küsste das Mädchen mit dem rotblonden Helm, das alle Achillea nannten und holte ihre Brüste aus der tief ausgeschnittenen Bluse, er küsste sie leidenschaftlich und presste sein Gesicht hinein. Achillea schien es zu gefallen, denn sie fasste in sein Haar und zerwühlte es, während sie lachte und ihren Schwanenhals zurückbog, dessen Kontur er mit den Fingerspitzen langsam nachfuhr.

Betäubt und mit schweißnassen Händen beobachtete Celine das lose Treiben. Sie sah die aufgerissenen Augen und die hellwache rosige Frische Achilleas und beneidete sie fast. Dann glitt ihr Blick wieder zu Pete hinüber.

Pete drang nun mit dem Daumen in Laras Scham ein, er stieß sie ein bisschen, und wiegte sie so in Sicherheit. Er kreiste auf ihrem Kitzler, und alle sahen, dass ihre rosige Vagina feucht wurde.

Dann fasste er unter sie und berührte ihre vollen Brüste, er kniff in die Nippel, dann ganz unerwartet schlug er von unten auf die herabhängenden Brüste, sodass sie zu schaukeln begannen. Ein stöhnender Laut entfuhr Lara, doch Pete schlug wieder und wieder auf die weißen Brüste, die sich zu röten begannen.

„Böses, böses Mädchen!“, sagte Pete und knetete die Brüste, während nun auch Lara zu weinen begann. Etwas Feindseliges lag plötzlich in seinen Zügen. Etwas, das bereit war, Lara weiter über ihre Grenzen zu treiben.

Er konzentrierte sich weiter auf ihre Brüste. In einem schnellen Wechselbad reizte er sie, streichelte sie sanft und schlug wieder erbarmungslos zu. Dann ergriff er einen Stock, dessen Ende knollenartig verdickt war. Celine war fasziniert von den Prozeduren, denen Pete Lara unterzog. *Wie stark er Menschen beeinflusst*, dachte sie, und spürte deutlich, dass die pechschwarze Woge ihrer Behandlung immer schneller auf sie zurollte.

Pete drückte die Verdickung an Laras Hinterpforte. Lara schrie auf. Bisher hatte sich niemand die Mühe gemacht, sie zu knebeln. Doch so sehr Pete auch presste, das Stockende war zu dick, es passte nicht hinein in das kleine dunkle Loch von Lara. Es wurde immer später, das Licht draußen verfiel, etwas Graues im Laub erweckte ein klammes Gefühl in Celines Magengrube.

Andrasch nahm Pete den Stock ab, grinste in sich hinein und begann die Kugel dick mit einer Gleitcreme einzufetten, bis der Stock vor Fett glänzte. Pete schmierte die Creme auch in Laras Anus, während sie immer schriller schrie und auf Russisch zu fluchen begann, bis sie auf ein Zeichen von Pete hin geknebelt wurde.

Achillea saß nun breitbeinig in einer Hocke auf dem Sessel und präsentierte allen ihren weit geöffneten Schlitz, den der schwarzhaarige Mann rieb. Sie hatte den Kopf zurückgeworfen und sah sporadisch hinüber zu Lara, sie spannte die Oberschenkel an, um ihren Orgasmus noch zurückzuhalten. Celine sah die Finger des Mannes in ihr arbeiten, er benutzte beide Hände von vorne und hinten, um in ihre Schlucht zu fahren, sie zu liebkosen, und Achillea konnte kaum noch an sich halten.

Die Anwesenden ergriff eine seltsame Erregung, die zu verdunsten schien. In Celine wurde es ganz dunkel, unauslotbar tief, immer wieder sah sie auf Petes Lederhandschuh, der ein wenig wie ein Schlangenarm wirkte. Er ließ sich von nichts aufhalten.

Pete setzte nun wieder den knollenartigen Stock an, und langsam und zögernd gab der Anus nach. Lara zuckte am ganzen Körper, sie wand sich wie ein Tier, als der breiteste Teil in sie hineingepresst wurde. Pete war mit einer ungeheuren Intensität dabei, ihr den Anus zu öffnen. Seine Augen leuchteten vor Erregung. Achillea kam heftig unter der Hand des Mannes. Er zog sie auf seinen Schoß und öffnete seinen Gürtel.

Wie gebannt beobachtete Celine, wie Pete das phallische Ende des Stabes in Lara hineintrieb. Er drehte den Stab in ihr herum, dann hob er sie von dem Bock herunter. Sie musste sich auf Hände und Füße knien. Er trieb sie mit dem Stock durch das ganze Zimmer. Das Dunkel brach in den Raum ein, Celine saß und schaute und konnte sich nicht abwenden. Ihr Blick begegnete Pete, seine Augen blickten streng. Trotz der Grausamkeit, mit der er Lara behandelte, überschwemmte sie eine unsinnige Zärtlichkeit für den hochgewachsenen Mann.

Durch den Schmerz bewegte Lara sich immer schneller – vergeblich, weil Pete das andere Ende des Stockes in seiner Hand hielt und sie damit unerbittlich vorwärts schob. Sie war leichenblass geworden, ihre Augen waren schmerzerfüllt weit aufgerissen, und Speichel lief ihr aus dem Mund.

Pete ließ sie mehrmals die ganze Runde abgehen, sie hielt die Augen zu Boden gerichtet, bis sie sich schließlich auf allen vieren in eine Ecke hocken durfte und Pete Andrasch den Stab in die Hand drückte.

„Lass ihn noch eine Weile in ihr stecken, damit sie es sich merkt", sagte Pete kalt. Lara atmete hechelnd und versuchte eine Stellung zu finden, in der sie weniger Schmerz empfand. Von Zeit zu Zeit ruckte Andrasch an dem Stock, und sie fuhr erneut zusammen.

Celines Herz begann schneller zu schlagen, sie schürzte die Lippen, als Pete sich nun ihr näherte. In den Augen von Madame Nell sah sie einen goldgrünen Funken auflodern. Sie klammerte sich an der Lehne des Sofas fest. Mit ihrem scharfen Verstand wusste sie, dass sie hier Schmerz und Verrat erwartete, ein Schatten legte sich über ihre schönen Züge. Die teuflische Wahrheit war, dass ihre Zuneigung zu Pete alles nur schlimmer machte. Sie fürchtete die Marter, die er ihr nun bereiten würde. Sie entdeckte in seinem Gesicht eine tiefe Erregung. Er war nach Laras Abstrafung reizbar, und seine Augen waren nicht frei von Ironie. Er verströmte Mitleidslosigkeit und Unerbittlichkeit. Celine musste sich in die Mitte des Raumes stellen und merkte, dass sie plötzlich am ganzen Körper bebte. Ihre Knie zitterten wie Espenlaub.

„Ich werde deine Brüste züchtigen, mein Liebes", sagte er, „mit einer jungen Weidenrute." Er ragte über ihr auf und wieder war Celine fasziniert, beinahe hypnotisiert von seiner mächtigen Ausstrahlung. Er berührte sie zart mit einem hauchdünnen schwarzen Batistschal, strich um ihre Brüste, bis sie hervorsprangen. Dann wand er den Schal um sie herum. Wieder streichelte er sie zärtlich. Celine sah ihre Brüste herausstehen, so unschuldig und so ausgesetzt, und ihr kamen die Tränen. Plötzlich fürchtete sie zu zerspringen, raue Erregungswellen überliefen ihren Körper. Das Tageslicht schwand ganz. Celine dachte nur immer: *Es ist genug, es ist genug.* Sie konzentrierte sich auf das zitronengelbe Kleid einer Frau im Hintergrund. Pete richtete sie gerade auf, die Hände wurden ihr auf dem Rücken gefesselt. Er quetschte ihre Nippel zusammen. Celine konnte sich kaum noch fassen vor einer tiefen Traurigkeit, die in ihr aufwallte, als hätte er eine zutiefst verletzte Stelle in ihr berührt. Etwas an ihm berührte den tiefsten Grund ihres Bewusstseins. Er wandte sich um und sah sie an.

Celine sah die dünne Gerte, sah Pete, und ihre Augen flehten um Gnade. Mit jeder Sekunde rückte sie weiter ab von ihm, glitt weiter weg in ihre Traurigkeit. Sein Blick flatterte ein wenig unstet, obwohl Celine einen Augenblick dachte, es schmerzte ihn, dass er ihr nicht zu helfen vermochte. Doch dann holte er aus, und brennender Schmerz überwältigte sie. Als die Qual nachließ, ging die Rute bereits zum zweiten Mal nieder. Rote Male begannen sich auf der zarten Haut abzuzeichnen. Er befestigte Klemmen an Celines Brustwarzen, sie stöhnte auf. Wieder fühlte sie den Biss der Gerte, er schlug wohl zehnmal zu, und zwischen den Schlägen richtete er sie immer wieder auf, damit die Brüste hervorsprangen. Mehrfach wollte sie ihm in den Arm fallen, doch ihre Hände waren gefesselt.

Celines Widerstand erlahmte, ihre flammende Wut erlosch, jetzt wollte sie nur noch in den Erdboden versinken.

Unerwartet plötzlich brach Pete ab und erklärte die heutigen Strafaktionen für beendet. Nur zähflüssig und langsam verließen die Leute flüsternd den Raum, während Celine weiter am Pranger stand. Entsetzliche Gefühle durchflossen sie. Der Gedanke, dass so viele Leute gesehen hatten, wie sie dort stand und ihre Brüste gepeitscht wurden, war ihr zuwider.

Sie beobachtete, wie Andrasch Lara an dem Stock aus dem Zimmer schob, wie Pete mit ihm sprach, ihm erlaubte sie zu nehmen, wie er es wünschte.

„Ist sie denn nicht mehr Ihre Favoritin?“, fragte Andrasch etwas verwundert. Pete schüttelte leicht den Kopf. Celine empfand fast so etwas wie Mitgefühl für die grenzenlos gedemütigte Frau, die wie ein gequälter Hund neben ihnen hockte. Sie sah aus dem Fenster, Lichter kräuselten sich und schienen wieder zu verlaufen, ein leichter Wind war aufgekommen.

Der Raum leerte sich, Pete trank einen Whiskey, sie hörte die Eiswürfel in dem schweren Glas klirren. Celine sah wieder in die Dunkelheit hinaus, ihre Brüste spannten und schmerzten.

„Nun?“, fragte Pete, der lässig auf der Lehne eines schweren Sessels saß. „Habe ich dich genug geschont? Das war eine sehr milde Strafe für deine aufsässige Art.“ Sie sah auf die tiefen Striemen auf ihren Brüsten herab, aber insgeheim musste sie ihm zustimmen. Lara und Bette war es weit schlechter ergangen.

„Meine arme Schöne mit dem Goldkäferhaar“, sagte Pete lächelnd.

Er trat hinter sie und löste ihr die Handfessel. Sie hörte ihn, er wirkte jetzt heiterer als gewöhnlich. *All das hier ist ein Spiel*, dachte sie, *ein grausames Spiel, in dem ich Sieger bleiben muss.*

„Ein wunderschöner Abend“, fuhr Pete fort, „zieh deine Schamlippen auseinander – das tust du doch für mich?“ Er streichelte ihren Rücken, fuhr mit den Fingern über ihre Schulterblätter. Ein Schauer jagte über ihr Rückgrat. Pete ergriff ihre Hand und zog sie an seine Lippen, küsste sie mit Inbrunst. Als er die Hand sinken ließ, sah sie die Ironie in seinen Augen. Dann legte er den Arm um sie und wiederholte sein Verlangen. Dennoch zögerte Celine eine Spur zu lange, denn plötzlich holte er aus und schlug mit der bloßen Hand auf ihre Schamlippen.

„Weißt du Güte nicht zu würdigen?“, herrschte er sie an. Seine raschen Schwankungen versetzten Celine in Erstaunen. Er drückte sie zu Boden, in den weichen Teppich hinein, sie konnte in dem Flausch kaum Luft holen.

„Sehr schön", sagte er leise, „dein Rücken bezaubert mich, fast wie ein Gemälde von Rembrandt." Celine lag auf dem Bauch. „Zieh die Beine hoch an die Brüste", flüsterte er, und sie kam sich vor wie ein Frosch, so weit geöffnet lag sie nun vor ihm. Von unten schlug er wieder leicht auf ihre Scham, die in dieser Position aufklaffte.

„Möchtest du mit mir allein nach New York fahren?", fragte er. Celine wusste nicht, ob die Frage ernst gemeint war, sie begehrte ihn plötzlich heftig, und sie schämte sich dieser Anwandlungen. Sie antwortete nichts, und er murmelte: „Natürlich möchtest du das, Goldkäferchen". Lange küsste er ihr Kreuz. Nur eine einzelne orangefarbene Lampe brannte noch und warf einen schwachen Lichtkegel, in dem alle Gegenstände scharfkantig und dunkel wirkten.

Sie fühlte, dass er etwas auf ihre Klitoris auftrug, eine dickflüssige Tinktur, es begann zu kribbeln und zu jucken. Er lachte leise. Der Bann war gebrochen, Celine begann sich freier zu fühlen und lachte nun auch laut heraus. Ihre schmerzenden Brüste wurden in den Teppich gepresst, aber sie wollte Pete unbedingt in sich spüren. Ihr Kopf schnellte zurück und sie kicherte in sich hinein. Sie war dem nachmittäglichen Grauen entronnen, sie war froh, endlich mit ihm allein zu sein. Ihr Entschluss vom Morgen, sich ihm innerlich zu verweigern, hatte sich völlig in Luft aufgelöst. Pete drückte immer wieder ihre Hand und liebkoste ihr Geschlecht. Celine lag vor ihm in dieser obszönen Position und lechzte danach, dass er seinen großen Schwanz in sie hineintrieb. Sie wusste plötzlich, dass sie überall mit ihm hingehen würde – bis nach Istanbul oder noch weiter. Ihre Augen verschleierten sich, sie sah eine geheimnisvolle Welt aus dem Dunst auftauchen, in die er sie einführen würde. Als sie endlich das leise Geräusch hörte, mit dem er seinen Reißverschluss öffnete, stand ihre Scham in Flammen.

„Du hast wunderbare Beine, du solltest nur noch Miniröcke tragen mit nichts darunter", flüsterte er, „ich mag deine ungestüme Art, du weckst den Bullen in mir."

Celine fühlte wieder seinen mächtigen Schwanz, den er ihr nun von hinten langsam in die weit geöffnete Scham einführte. Er versank darin mit einem einzigen Stoß. Sie kauerte sich noch weiter herunter, damit er tiefer eindringen konnte in ihre befeuchtete Blüte. Erregung flutete durch sie hindurch bis in die Zehenspitzen, die Berührung seiner langen Finger war sensibel und elektrisierend. Er hob sie etwas an, fuhr mit den Fingern an ihrer Wirbelsäule entlang, betastete jeden Wirbel und entzündete ein immer stärkeres Feuer in ihr. Sie hatte Sigrid in dem

Empirekleidchen vergessen. Dann zog er seinen Penis weit zurück, um erneut tiefer in sie hineinzustoßen. Wild fegte die Erregung in sie und riss sie mit, sie war wie hypnotisiert und wünschte sich fast neue Gewalt.

„Du bist eine Moorhexe mit grünen Meeresaugen", flüsterte er ihr ins Ohr, „ich will dich persönlich zähmen. Du bist eine rothaarige Hexe." Celine fühlte eine gewaltige Weite. Sie begehrte von ihm an Händen und Füßen gefesselt zu werden. Sie wollte sich kaum rühren wegen der starken Empfindungen, die sie überschwemmten, sie wollte sie auskosten. Schließlich näherte sich sein Finger ihrer Blüte, und kaum hatte er leichte Kreise darauf gezogen, federleichte, kam es ihr schon, sie zuckte und stöhnte wollüstig auf. Es war, als käme eine Flut herein, immer wieder spritzten neue Funken der Erregung auf. Sie hielt nichts vor ihm zurück, zeigte ihm das ganze Ausmaß ihrer Lust.

Wenig später pumpte er ihr stöhnend seinen Samen hinein. Kurz danach fühlte Celine eine leichte Beklemmung, doch er fuhr fort, ihren Bauch zu streicheln, kitzelte sie an den Fußsohlen, und die erstaunliche Weichheit seiner Berührungen fachten erneut das Feuer zwischen ihnen an. Noch immer lechzte ihre Klitoris nach seinen Fingern. Er drehte Celine um und sah ihr mit stolzem Blick in die Augen. Celine träumte davon, sich mit ihm in die Einsamkeit eines nächtlichen Strandes zurückzuziehen und immer weiter und weiter zu laufen, bis der Morgen rosig erwachte. Das orangefarbene Licht der chinesischen Lampe überzog alles mit einem weichen Hauch, sie schmiegte sich eng an ihn, er bog ihre Schenkel auf, und seine Zunge begann über ihre Klitoris zu gleiten. Celine verschlug es den Atem, sie vergaß alles um sich herum, schlang die Arme um seinen Hals, streichelte seinen Nacken, als habe er sie nicht vor Kurzem mit der Gerte geschlagen.

Erneut kam es Celine wie in einer Woge nicht endender Lichter. Sie fühlte eine wilde Zärtlichkeit für diesen Mann, einen flüchtigen Moment lang wollte sie sich sogar seiner Gerte entgegenwerfen. Atemlos drückte sie ihn an sich. Dann setzte er sich auf. Celine sah eine leichte Irritation in seinen Augen aufziehen. Sie hatte das Gefühl, sich zum Narren gemacht zu haben. Er wandte sich abrupt von ihr ab. Sein Verhalten versetzte Celine einen Stich, sie fand es rücksichtslos, er hatte alles ruiniert. Ein Vorhang war gefallen.

„Zieh dich an und geh auf dein Zimmer!", sagte er unwirsch. Tief in Celines Innerem keimte die vage Ahnung, dass sie an seiner harten Fassade gekratzt hatte. Sie fürchtete die Folgen. Er zog eine Schublade auf und reichte ihr kurz einen Opalring, als wollte er sie damit bezahlen. Celine schüttelte den Kopf, sie warf den

Ring auf seinen Schreibtisch zurück, ihr tief verborgenes sprachloses Gefühl war verletzt. „Nicht dein Geschmack?“, fragte Pete und Verwunderung stand in seinen Augen, fast Ratlosigkeit. Doch dann verdüsterte sich seine Miene.

Schnell kleidete Celine sich an, beeilte sich zu entfliehen, bevor er seine Dominanz mit einer weiteren Maßnahme beweisen musste. Barfuß lief sie über die weichen Teppiche, und trotz allem flog das zärtliche Gefühl für diesen grausamen Mann wie ein blauer Vogel mit.

Celine schloss heftig die Tür, sie befand sich in einem aufgewühlten Gemütszustand, sie presste ihr Gesicht an die kühlende Scheibe und starrte durch die weißen Gitterstäbe in den dunklen Park. *Was ist nur mit meinem Leben geschehen?,* fragte sie sich. Unruhig sprang sie zum Bett und testete ein paar Düfte, die ihr bereitgestellt worden waren. Ein süßer erstickender Maiglöckchenduft breitete sich aus. Sie runzelte unwillig die Stirn, denn der Duft passte nicht zu ihr. Sie war sehr unruhig, bemerkte dann, dass sie Hunger hatte und befürchtete, das Abendessen verpasst zu haben.

Ein eigenartiger Übermut packte sie wieder, sie wünschte, es würde irgendetwas Entscheidendes geschehen. Ohne weiter nachzudenken, hastete sie zwei Stufen auf einmal nehmend die Wendeltreppe hinunter. Ihr rauschhafter Zustand verflog, sie schien in den Schatten zu sinken, sie befand sich außerhalb des Geschehens. Der rote Läufer auf der Treppe war abgeschabt. Nur noch wenige Gäste saßen am Tisch: Eine Frau mit hüftlangen aschblonden Haaren, die sich als Goldie vorstellte und eine mit kurzen schwarzen Locken, die Celine bereits einmal begegnet war, und die Pia hieß. Auch Mara saß wieder mit elender Miene am Tisch, Celine verbot es sich, in ihre Richtung zu sehen. Eine alte Uhr tickte laut. Celine empfand plötzlich Überdruss. Auf dem Tisch standen frisches Olivenbrot und der Rest eines Gemüseauflaufs. In der Eingangshalle herrschte um diese Zeit reger Verkehr. Celine beugte sich immer wieder vor, um einen Blick auf die Männer zu werfen, die die Villa besuchten. Sie trieb langsam in ein einsames Niemandsland. Zwar war sie immer noch aufgedreht, doch das Triumphgefühl, das sie empfunden hatte, weil sie glaubte Pete erobert zu haben, begann schnell zu schwinden. Es war, als blicke sie einem davonsegelnden Schiff nach, das allzu schnell am Horizont verschwand.

Als Pia sie fragte, wie es ihr in der Villa gefiele, lachte sie laut und herausfordernd auf. Sie nahm den Salzstreuer auf und pochte damit auf den Tisch. Dann bemerkte sie, wie sich Pias feine Züge unmerklich verschlossen, und sie sich Goldie zuwandte, die einen ziemlich gelassenen Eindruck machte. Sie trug wieder ein zitronengelbes Seidenkleid, das ihren dunklen Teint und ihre schwarzen Augen betonte. Celine betrachtete Goldies herabfließendes Haar, ihre hellbraunen Augen und den kleinen Leberfleck auf der linken Wange. Goldie sah augenzwinkernd zu ihr herüber, während sie eine Aubergine zerteilte und sagte dann leise: „Pete kannst du nicht vertrauen." Dabei lächelte sie schelmisch.

Der Satz traf Celine, doch sie sagte sich, dass Goldie Unsinn redete. Sie wollte sich nicht eingestehen, dass sie selbst Pete misstraute. Gedankenverloren musterte sie Goldie, sie bewunderte ihren schimmernden Teint.

Goldie legte ihren Silberlöffel genau in die Mitte des Tellers und sah Celine weiter an. „Am besten, man hält sich im Hintergrund, aber dafür sind manche Leute einfach zu sehr von sich eingenommen."

Celine wurde wütend. Sie fand Goldie nicht liebenswürdig. Sie würde sich von diesen albernen Weibern nicht herablassend behandeln lassen. In diesem Moment erregte der Anblick eines abenteuerlich aussehenden Mannes, der die Halle betrat, ihre Aufmerksamkeit. Sie starrte gespannt hinaus und vergaß Goldie, die sie ohnehin oberflächlich und albern fand.

Er war sehr groß und ziemlich mager, einen Fuß zog er leicht nach, er war ganz in Schwarz gekleidet, hatte das Profil eines Raubvogels und einen sehr dunklen Teint. Auf einer Wange befand sich eine tiefe Narbe, die ihn leicht entstellte. Trotz dieser Handicaps ging von ihm eine hoheitsvolle Aura aus, die sogar Petes Auftreten in gewisser Weise übertraf.

Celine versuchte seine Nationalität zu erraten. Für einen Italiener erschien er ihr zu groß und zu düster. Sie dachte an Spanien oder Marokko, vielleicht war er ein maurischer Fürst. Sie musterte immer wieder seine Hände und die herausragende Nase. Ein Windstoß kam durch die Außentür. Zwei junge Männer führten eine Frau herein, die sich vehement wehrte und laut herumzeterte. Als sie den dunklen Mann sah, schrie sie: „Das kannst du doch nicht machen! Ich lasse mich nicht von dir abschieben!"

Sie stürzte auf ihn los und krallte sich in sein schwarzes Jackett. Sie trug ein traumhaftes Kleid mit schwingenden rotschwarzen Volants und Spitzenbesatz, ihr schwarzes Haar war hochgesteckt, nur einzelne störrische Strähnen hatten sich gelöst. Sie kämpfte mit beträchtlicher Anstrengung, richtete sich immer wieder auf und stritt weiter. Sie sah ihn mit wilden glutvollen Augen an und schleuderte ihre Stilettos in die Halle, um ihn besser angreifen zu können. Celine verfolgte gespannt das Spektakel, sie hielt den Atem an, auch Goldie und Pia beobachteten die Frau, die wieder und wieder wild am Ärmel des Mannes riss und ihn zu erniedrigen versuchte. Sogar in Maras Augen stand ein Funke Interesse.

„Das ist der Comte", flüsterte Goldie, „er schiebt seine langjährige Favoritin ab, Carmen, die Lügnerin." Goldie lachte amüsiert.

Celine lauschte gespannt, während der Comte in der Halle laut auflachte über Carmens Bemühungen, ihm wehzutun. Es klang ziemlich höhnisch.

„Mach dich nicht lächerlich", sagte er mit einer dunklen, geborstenen Stimme, „du brauchst dringend ein wenig Abkühlung." Carmen drängte sich an ihn, verlor jeden Stolz und flehte: „Bitte, nimm mich wieder mit, ich kann nicht ohne dich leben. Ich weiß, dass du mich immer noch begehrst." Der weite rote Rock wogte jedes Mal, wenn sie sich heftig bewegte.

„Erspar mir doch dein Theater, es ist vorbei." Der Comte blieb ganz ruhig stehen, ein amüsiertes Glitzern lag in seinen dunklen Augen. „Das Spiel ist aus, Carmen", sagte er dann fest.

Pete kam mit schnellen Schritten in die Halle hinunter. Bei seinem Anblick zuckte Celine zusammen. Sofort hoffte sie, er würde sie bemerken, ihr zulächeln oder ihr einen verschwörerischen Blick zuwerfen, ihr zumindest eine Geste seiner Zuneigung schenken. Goldie sah sie herausfordernd an, als wisse sie genau, was Celine dachte. Celine fühlte sich unangenehm berührt.

„Pete verliert einen rasch wieder aus den Augen", hörte sie Goldie zu Pia sagen. Sie nahm eine Serviette auf und betupfte sich affektiert die Lippen.

Halblaut fuhr Goldie fort: „Beim Comte soll es den Frauen sehr gut gehen, sie dürfen sich frei bewegen und werden zu nichts gezwungen, sie arbeiten für sich selbst." Celine ärgerte sich zunehmend und spreizte ihre Finger auf dem Tisch.

Pia seufzte: „Wenn du dich da mal nicht täuschst! Keiner weiß genau, was er treibt. Mir ist er einfach unheimlich. Er hat einen Besitz in Tanger, manch eine soll schon dort unten verschwunden sein." Celine lauschte angespannt und konnte den Blick nicht von Pete abwenden.

Pete verbeugte sich leicht vor dem Comte, ohne sie auch nur mit einem Blick zu streifen. Dann fasste er Carmen am Handgelenk und wies auf Kia, die ihm wie ein Schatten gefolgt war: „Sie wird dich auf dein Zimmer bringen. Es ist besser, wenn du dich fügst und dein läppisches Theater einstellst."

Auch der Comte sah Carmen streng an. Sie sagte flehend: „Ich gehe mit, aber nur, wenn du mich hier besuchen kommst. Gib mir eine neue Chance!"

Der Comte wandte sich abrupt von Carmen ab, als betrachte er jedes weitere Wort als pure Zeitverschwendung. Pete führte ihn zu den Mädchen an den Tisch. „Wenn du dich noch etwas stärken möchtest, Carla kann dir in der Küche etwas zubereiten." Er trommelte nervös mit den Fingern auf den Tisch.

Der Comte nickte hoheitsvoll, ließ seinen Blick in die Runde schweifen, dann setzte er sich wegen des versteiften Beines etwas umständlich auf einen der roten Samtstühle. „Meine Damen", sagte er und musterte die Frauen der Reihe nach. Er bestellte eine spanische Schokolade bei der herbeieilenden Carla.

Alle Frauen am Tisch fühlten sich unter dem Adlerblick des Comte ziemlich befangen. Celine hoffte immer noch vergeblich auf ein Zeichen von Pete, doch er schien nichts für sie zu empfinden, sah über sie hinweg. Auch die düstere Aura des Fremden trug nicht gerade zu ihrer Heiterkeit bei. Wie zerbrechlich Petes Zuneigung doch zu sein schien. Er verabschiedete sich schnell, ohne einen Blick an Celine zu verschwenden und ließ die Frauen mit dem Comte allein, der schweigend in kleinen Schlucken die köstlich gewürzte Schokolade trank. Ihr fiel nichts ein, was sie sagen konnte. Sie hätte gerne gewusst, worüber er nachdachte und was er in Tanger trieb. Carla brachte ihm eine Nusstorte aus der Küche und küsste ihn auf die vernarbte Wange. Ihr offenes Gesicht strahlte.

„Das isst du doch so gern", sagte sie, „kommst du jetzt öfter hierher?"

Er strich flüchtig über ihren Unterarm. „Ich liebe im Sommer den Pavillon im Garten und habe mit Pete ein paar geschäftliche Dinge zu regeln." Dann neigte er höflich den Kopf und fragte: „Darf ich die Damen zu einer Flasche Rotwein einladen? Carla, leiste uns doch auch ein wenig Gesellschaft!"

Die Aussicht, ihre erregte Stimmung mit etwas Wein zu glätten, war Celine angenehm. Der Saal lag in dem dämmerigen Licht der vielen kleinen Lampen, im Hintergrund spielte leise Musik. Celine war satt und sah hinaus in die dunkle Nacht. Wieder einmal wunderte sie sich über die Fremdartigkeit der Szenerie. Als der Rotwein serviert wurde, trank sie schnell hintereinander ein paar Gläser Wein, und eine Schwere ergriff ihre Glieder. Der Comte unterhielt sich mit Carla leise auf Französisch. In seiner rauen Sprechart klang es ungeheuer anziehend. Celine konnte kaum etwas verstehen, so sehr sie auch die Ohren spitzte. Sie lachten und schienen Unsinn zu reden. Der schwere Wein benebelte immer mehr ihren Kopf, und plötzlich fühlte sie sich unsagbar erschöpft von den Ereignissen des Tages. Abwesend knabberte sie noch einige Nüsse und dachte an Petes Haare und sein Kinngrübchen. Sie ersehnte ihn so sehr, dass sie auf dem Stuhl herumzurutschen begann. Dann wollte sie sich unbedingt in die Unterhaltung einmischen, öffnete den Mund und schloss ihn wieder. Wieder regte sich zu den leise plätschernden Klaviertönen ein brennendes Verlangen nach Pete. Sie kniff ihre Augen zusammen, irgendwie musste sie sich Luft verschaffen. Sie war nahe davor aufzuspringen und zu ihrem Zimmer zu laufen. Da setzte der Comte sich neben Mara, die wie immer schweigend den Kopf hängen ließ.

„Kann ich etwas für Sie tun?", fragte er höflich, wie um ihr zu Hilfe zu kommen. Celine fragte sich, ob es ironisch gemeint war. Flüchtig stellte sie sich vor, der Comte würde sie aus dieser Villa erretten.

Er goss Mara persönlich etwas Wein ein, beugte sich zu ihr hinunter und fragte sie auf Deutsch, ob es ihr nicht gut gehe. Sie stotterte herum, saß bloß da und lächelte kaum. An ihrer Stelle rief Celine laut: „Wem geht es schon gut, wenn er seiner Freiheit beraubt und in ein Hurenhaus gesteckt wird?" Sie lachte grell und laut wie ein Gassenmädchen.

Ein dünnes Lächeln kräuselte die wohlgeformten Lippen des Comte, die Wangennarbe verzog sich ein wenig. Goldie und Pia sahen sich entsetzt an, selbst Carla warf Celine einen warnenden Blick zu. Doch in ihrem angetrunkenen Zustand war ihr das völlig gleichgültig. Sie schwang einen Arm hoch in die Luft, machte eine wegwerfende Handbewegung und rief laut: „Ein seltsames Haus ist das hier, mit Strafmaßnahmen, dass es einem vergeht. Ich habe ja Glück, dass ich noch nicht zermalmt worden bin."

„Vielleicht solltest du dich erst mal ausschlafen", meinte Carla besänftigend. „Wozu?", fragte Celine dreist, während sich ihre Gesichtszüge verfinsterten: „Morgen früh ist der Zustand wie gehabt!"

Zu ihrem Leidwesen beachtete der Comte sie nicht länger, sie schien in einem Meer aus Feuer zu ertrinken, und er verweigerte ihr jeden Trost. Stattdessen redete er leise mit Mara, die sogar in ihrer Qual einmal flüchtig lächelte. Sicher sagte er ihr etwas Nettes, aber als er ihr leicht über die Wange strich, zuckte sie zurück.

Celines Nerven waren zum Zerreißen gespannt, mürrisch fragte sie sich, was er an dem langweiligen Mädchen fand. Sie hatte das Gefühl, sie würde zerspringen wie eine Geigensaite. Leicht schwankend erhob sie sich. Als sie die Treppen hinaufging, schien sie fast zu schweben. Unten hörte sie die Mädchen über eine Geschichte des Comte kichern. Er erzählte, wie er einmal als kleiner Junge fast im Meer ertrunken war. Nur mit Mühe fand Celine in ihr Bett.

Erschöpft von den vielen Erlebnissen des vorangegangenen Tages erwachte Celine am folgenden Morgen sehr spät. Yuki hatte die Fenster aufgerissen, frische Morgenluft strömte herein. Celine streckte sich, als kehre sie aus einem Traumland zurück. Bei dem Gedanken an Pete besserte sich ihre Laune gewaltig. Faszinierende Bilder von ihm drängten machtvoll in ihr Bewusstsein.

Die Sonne schien bereits hell. Celine sah aus dem Fenster und entdeckte, dass die ersten Veilchen blühten und überall Löwenzahn spross. Sie sehnte sich danach, hinaus in den großen Garten zu laufen, sich im frischen Gras zu wälzen und alles abzuschütteln, was ihr Sorgen bereitete.

Doch Yuki fasste sie fest an der Schulter: „Leg dich jetzt hin, ich muss dir den Plug einsetzen.“ Sprachlos starrte Celine sie an. Sie war enttäuscht, ihre gute Stimmung verflog. Irgendwie hatte sie gedacht, dass alles zwischen ihr und Pete nun völlig anders verlaufen würde. Sie fühlte sich von ihm verraten, fand ihn unausstehlich.

Sie weigerte sich vehement. „Nein, heute wirklich nicht! Da kannst du ruhig gleich Pete persönlich holen.“ Yukis Miene veränderte sich kaum, ihr Lächeln blieb immer dasselbe.

„Wie du willst“, entgegnete sie ruhig und verließ lautlos das Zimmer. Celine fand das Ansinnen, wieder einen Plug tragen zu müssen, fast skandalös.

Ihr wurde mulmig zumute, während sie wartete, aber sie sagte sich, dass auch Pete sich an ihre emotionale Nähe vom Vortag erinnern würde. Immerhin bestand eine gewisse Aussicht auf Rettung. Sie fuhr durch ihr seidig glänzendes Haar, es hing offen herunter. Zu Celines Leidwesen war es ganz glatt und fein gesponnen und nicht so lockig und füllig wie bei vielen anderen Frauen hier. Sie schlenderte gähnend ins Bad, bestaunte das große Waschbecken mit den goldenen Armaturen und sah in den Spiegel mit dem schwarzen Rahmen. Sie musste unwillkürlich an Schneewittchen denken, denn auch sie verglich sich insgeheim dauernd mit den anderen Schönheiten, die sie hier kennengelernt hatte. War auch ihr Haar eher schlicht, so hatte sie doch schöne Augen, ein sehr ebenmäßiges Gesicht mit einem vollen Mund und eine weiße strahlende Haut. Sie hoffte, Pete würde nicht garstig zu ihr sein. Auf eine eigenartige Art sträubten sich die Nerven ihrer Wirbelsäule. Sie fühlte Eifersucht auf Sigrid, sogar auf Goldie.

Während sie in ihren Anblick versunken dastand, hörte sie, wie die Türe aufgerissen wurde. Dann stand Pete hemdsärmelig vor ihr. Das weiße Hemd betonte seine Bräune und Celine fand seinen Anblick umwerfend, vor allem die starke Brustbehaarung, die deutlich sichtbar war, weil er nicht alle Knöpfe geschlossen hatte.

Er sah sie mit strenger Miene an. „Celine, was ist denn nun wieder los?“, fragte er ungehalten. „Du bist ziemlich vorlaut, deine Manieren sind überaus schlecht!“

Celine sah ihn schmollend an, verzog ihren hübschen Mund, dachte insgeheim, was Manieren schon in einem Hurenhaus zu bedeuten hätten und beschwerte sich lautstark über die Zumutung dieses Plugs. Ihre Stimme klang metallisch vor unterdrückter Wut. Sie wurde rot vor Zorn bis unter die Haarwurzeln.

Er griff sie am Arm und zog sie unsanft zum Bett: „Celine, ich glaube, dass du langsam wirklich den Bogen überspannst.“ Celine sah ihn an, seine Miene war verbissen, grollend, er runzelte die Stirn. Yuki kam hinzu, sie legten sie gemeinsam auf den Bauch und stellten eine schemelartige Bank unter sie. Celine fühlte Petes Zorn im Zugriff seiner Hände. Bevor sie sich wehren konnte, war sie festgebunden und ihr Gesäß entblößt. Pete versetzte ihr ein paar harte Klapse, und vor brennender Enttäuschung stiegen ihr Tränen in die Augen. Sie wusste nun, dass sie eine heftige Reaktion von ihm zu erwarten hatte, sein ganzer Körper schien Funken zu versprühen.

„Ich werde dir ein Klistier setzen“, sagte er obenhin. Panik stieg in ihr hoch, sie wollte nicht mit Wasser vollgepumpt werden. Als sie ein Kind war, hatte ein Arzt ihr einmal eines verabreichen wollen. Sie hatte sich geweigert, ihren Slip herunterzuziehen und sich schamrot gegen die Wand gepresst. Sie hasste es, es würde sich lange hinziehen, es war abstoßend.

Hilflos preisgegeben zog sie ihren Po so fest zusammen, wie sie nur konnte. „Lass das!“, sagte Pete und versetzte ihr wieder einen Schlag. Ihre Gefühle kümmerten ihn nicht. Zu ihrem Entsetzen fühlte sie eine Kanüle langsam in sich eindringen. Eine lauwarme Flüssigkeit lief in sie hinein, sie begann wieder laut zu protestieren. Petes andere Hand lag ruhig und gelassen auf ihrem Gesäß und erregte sie unterschwellig. Von Zeit zu Zeit zog er die Pobacken ein wenig weiter auf, wie um zu kontrollieren, dass alles ordnungsgemäß in sie hineinlief. Er erschien ihr wie eine große graue Raubkatze, die einen Vogel beobachtete. Celine starrte auf die ovale Obstschale voller Trauben und Mangos auf ihrem Nachttisch, wütende Sternchen zerplatzten vor ihren Augen.

Zunächst spürte sie nicht viel, aber bald setzten leichte Spasmen ein. „Ich muss raus, hör sofort auf!“, protestierte sie wild.

„Ein wenig wirst du dich noch gedulden müssen“, antwortete Pete, fasste mit der Hand unter sie und suchte ihre Klitoris. Das Licht zersplitterte auf der Obstschale, als er sie leicht zu reiben begann, sodass sich die widersprüchlichen Gefühle von Lust und Ausscheidungsdrang verbanden. Mit einer gewissen Erleichterung hörte Celine, wie Yuki das Zimmer verließ. Das Obst waberte vor Celines Augen und verschwamm, sie fühlte sich jetzt wie in einer wasserartigen Höhle.

„So“, sagte er, „das wirst du nun noch eine Weile halten.“ Er zog die Kanüle heraus. Celine spürte, dass er ihr wieder einen Plug einführte.

„Bitte, bitte!“, jammerte sie, während er an ihrem Kitzler herumfingerte. Pete schien sein Spiel mit Celine zu genießen. Lachend ließ er sie schließlich gehen. Trotz der Erniedrigung, die sie empfand, erregten seine Spiele sie sehr.

Als sie das Zimmer wieder betrat, hatte sie einen kläglichen Unterton in der Stimme, und ihre Augen schimmerten feucht. Er klopfte aufs Bett, damit sie sich wieder hinlegte.

„Du bist eine widerspenstige kleine Gans. Jetzt öffne brav deine Beine, zieh sie hoch, ich möchte sehen, ob du erregt bist.“ Er warf ihr intensive Blicke zu, die ihr erneute Wellen der Erregung durch den Unterleib jagten. Ihre Angst vor seinen Strafmaßnahmen war wieder verflogen, sie alberten herum. Celine erblühte, ihre Haare knisterten und versprühten ihren rotgoldenen Glanz.

Als sie ihre Beine anhob und extra weit auseinanderspreizte, war sie bereits feucht. Er zog ihre Schamlippen auseinander und grinste. „Du bist patschnass!“, stellte er fest. „Du kleines Dummchen, du wirst schon noch lernen, wie herrlich meine Maßnahmen sind.“ Dann berührte er ihre Rosette und sagte lächelnd: „Schön, dass du jetzt richtig gesäubert bist.“ Er reizte sie dort, ohne einzudringen. Celine glühte, ihre Haare flogen, sie fühlte Leichtsinn in sich aufsteigen, spürte, dass sie ihn bereits wieder anzog, ihn amüsierte. Sie wollte, dass er ihr aus der Hand fraß. Er schob ihr weißes Seidenhemdchen hoch und berührte ihre Brüste – die noch vom Vortag empfindlich waren – mit warmen Händen. Galant küsste er ihren Hals.

Er sah sie an, während er sie streichelte, seine Augen strahlten. Er beugte sich zu Celine und küsste sie auf den Mund, im Gegensatz zu seinen sonstigen Handlungen sehr rücksichtsvoll. Schwungvoll warf sie sich ihm entgegen. Es war völlig neu und ungewohnt. Celine ahnte, dass er das nicht oft tat. Eine seltsam zärtliche Empfindung stieg in ihr auf, nur leicht gebremst durch die Erinnerung an das Klistier. Er küsste sie wieder, ernsthafter, fast zwingend. Und während er sie küsste, stieß sein aufgerichteter Schwanz in ihre Scham hinein. Es fühlte sich für Celine wunderbar an, so ausgefüllt zu werden, während er seine Zunge in ihrem Mund spielen ließ. Seine Gefühle für sie waren verstärkt zurückgekehrt.

Sie vergaß die Welt um sich herum, er drückte ihre Beine noch höher hinauf, küsste ihren Hals, ihre Brüste. Alles verschmolz in einem lustvollen Taumel. Seine Hand glitt hinunter, er bohrte ihr seinen Daumen in den Anus, und als er dort eindrang, konnte Celine sich nicht länger beherrschen. Eine süße Woge löste ihren Orgasmus aus, er sprudelte wie Brause bis tief in ihr Becken, und Pete pumpte seinen Samen in sie hinein. Das Gefühl, dass seine Zuneigung zu ihr zurückgekehrt war, spornte sie an, ihre Anspannung war vorbei, sie lachte und spielte mit seinem Brusthaar. Sie wollte unwiderstehlich für ihn sein, sie hoffte, bald ihren Willen bei ihm durchsetzen zu können, ihn zu bezaubern.

Sie wollte weiter mit ihm herumschmusen, die Zeit vergessen. Aber als hätte er einen Fehler gemacht, zog er sich wieder rasch zurück, ordnete seine Kleidung und sagte in einem strengen Ton, der ihr gar nicht schmeckte: „Nun dreh dich um, du bekommst einen Plug und kleine Brustklemmen.“ Celine verstummte, schwieg bestürzt, sie glühte immer noch. Er wirkte jetzt unbeteiligt, fast spöttisch.

Sie wollte erneut protestieren, doch sein Blick warnte sie. Sie drehte sich um und spürte, wie er ihr mit sicherer Hand ruckartig ein ziemlich dickes Teil in den Po schob und es dort verankerte. Dann setzte er ihr Klemmen auf beide Brüste. Celine zog scharf die Luft ein. Für sie war dieses Ende ihrer Begegnung katastrophal, sie fühlte sich einsam und unverstanden. Zuletzt trug er wieder die orangefarbene Flüssigkeit auf ihrem Kitzler auf, tupfte daran herum, bis er wieder zu kribbeln begann. Als er schon an der Tür war, fiel ihr ihre unbändige Lust wieder ein, in den Garten hinauszulaufen, sich dort in dem milden Frühlingswetter treiben zu lassen. „Kann ich raus?“

„Hast du Fluchtgedanken?“, fragte er mit gespielter Strenge. Celine zuckte die Achseln.

„Na gut“, meinte er mit einem aufreizenden Lächeln, das von der Erinnerung an ihre Innigkeit gefärbt war, „ich weiß gar nicht, warum du mich immer so nachgiebig stimmst.“

Schon kurz nach dem Brunch, bei dem Celine nur hastig ein Brötchen in sich hineinstopfte, rannte sie in den Garten hinaus. Es war einer der ersten warmen Frühlingstage, im Schatten der hohen alten Laubbäume war es noch kühl, aber die Sonne hatte bereits Kraft und verführte zu müßigen Träumereien, die wie Seifenblasen an der Realität zerplatzten. Sie machte schnell müde und zerstreut, außerdem fühlte Celine sich ständig erregt von dem Plug und den Klemmen, und sie verfluchte Petes anstößige Maßnahmen. Auf ihren Wangen glühte das Fieber ihrer Verliebtheit, sie bewunderte sogar Petes Grausamkeit und seine Skrupellosigkeit. Es war wunderschön, mit ihm zu schäkern, dafür würde sie jede Erniedrigung mitmachen. Es war alles so aufregend in dieser Villa, diesem bunten Reigen, dass sie fast zitterte. Petes Penis war eine wahre Brechstange, seine Großspurigkeit und Unverschämtheit waren herrlich wie prickelnder Champagner. Celine hatte das Gefühl, es sich unbedingt machen zu müssen, sie hielt es einfach nicht länger aus. Sie spürte immer noch den überwältigenden Drang von Petes Schwanz. So machte sie sich auf die Suche nach einem lauschigen Plätzchen, wo sie unbeobachtet war.

Der Garten war ziemlich weitläufig, verschlungene Wege führten zwischen Rosenbeeten und hohen Hecken zu kleinen weißen Bänken. Am Ende eines Weges entdeckte sie eine weiße Statue von Diana in anmutiger Pose und nicht weit davon einen Kupferbrunnen, in dem das Wasser gleichmäßig plätscherte. Sie setzte sich auf eine verborgene Bank nahe einer Ginsterhecke und ließ sofort ihre Hand unter den Rock gleiten. Sie atmete tief ein, als sie ihren Kitzler zu massieren begann. Die Berührung durchdrang ihren Körper süß und schwelgerisch, sie fühlte sich sicher und fast schien Geborgenheit sie einzuhüllen. Die Erinnerungen an Pete überwältigten sie, und sie drückte sogar selbst hinten auf den Plug und stellte sich vor, es sei sein Penis. Sie wichste sich immer heftiger und kam in erstaunlich kurzer Zeit. Celine blickte in die strahlende Sonne, auf die fast rubinroten Blüten einer unbekannten Pflanze, und immer noch flutete Erregung durch sie hindurch. Da hörte sie plötzlich ein Rascheln hinter sich, sah sich schnell um, und zu ihrer Beschämung tauchte Goldies Kopf hinter der Hecke auf wie eine Elfe mit wirrem

Haar und einem Kleidchen, das ihre Schultern nicht bedeckte. Sie schoss mit albernem Gekicher auf Celine zu.

Celine wäre ihr am liebsten ins Gesicht gesprungen. Goldies perlendes Lachen trieb ihr die Schamröte tiefer ins Gesicht. Schnell schloss sie ihre Beine und sprang auf. Goldie rannte zu ihr, und bevor Celine ihre Fassung wiedergewinnen konnte, küsste sie sie mit ihren blassen Lippen auf die Wange. Gleichzeitig streifte sie mit leichter Hand Celines Oberschenkel, glitt unter ihren Rock und betastete das weiche Fleisch an der Innenseite. Einen flüchtigen Moment schloss Celine die Augen und blinzelte verwirrt. Sie war noch nie von einer Frau so intim berührt worden. Im ersten Augenblick wollte sie sie abwehren, aber Goldies Lippen suchten Celines vollen Mund, und die Süße ihres Kusses an diesem sonnigen Ort ließ Celine nachgeben. Celine schwankte leicht und verfing sich im Gespinst des sonnigen Tages und in Goldies Charme. Die Blätter der Bäume über ihr taumelten im Licht.

Goldie war schön wie ein gefallener Engel, und so unschuldig ihr Blick auch wirkte, so teuflisch waren ihre Lust und ihre Strategien. Sie zwickte Celines Perle, streichelte ihren Bauch, den sie entblößte, so dass die Sonne darauf schien. Sie tastete zart an Celine herum, ihre Finger waren wie Fühler unter Wasser.

„Hör auf!", sagte Celine unwillig, aber gleichzeitig stöhnte sie vor Lust auf. Sie sah auf die weißen Kiesel des Weges hinunter, auf denen das Licht Wellen zu schlagen schien. Goldie bewegte sich wendig wie eine Schlange, züngelte überall herum, plötzlich zog sie eine Klemme von Celines Brust. Ein scharfer Schmerz raste durch Celine hindurch. Ihre Antennen waren zitternd aufgestellt. Sie badete in ganz neuen Teichen der Lust. Goldie wickelte Celines Rock auf, sodass ihr Unterleib der Luft preisgegeben war, nahm einen kleinen Ast und reizte damit ihre Klitoris, zog ihn wieder weg, dann peitschte sie damit leicht über ihre Knospe, gleichzeitig schob sie mehrere Finger in ihre Scham hinein.

Die Sonne und die Lust machten Celine träge. Jedes Mal, wenn sie Goldie ansah, schnürte ihr etwas die Kehle zusammen, und sie wusste nicht, war es Abscheu oder Bewunderung. Goldie presste jetzt das Stöckchen ganz fest auf Celines Klitoris, ganz von selbst löste sich ein Orgasmus. Sie leckte über Celines Scham und lachte hell auf.

Doch kaum war Celine gekommen, war ihr das alles sehr unangenehm. Ihr Blick glitt hastig über die geschwungene Form der Hecke, über die sich verbreiternden

Schatten, über den zackigen Rand des geharkten Weges, und sie dachte darüber nach, warum sie das getan hatte, warum sie es sogar erfrischend gefunden hatte.

Schnell richtete sie sich auf und wollte fortgehen, da sagte Goldie: „Komm schon mit, ich zeig dir den Pavillon, dort fickt der Comte am liebsten.“ Ihre Lippen zuckten vor unterdrücktem Lachen. Sie rannte los, und Celine hatte Mühe, ihr mit dem drückenden Plug zu folgen.

Der Park wurde in seinen Tiefen fast waldähnlich, man hörte Vogelstimmen, ein Eichhörnchen zog seine Kreise um einen Stamm. Goldies Gesicht leuchtete. Celine einzuführen in die Geheimnisse des Parks schien sie zu freuen. Bald erreichten sie ein weißes Gebäude, das rundherum Glasfenster hatte. Goldie sah unentwegt Celine an, ein wenig scheu, aber vor allem neugierig. Immer wieder brach sie ohne Anlass in Gelächter aus. Sie drückten ihre Nasen an die Fenster, und tatsächlich wirkte das Innere wie die Verwirklichung eines alten Märchens. Goldene Spiegel, die das Sonnenlicht reflektierten, hingen an den Wänden, ein großes Bett mit samtblauen Bezügen lud zu einem Schäferstündchen ein, indigofarbene Mosaike schmückten die Wände, mehrere massive Tischchen aus einem rötlichen Holz waren in den Ecken aufgestellt, ein zerbrechlich wirkendes Einhorn aus Glas stand in einer Nische. Rundherum wuchsen Pfingstrosen, die nicht erblüht waren. Celine konnte sich gar nicht satt sehen an den vielen eigenartigen Gegenständen und Bildern, die man durch die Scheibe nur ungenau und verschwommen erkennen konnte, als trieben sie unter Wasser.

Celine hörte ein leichtes Plätschern. Goldie hatte einfach ins Gras gepinkelt. Celine wandte sich abrupt ab, es machte sie äußerst verlegen.

„Ich habe soeben beschlossen, das Geheimnis des Comte zu ergründen“, kicherte sie, zog ihren Rock hoch und drehte sich vor Celine mit nacktem Po im Kreis, immer schneller und schneller. Sie hatte eine eher knabenhafte Figur, schmal, einer Schlingpflanze ähnlich. Celine beobachtete sie atemlos, bereit, alle Geheimnisse dieses Ortes in sich aufzusaugen wie ein Schwamm.

„Carmen wollte eine Frau in seinem Haus vergiften, deshalb ist sie nun ausgestoßen“, sang Goldie mit geheimnisvoller Miene vor sich hin.

Celine wusste nicht, ob sie ihr glauben sollte, oder ob Goldie ihren blühenden Fantasien nachhing. „Sie hat Glück, dass er sie nicht zur Polizei gebracht hat. Wie er es wohl treibt, der Comte, ob er Petes Vorlieben teilt?“ Sie begann haltlos zu kichern, und Celine fand sie reichlich überspannt. Sie wollte all das Geschwätz in Ruhe sortieren und sich die stimmigen Details herauspicken, das, worauf es ankam.

Sie starrte nachdenklich in die Zweige der Linde hinauf, die ihr am nächsten stand. Die Stille der Bäume beruhigte sie etwas, der Wind hob leicht die Zweige. Zwischen den bewegten Zweigen schossen blitzend Sonnenstrahlen hindurch.

Goldie presste sich an einen Baumstamm und begann sich an ihm zu reiben. Dann setzte sie sich einfach auf den moosigen Waldboden und verschaffte sich selbst Lust. Celine staunte, wie brutal sie sich selbst rieb. Sie schlug sich immer wieder auf die Klitoris, die ungewöhnlich lang war, dann plötzlich verdrehte sie die Augen und presste sich fest auf den Boden. Sie zuckte unkontrolliert. Celine war nicht wohl, sie fröstelte und wollte weg, innere Schauer schüttelten sie, und kurz entschlossen verließ sie Goldie. Ihr unbehagliches Gefühl wuchs, je näher sie der Villa kam, sie war lange weg gewesen.

Als sie heimlich eintreten wollte, den Türknauf vorsichtig drehte, damit er nicht quietschte, in ihrem Zimmer ein wenig nachdenken und ruhen wollte, trat auf der Terrasse Sigrid aus einer Nische und verstellte ihr den Weg. Sie legte einen Finger über die Lippen, wie um Celine zu mahnen, nicht laut zu sprechen. Celine wurde sofort ärgerlich und richtete sich kerzengerade auf.

Sigrid wirkte trotz ihres geblümten Kleides gar nicht elfenartig zart, sondern ihre Augen blitzten feindselig. Celine war noch erfüllt von den endlosen Wiesen, einem Vogelnest und bunten Frühlingsblumen. Flüchtig erinnerte Sigrids schmale Gestalt sie an eine Antilope. Doch dann sagte Sigrid kalt: „Lass die Finger von ihm, sonst wirst du es bereuen! Du wirst hier keine friedliche Minute mehr haben!“ Im Aufwallen ihrer Gemütsbewegung wollte Celine sich an ihr vorbeidrängen, da packte Sigrid ihr Handgelenk und presste ihre langen blutrot lackierten Fingernägel hinein.

Diese überspannten Frauen gingen Celine furchtbar auf die Nerven. Sie nahm energisch Schwung und stieß Sigrid gegen die Brust. Dann ergriff sie ein altes Gefäß aus Terrakotta und knallte es auf den Boden der Terrasse, wo es in unzählige Scherben zerbrach. Taumelnd ließ Sigrid von ihr ab, Celine hörte sie fluchen. Anschließend ging Celine hocherhobenen Kopfes an der anderen vorbei ins Haus. Ein Anfall von überschäumend guter Laune überkam sie, weil sie Sigrid so beiseitegefegt hatte.

Das Haus lag leer in der mittäglichen Stille. Celine lauschte hinein und ihr Herz klopfte heftiger, weil sie Pete in der Nähe wähnte. Rasch lief sie die letzten Stufen hinauf. Die Drohung von Sigrid streifte sie ab wie einen leichten Schleier. Lachlust überkam sie wieder. Sie huschte über die üppigen Teppiche, zog die Schuhe und

Strümpfe aus, um ihre Dichte zu fühlen. Plötzlich bestürzte es sie, dass sie gar nicht mehr darüber nachdachte, diesen Ort zu verlassen, so tief waren die Haken bereits, die Pete ihr ins Fleisch geschlagen hatte. Feine Stäubchen schwebten über den roten Samtmöbeln, und das Klavier stand verschlossen in der Ecke.

Im oberen Stockwerk hörte sie hinter einer geschlossenen Tür die lang gezogenen Schluchzer einer Frau. Sie fröstelte plötzlich und lief schnell an den Türen vorüber, warf sich auf ihr Bett und versank in lüsternen Träumen von Pete und seinen erstaunlichen Sexspielen.

Als Yuki sie zum zweiten Mal an diesem Tag aufweckte, fiel bereits ein goldenes Licht auf die Zimmerwände, der Abend nahte, draußen zwitscherte ein Vogel. Die untergehende Sonne hob die Möbel scharf hervor und hinterließ tiefblaue Schattenmuster auf der Wand gegenüber ihres Bettes. Alles im Zimmer wirkte angenehm gedämpft und verschwamm gestaltlos.

„Ich muss dich zurechtmachen“, sagte Yuki, „heute Abend ist unser monatlicher Empfang. Es werden viele Gäste hier sein, und es gibt einige Darbietungen – auch die Neuen müssen sich präsentieren.“ Reglos stand Yuki vor ihr und erwartete wohl bereits instinktiv Celines Widerstand. Doch Celine setzte sich voller Begeisterung auf, zu Hause hatte sie Feste geliebt. Sie streifte alles ab, was sie irritiert hatte, vor allem jede Erinnerung an Sigrid und ihre Blütenblattkleider und sah in den Garten hinaus, in dem bereits bunte Lichter zu leuchten begannen.

„Ich werde dich in Feuerrot kleiden“, fuhr Yuki fort, „das passt zu dir.“ Celine hatte nichts dagegen einzuwenden. Rot erfüllte sie mit einem Hochgefühl, sie vergaß alle kleinen Unannehmlichkeiten und Bissigkeiten, sowie ihre Gereiztheit, und sie fühlte sich stark und entschlossen, einen Sieg über Pete zu erringen.

Endlich entfernte Yuki den drückenden Plug und massierte Celine am ganzen Körper mit einer seidigen Lotion, die Goldspuren auf der Haut hinterließ. Sie puderte ihre Brüste und sogar ihren Schamhügel. Ihre Zehennägel und ihre Fingernägel wurden knallrot lackiert, und Yuki reichte ihr einen roten BH mit Troddeln und einen Tanga in derselben Farbe. Yuki arbeitete sehr präzise mit ihren schmalen zupackenden Fingern. Celine fand die Massage sehr erholsam, sie fühlte sich sauber und schön wie eine Königin.

Doch als sie ein Kleid verlangte, erklärte Yuki, die Dessous seien alles, was sie an diesem Abend tragen würde. Yuki belächelte zufrieden ihr Werk, denn Celine sah erstaunlich schön aus. Sie puderte ihr abschließend den Po und besprühte sie mit einem schweren Patschouliduft. Celine genoss die Behandlung sehr, besonders als ihr Haar sanft gebürstet und hochgesteckt, und sie geschminkt wurde. Auch ihre Lippen wurden feuerrot bemalt. Die Innenflächen ihrer Hände begannen langsam feucht vor Aufregung zu werden. Yuki hielt ihr einen Spiegel vors Gesicht, und Celine betrachtete sich ziemlich selbstverliebt. Sie fühlte sich kräftig und freimütig.

Die Nacht sank dunkelblau herab, und die Luft schien zu vibrieren, als Yuki ihr endlich erlaubte, die Treppe hinunterzugehen. Unten waren schon viele Leute versammelt. Auf weißem Damast war ein üppiges Büfett aufgebaut, an dem Carla gerade noch Blumenschmuck, Kamelien und weiße Rosen anbrachte und die Gläser polierte. Zunächst fühlte Celine sich ziemlich befangen wegen ihrer Nacktheit, und sie drehte unruhig an einer herabfallenden Haarsträhne, doch dann entdeckte sie Sarah, deren Körper bemalt war, und bei der nur die leuchtenden Farben ihre völlige Nacktheit verdeckten.

Sie trug über dem schwarzen Haar eine unheimliche Federmaske. Nicht weit von ihr stand Achillea, auch nur bemalt, kupferfarben, passend zu ihrem Haar. Sie schimmerte am ganzen Körper wie eine fremdländische Kriegerin, auch sie trug eine orange leuchtende Federmaske. Sofort gewann Celine ihre Sicherheit zurück und empfand sich wieder als sehr schön.

Biba eilte auch auf sie zu und flüsterte: „Du bist entzückend in diesem flammenden Rot, pass auf dich auf, Sigrid macht bereits alle verrückt, sie will dich ausschalten, so oder so.“ Gespannt, mit schief gelegtem Kopf, wartete Biba auf Celines Reaktion.

Celine goss sich einen großen Becher Wein ein, tippte sich an die Stirn und verdrehte die Augen, sie hatte sich noch nie leicht einschüchtern lassen. Doch eine vage Beunruhigung blieb zurück. Sie bemerkte, dass Biba sie lauernd beobachtete und drehte sich einfach um. Da entdeckte sie die lockige Pia in einem Harlekinsgewand, das ihre Brüste und ihre Pobacken freiließ, es war ein eng anliegendes fleischfarbenes Trikot mit Rautenmuster. Auch Bette trug ein solch rosarotes Kostüm und sah aus wie ein Riesenbaby.

Im hinteren Teil des Raumes versammelten sich immer mehr Männer, alle in dunklen Anzügen, vornehm aussehend. Celines Herz klopfte rascher, als sie Pete unter ihnen entdeckte. Er stach hervor durch seine makellose Eleganz, seine geschmeidigen Bewegungen. Draußen war es finster bis auf die bunten Lampen, ein feiner Regen strömte herab. Jemand zwickte Celine in den Oberarm, sie fuhr herum und entdeckte Goldie in einem weißen Hängerkleidchen, barfuß mit goldenen Zehennägeln, ihr Haar umgab sie wie ein weiter Mantel. Das Licht wurde abgedunkelt, die scharfen Kanten der Möbel und Bilder verschwammen, Celine stieß fast gegen eine Schale, in der rosa Blumen schwammen. Die Frauen in den Kostümen wirkten unwirklich, manchmal hörte man jemanden stöhnen oder laut lachen. Brendan setzte sich ans Klavier und begann leise zu spielen – plätschernde Töne, die in das Gemurmel der Stimmen einsanken. Celine erkannte Lara wieder, die sehr bleich war. Sie stand mit Sigrid zusammen. Plötzlich überlief Celine eine Gänsehaut, vielleicht heckten sie etwas gegen sie aus, sie waren ihre Feinde. Sie dachte, dass sie Verbündete brauchen würde, doch ihr fiel niemand ein, dem sie wirklich trauen konnte. Würde sie ihre Feindinnen überdauern können?

Andrasch und Georges trugen ballettartige Trikots, unter denen sich ihr Geschlecht überdeutlich abzeichnete. Ziellos streifte Celine durch das Getümmel, streifte durch gleitende Lichter und tastende Finger fremder Hände und entdeckte schließlich die hohe schwarze Silhouette des Comte in einer verborgenen Nische. Federleichte Gewänder strichen vorüber, Frauen rafften ihre Röcke. Helles Gekicher erklang und verebbte. Carmen war nirgends zu entdecken, und auch nach Mara suchte Celine vergeblich. Sie stahl ein paar Oliven und ein Stück Weißbrot von dem Büfett, und während sie kandierte Rosenblätter naschte, sah sie, wie Mara von Kia die Stufen hinuntergetrieben wurden. Sie trug auch nur einen Tanga und einen BH, genau wie Celine, nur in schwarz. Man konnte ihr ansehen, dass sie ungesehen im Schatten der Möbel bleiben wollte. Sie seufzte einmal laut auf und klagte, doch Kia versetzte ihr einen harten Schlag, und so taumelte sie in den sich immer mehr füllenden Raum. Sie zupfte an einer Strähne ihres dicken schwarzen Bobs und lehnte sich dicht gegen eine Wand, auf die rötliches Licht fiel. An ihrem BH war eine schwarze Rose befestigt. Gleichmütig ließ Kia sie dort stehen. Mara dehnte sich, ihr Gesicht war finster. Neugierig drang Celine weiter in den Saal vor. Heimlich musterte sie Sigrid, die mit einem schwarzen Slip, einem einfachen grauen Trikot, darüber eine enge gestreifte Uniformjacke mit vielen Knöpfen, eigenartig angezogen war. Der herbe Stil dieser Kleidung unterstrich ihre Zierlichkeit, ihr wildes gelocktes Haar war zerzaust und leuchtete. Sie wirkte kühl und düster mit einem Teint wie Marmor, ein bleiches Feuer schien in ihren Augen zu brennen. Draußen leuchteten die Bäume im Mondlicht, das die Villa nun milde überglänzte. Celine entdeckte kichernd, dass Lara ein eng anliegendes Fellhöschen trug und oben herum nur einen BH.

Es erinnerte sie an ihre Tage als Kunststudentin, als sie Meret Oppenheimers Felltasse bewundert hatte. Lara sah unglücklich aus in dem klatschblauen Licht, während Celines Herz hüpfte, sie tanzte übermütig durch den Saal, sie vibrierte, glühend sehnte sie sich danach, Pete zu küssen. Der Regen draußen fiel heftiger, durch die hohen Scheiben sah man die Feuchtigkeit auf den Gehwegen.

Da bemerkte sie in dem Gewirr von Menschen, wie Sigrid zu Pete ging, mitten unter die abseits stehende Männergruppe und ihn küsste. Celine zählte die Sekunden, stolperte fast und presste gequält ihre Serviette zusammen, formte sie zu einem Knäuel und würgte es. Ihre Augen wurden schmal wie die Augen von Katzen kurz vor einem Sprung. Sie stieß sich an einem nackten Tischbein, fühlte sich wie ausgehöhlt. Pete hielt Sigrid an seine Brust gedrückt, neigte sich zu ihr hinunter.

Mit plötzlich verdüstertem Gemüt schlenderte Celine weiter, sie wollte alle täuschen, weiterhin den Eindruck erwecken, es ginge ihr gut. Sigrid sah so anmutig aus, als sie sich an ihn lehnte. Celine tauchte tief in den Schatten, Aufruhr und Verstörung griffen nach ihr. Das Licht huschte unstet. Wieder sah sie Sigrid, die auf Pete zutanzte, leicht und lasziv wie eine Elfe in einem Sommernachtstraum. Celines Augen tasteten am Boden entlang. Das Licht wurde gedämpft. Durch Lichtkegel erstrahlte eine Art Bühne in der Mitte des Raumes. Nichts schien das Bild von Pete und Sigrid trüben zu können, es klebte in Celines Gehirn.

Brendan begann eine laute peitschende Melodie zu spielen, und Sarah und Achillea wiegten sich in einem obszönen Tanz. Ein Mann rief laut etwas durch den Raum, und alle klatschten. Die beiden Frauen wirkten wie fremdartige Eingeborene, ruckartig wölbten sie ihre Becken vor, kreisten damit, schüttelten ihre Brüste, nahmen akrobatische Positionen ein, pressten ihre Gesäße heraus und hoben die Beine zu stampfenden Takten. Schatten schwankten, und das Licht schien sich vor den Tänzerinnen zu verneigen.

Die ganze Atmosphäre lud sich mit dunkler Erregung auf. Ein weißblondes Mädchen betrat leise den Saal, Celine hatte sie noch nie gesehen, ihre Augen sprühten tausend Lichter. Sie trug einen mit Gold bestickten blasslila Seidenmantel, und Celine sah, wie ihre Blicke nach dem Comte griffen. Celine torkelte ein wenig, sie trank viel zu schnell, immer wieder warf sie rasche Seitenblicke zu Pete und Sigrid hinüber, Zorn und Hohn lagen darin. Sie umklammerte das Geländer, bis ihre Finger schmerzten.

Unvermittelt endete der Tanz mit einem großen Donnerschlag, das Licht wurde bläulich, und die Harlekine – Bette und Pia – sprangen herein. Sie torkelten ein wenig und bewegten sich eher plump, bis Georges und Andrasch hinter ihnen auftauchten und über die nackt heraussstehenden Gesäße peitschten. In komischen Pirouetten, teilweise auf den Knien, versuchten die Harlekine den Peitschen zu entkommen, die sie aber immer wieder erwischten, was sie zu eigenartigen Hüpfern und Überschlägen trieb.

Nach einer Weile ließen sie sich beide auf den Knien nieder, schaukelten hin und her und wurden von ihren Angreifern langsam gepfählt. Vor versammeltem Publikum führten die Männer ihnen große rosa Dildos in den Anus ein. Celine hielt den Atem an. Pia nahm den Dildo ohne eine Regung in ihrem hübschen Gesicht in sich auf. Bette begann plötzlich zu zappeln und auszuweichen. Ächzend versuchte sie wieder auf die Füße zu kommen, starrte mit ihrem Silberblick in die Menge, ihr Mund stand offen vor Erstaunen. Sie lächelte desorientiert. Andrasch verpasste ihr einen harten Schlag, und sie begann herumzuhoppeln. Andrasch grinste nur und drückte sie erneut zu Boden, um ihr den Pfahl ins Fleisch zu treiben. Bette wand sich wie eine Schlange mit weit geöffneten Augen. Erregte Wellen liefen durch das Publikum, bis endlich beide Dildos feststeckten, und man die aufgespalteten Rosetten sah. Brendans Melodie tanzte beschwingt zu diesem Reigen, schien über die Clowns und die verschleierten Blicke der Zuschauer hinweg zu summen. Das Licht erlosch kurz. Als es wieder weiß erstrahlte, tanzte Goldie barfuß eine Art klassisches Ballett. Sie war nackt unter dem Kleid, immer wieder sah man ihren weißen Po und ihre vergoldete Scham aufleuchten. Sie bog sich wie eine Feder, war schwerelos und anmutig wie eine Fee. Sie webte ein Gewebe der Lüsternheit, glitt sanft durch das Licht, liebkoste im Vorbeigehen mehrere Männer im Schritt, und verharrte wieder. Mitten zwischen ihren zärtlichen Liebkosungen löste sie ihr Kleid und schwang nackt hin und her. Die Klaviermusik murmelte sanft, Goldie hob die Beine und entblößte das lange Band ihrer Klitoris. Gittermuster aus Licht fielen über ihren goldenen Körper, während sie sich in einer Art Shimmey schüttelte.

Kurz darauf erhielt Celine einen Schubs von Kia und wurde zusammen mit Mara in den Lichtkegel gestoßen. Das Licht blendete sie, sie blinzelte. Plötzlich und unerwartet stand Pete neben ihnen und stellte sie als Debütantinnen vor. Die Musik begann zu hämmern, fast zu explodieren. Er befahl ihnen leise niederzuknien, doch Celine sah ihn nur an, als hätte er einen Scherz gemacht. Maras Gesicht war aschefarben und Celine entdeckte einen purpurnen Fleck auf ihrem Oberschenkel. Pete zog warnend die Augenbrauen hoch und drückte in Celines Kreuz. Celine wollte ihm Einhalt gebieten, als sie Andrasch mit einem Knüppel auf sich zukommen sah. Sie konnte Pete nicht die Gemeinheit verzeihen, Sigrid ihr vorgezogen zu haben.

Mara kniete bereits, als Celine widerwillig zu Boden ging und einen Buckel machte wie eine fauchende Katze. Ungeduldig und verzweifelt bemerkte sie, dass alle an ihnen vorbeigehen und sie genau betrachten durften, einige lachten über Celines Kapriolen. Pete drückte ihr seine Hand fest ins Kreuz, und Celine wütete innerlich über die geile Lust der Betrachter. Murmelnde Wellen drangen zu ihr, als Pete auch noch ihren BH aufhakte und herunterfallen ließ und ihr zuletzt den Tanga energisch auf die Oberschenkel herunterzog, sodass sie völlig ungeschützt den Blicken preisgegeben war. Celines Temperament ging mit ihr durch, sie kniff den neben ihr stehenden Pete heftig in die Wade, sie hasste plötzlich seine Selbstgefälligkeit. Die Silhouette des Comte fiel über sie. Sicher hatte er den Vorgang beobachtet, Petes leichtes Zurückzucken bemerkt, er lachte in sich hinein. Celine fürchtete Petes Reaktion und stellte sich vor, dass sie in den Park hinauslief in den Regen, weiter und weiter, außer Reichweite. Sie fühlte, wie fremde Hände sie berührten, manche Hände weich wie Blütenblätter, andere wie hölzerne Instrumente.

Zunächst streiften sie nur ihre Haut, dann fühlte sie sie zwischen ihren Beinen wie klebrige Lianen, ein dicker Finger drang in sie ein, ihre Brustwarzen wurden gekniffen, ihre Rosette berührt und von einem langen Fingernagel angestochen. Etwas Raues, Schmerzendes berührte sie zwischen den Beinen, sie hielt den Atem an, etwas in ihr begann leise zu pochen. Manchmal sah sie flüchtig zu Mara hinüber, die im Boden zu versinken schien. Sie drückte ihren Kopf fast in den Boden, um nichts sehen zu müssen. Celine fragte sich, warum Pete nicht endlich der Gefühllosigkeit der fordernden Finger Einhalt gebot.

Lichtflecken tanzten über die Wände, ein langer Finger rieb ihren Kitzler. Es überstieg ihre Kräfte. Ein Mann sah sie unverwandt an, sie konnte ihm nichts verwehren. Er merkte, dass das Reiben sie zu erregen begann. Sie erzitterte, begann sich anzuspannen, weil sie einen Höhepunkt nahen fühlte. Doch schlagartig erlosch das Licht, Celine blieb frustriert zurück, die Hände zogen sich von ihr zurück. Ihre Zuneigung zu Pete begann zu sinken, als hätte sie eine unsichtbare schwarze Feder gestreift. Plötzlich erdrückte sie die Finsternis der Nacht. Sie stellte sich vor, das Dach der Villa würde herabstürzen und das bunte, lasterhafte Treiben auslöschen, alles würde ins Vergessen fallen. Celine rührte sich nicht, bis Pete eisig sagte, sie sollten endlich zur Seite treten, von der Bühne verschwinden. Celine schnaubte, doch er schien sie nicht mehr zu beachten.

Denn nun wurde ein Strafbock ausgeleuchtet und Celine sah, dass Yuki und Kia die gefesselte Carmen hereinführten. Benommen stand Celine am Rand des grellen Lichtkegels, erregt von den vielen Fingern und kribbelig. Die widerstrebende Carmen wurde über den Bock gebunden, ihre Arme waren auf dem Rücken gefesselt. Ihr Gesicht sah verquollen aus, sie trug ein rostfarbenes weites Gewand, das Kia nun zurückstreifte. Carmen ächzte in den Knebel, den sie trug.

Kia trat hinter sie mit einer türkisgolden leuchtenden Peitsche, die Funken zu speien schien. Sie verbeugte sich tief, dann begann sie mit ausdruckslosem Gesicht Carmen zu züchtigen. Weit ausholend, mal gebeugt, mal sich aufrichtend sprang sie um den Strafbock herum wie ein wirbelnder Shaolinmeister.

Sie traf mal unten, mal oben, ihre Hände umklammerten die Peitsche, ihr tiefschwarzes Haar floss um sie wie ein drohender Katzenschweif. Carmen stöhnte in den Knebel, im Publikum war es totenstill geworden, auch das untermalende Klavier war verstummt. Kia schlug zu, als wollte sie einen endgültigen Triumph erzielen, trieb in eine Art Raserei hinein. Carmens olivfarbene Haut rötete sich nur schwer, doch langsam entstand ein Gittermuster auf ihrem Gesäß. Celine konnte sich dem magischen Wirbel der orgiastischen Schläge nicht entziehen, sie starrte wie gebannt auf die Bühne. Kia hielt kurz inne und betastete Carmens Striemen, sie zog ihren Kopf zurück und sah ihr in die Augen, danach ergriff sie die Peitsche erneut. Carmens Widerstand war ungebrochen. Gegen Ende dieser Abstrafung erklang eine leise Melodie von Brendan, die klagend einsetzte, wieder aufhörte und geisterhaft durch die Luft zu zittern schien. Celine sah, dass sich der Comte von der Szene abwandte, als billige er sie nicht. Sie lauschte der Melodie, doch die Laute zerflatterten und verklangen. Als Pete die Szene beendete, glühten viele im Saal, doch die Stimmung war gedämpft. Die weißen Rosen, die überall zur Dekoration aufgestellt worden waren, wirkten bleich und wächsern.

Kurz darauf beendete Pete den offiziellen Teil der Veranstaltung und eröffnete das Büfett. Sein Gesicht war glatt, seine Stimme selbstbewusst, nichts schien ihn jemals erschüttern zu können oder an seiner Eleganz auch nur einen Kratzer zu hinterlassen. Kurz sah Celine Mara neben sich auftauchen. Diese drückte sich gegen die Wand und starrte verstört zu Boden, war in ein purpurfarbenes Tuch gehüllt und schien erschöpft. Celine war hungrig, sie lief eilig an Mara vorbei zum Büfett, wo sich die Leute gierig drängten. Etliche hatten sich auch in die Schatten der Polster zurückgezogen, unzüchtige Bewegungen verrieten deutlich, was sie trieben. Celine fühlte sich wieder besänftigt, ohne sagen zu können, warum. Die Nacht, die schummrigen Lichter hüllten sie ein, und sie verdrängte die dünne Stimme, die sie warnen wollte. Ihre Augen waren weit geöffnet, sie ging kerzengerade. Sie entdeckte Goldie, die nicht weit von ihr entfernt auf dem Schoß eines kahlköpfigen Mannes ritt, das lange Haar fiel fließend in ihren Nacken, ihr Hals leuchtete weiß. Sie warf Celine einen flüchtigen Blick zu, blinzelte und beschleunigte ihren Rhythmus.

Celine lud sich einen Teller mit cremigem Krabbenfleisch, Tomatensalat und gefüllten Auberginen voll. In ihrem Innern öffneten sich Türen, sie fand alles geheimnisvoll und spannend, dann schlugen sie wieder zu mit einem Knall, wenn ihre Gedanken Pete und Sigrid streiften. Sie vergaß völlig ihre Nacktheit, bis sie eine Berührung an ihrer Taille spürte, einen Männerarm, der sich eng um sie legte. Sie fuhr mit offenem Mund herum und sah in ein gut geschnittenes Männergesicht mit einem breiten Grinsen und pechschwarzen Haaren. Als der Mann langsam über ihren nackten Po zu streicheln begann, wunderte sie sich, denn er war ihr völlig fremd.

„Lassen Sie das!“, fuhr sie ihn an. Er lachte dreist: „Du scheinst ja wie geschaffen für Petes Luxusbetrieb, du genießt es richtig. Wollen wir uns in die Ecke schlagen? Hier ist doch jetzt offenes Treiben.“ In seiner unverschämten Art versetzte er Celine in Wut. Sie hatte keine innere Beziehung zu ihm, für sie zählte nur Pete, und der hatte heute Nacht ein Bindeglied zwischen ihnen zerschnitten, nun trieb sie hin und her, ziellos und etwas chaotisch. Sie blickte in ihr leeres Weinglas und schüttelte ihn ab. Als er wieder nach ihr griff, sah sie ihn mit wildem Blick an und schenkte sich Wein nach. Doch er ließ nicht von ihr ab, versuchte sie zu dominieren.

Da versetzte sie ihm einen Schlag, sein Teller ging zu Boden, die Sandwiches überschlugen sich und segelten auf den Teppich. Ein paar Männer starrten zu ihnen herüber, flüsterten amüsiert. Celines Blick fiel auf Mara, ihre feinen Schulterblätter berührten sich auf dem Rücken wie die Flügel eines kleinen

Schmetterlings. Wie immer starrte sie ins Leere. Der Fremde schüttelte den Kopf, dann lachte er, seine Zähne waren blendend weiß. Pete tauchte aus dem Dunkel neben Celine auf, seine Hand fiel hart auf ihre Schulter.

„Du wirst jetzt mit Serge gehen, wenn er es wünscht, dies ist mein ausdrücklicher Befehl!“ Seine Miene war kalt und unerbittlich. Seine Worte hallten in ihrem Kopf wieder, schienen sich an die Wände zu schreiben, so nachdrücklich hatte er sie gesprochen. Sie empfand eine ungeheure Wut, es war beängstigend. Es traf sie wie ein Blitzschlag, dass er sie gefühllos einem anderen Mann übergab, sich nicht selbst ihr widmete an diesem besonderen Abend. In ihre Augen traten Tränen, seine Worte waren wie ein Pfeil, der sie tödlich traf, genau ins Herz. Das zarte Band, das zwischen ihnen entstanden war, war zerstört. Er wandte sich ab, drehte ihr einfach den Rücken zu, sie sah ihn auf Sigrid zugehen, sah, wie seine Hand sich in Sigrids schwarzes Höschen schob, und wie Sigrid sich an ihn lehnte. Sie musste irgendwie flüchten, irgendwo allein sein.

Alles wurde ihr schlagartig immer fremder, ihre Hand sah wie Schlangenhaut aus in dem flimmernden Licht, ihre Knie schimmerten grellrosa. In ihrem Innern rumorte es entsetzlich. Serge, der nicht so groß wie Pete war, aber kräftig, zog sie mit sich in ein freies Eck. Jedes Mal, wenn er sie berührte, näherte sich das Verderben. Seine Hand lag auf ihrer Schulter, er betrachtete sie, sah ihr in die Augen mit verlangendem Blick, dann schüttelte er den Kopf.

„Du bist ihm schon verfallen, dem eisgrauen Banditen. Das ist kein Mann für dich, seine Geschäfte gehen ihm über alles.“ Seine Braue zuckte maliziös. Celine bückte sich, als ob sie am Boden etwas suchte, wandte sich ab, wollte Serge weiter von sich fernhalten. Wenn sie ihm nur die kleinste Chance gäbe, nur zu lange in seine Richtung sähe, würde er sich auf sie stürzen. Doch sein Mund näherte sich ihr unaufhörlich. Verstört und mit starrem Blick empfing sie seinen Kuss, wieder wollte sie ihre Hand heben, um ihn wegzustoßen. Der Mond irrlichterte in einem grellen Weißgold am Himmel, sie kämpfte gegen Serges Lippen an.

Er lachte wieder. „Rote sind leidenschaftlich, nun hab dich nicht so!“ Er versicherte sich der Form ihrer Brüste. Hinter ihrer Beklemmung kochte die Wut in Celine, sie presste ihre Finger zusammen. Er würde sie zwingen, mit Petes Hilfe würde er sie zwingen. Er versuchte zärtlich zu sein, legte Celine zurück, und bittere Fluten der Verzweiflung bedrängten sie. Sie blieb störrisch, doch sie kam nicht dagegen an. Er öffnete sie mit seinen Fingern, sie spürte ihn in ihre Scham eindringen. Sie erkannte, dass diese Nötigung, dieses Unterdrücken ihrer

Lebensgeister, Petes Werk war. Sie entglitt sich selbst und spürte trotz ihrer inneren Weigerung Wellen der Erregung. Ihr Inneres begann sich rhythmisch zu heben und zu senken, sie sah das Weiße in seinen Augen blitzen. Sein Geruch hielt sie gefangen, er hatte eine fordernde Art. Sie wollte sich immer noch weigern, da steckte er seinen Schwanz in sie hinein und verschloss ihren Mund mit einem heftigen Kuss. Er durchdrang sie mit seinem Penis, er bestimmte, er dominierte. Er hielt kurz inne, richtete sich ein wenig auf und begann Celines Klitoris zu reizen. In ihr rührte sich nun doch die Lust und gleichzeitig ein Drang zu weinen. Die Farben verschwammen, die Linien des Raumes, er kam auf sie zugestürzt, nahm sie immer heftiger, forderte sie. Doch sie konnte ihm das Entscheidende nicht geben.

Er hielt inne und sah sie kurz an, als würde er alles verstehen, und doch veränderte das nichts. Er stieß weiter in sie hinein, und sie schloss nervös die Augen, um allein zu bleiben. Er nahm etwas von ihr, was sie nicht hatte geben wollen. Zorn stieg wieder in ihr hoch. Das alles war Petes Schuld! Ströme liefen ihr Rückgrat hinunter, etwas erfasste sie, und in einem wilden Aufbäumen presste sie sich zu guter Letzt an ihn, wie um Rache an Pete zu nehmen

Ihr Blut schien zu summen, doch kaum war der schwache Höhepunkt vorüber, regte sich erneut ihr Widerstand, alles war erloschen. Sie schämte sich, dass sie sich ihm ergeben hatte. Sie wandte brüsk den Kopf ab. Als er „sieh mich an!" sagte, in einem eigenartig tiefen Ton, drehte sie den Kopf noch weiter weg und kniff die Augen zusammen. Er war zu nah an sie herangekommen, immer noch gierig, außer sich.

Üppige und schwere Empfindungen hielten Celine gefangen, doch sie wollte sie nicht mit einem Fremden teilen, sie trauerte um Pete. Sie drehte sich zur Wand, ließ die rechte Hand schlaff herabsinken, blieb zusammengerollt wie ein Embryo liegen und rührte sich nicht mehr, bis er enttäuscht wegging. Sie fühlte sich wie eingeschrumpft und blieb einfach da liegen, alles war weich und nachgiebig, die schwarzen Federn der Nacht hüllten sie ein, und beinahe wäre sie eingeschlafen. Doch die schnelleren Töne des Klaviers zerrten an ihren Nerven, sie richtete sich auf und sah den Comte neben Mara sitzen. Ihre schwarzen Köpfe verschmolzen in der dunklen Ecke. Er beugte sich zu ihr, und sie wirkte weniger steif, hielt aber immer noch Abstand.

Celine fühlte Eifersucht bei ihrem Anblick. Der Comte schien Mara zu respektieren, er zwang sie nicht dazu, ihm etwas zu geben. Ein gewaltiger Druck lag auf Celine. Sie dachte an Pete und wollte ihn suchen, doch sie kam nicht in

Schwung. Sie durchlebte einige schreckliche Sekunden, stöhnte, hoffte flüchtig, Pete endlich allein vorzufinden. Dann scharrte sie mit dem Fuß auf dem Teppich herum und lief los, vorbei an den spärlichen Resten des Büfetts, durch den Saal, der sich geleert hatte. Nur wenige Paare tummelten sich noch in den Ecken. Bette saß breitbeinig auf einem Sofa, und Kia leckte deren Scham mit spitzer Zunge, ein Anblick, der Celine stocken ließ. Bette lächelte wollüstig und rekelte sich unter Kias Händen. Celine fand es grässlich unanständig. Sie gestand sich ihre übergroße Angst ein, Pete in Sigrids Armen vorzufinden. Sie wankte ein wenig, bevor sie zur nächsten Nische eilte.

Sie erschrak. Lara kniete auf dem Boden mit aufgerissenen Augen, ein grobschlächtiger Mann mit einem Halunkengesicht zog ihr Fellhöschen herunter, langsam erschien ihre Pokerbe. Sie wirkte wie ein hingekauertes wildes Tier. Der massige Mann beugte sich über sie. Celine verharrte gespannt, konnte einmal mehr nicht wegsehen, wie angewurzelt blieb sie stehen. Er führte geschickt sein mächtiges Glied in ihre Pokerbe ein. Ihre Lust schien sich wie eine Pfütze bis zu Celine auszubreiten. Mit einem ruckartigen Stoß zwang der Mann seine violette Eichel in Laras Hintern. Celine stand in völligem Schweigen und umklammerte ihr Handgelenk. Laras Züge waren schmerzverzerrt, doch ihre Augen zeigten Funken animalischer Lust, erinnerten an eine Wildkatze in der Steppe. Celine sah sein Glied Zentimeter für Zentimeter in Lara verschwinden, er stemmte sie unglaublich weit auf, ein ungeheurer Druck schien sich in Lara aufzubauen, als ihr die gewaltige Ladung in den Enddarm fuhr. Der Mann zerrte das Fellhöschen zur Seite, berührte es immer wieder mit seinen Händen, als errege es ihn zusätzlich. Geschickt manövrierte er seinen Penis immer weiter in die Russin hinein. Seine Züge schienen gemeißelt, kolossal, er stöhnte tief. Laras weißes Gesicht leuchtete schweißüberströmt, sie biss sich auf die Lippen.

Flüchtig dachte Celine, dass Pete sie sicher weitergereicht hatte an diesen Hünen, der nun mit seiner riesigen Hand in das Fellhöschen fasste und in ihre Scham zu wandern schien. Lara begann in hohen Tönen vor Lust zu wimmern. Celine sah, wie sich das Fellhöschen bauschte und ausbeulte unter den lüsternen Fingern des Mannes. Er schien mit seinen Fingern in Laras Scham zu stoßen. Lara gebärdete sich jetzt wie eine Wilde. Er hob sie von hinten an, um noch tiefer in sie eindringen zu können, dann beugte er den Kopf nach hinten und begann heftig in sie hineinzustoßen, als spalte er eine verbotene Frucht. Celine schauderte vor der Intensität dieses Aktes. Lara begann sich aus eigenem Antrieb nach hinten zu rammen, um den Phallus des Mannes noch intensiver zu spüren. Er entriss ihr Lustschreie, ihr Hals begann zu zucken, ihre Haut war rosig überhaucht, der Orgasmus schien sie zu zerreißen.

Schnell lief Celine weiter, sie spürte Leere und Frustration, wieder suchte sie Pete. Ganz am Ende der Halle fand sie ihn, Sigrid saß auf seinem Schoß. Stumm vor Schreck bemerkte Celine, dass er in ihr war.

Schleppend bewegte sie sich näher heran. Es war wie ein innerer Aufprall, als stürzten Stämme auf sie herab. Vor Schreck hielt sie sich die Hand vor den Mund und hastete die Treppen hinauf. Sie warf sich auf das Bett und sah immer noch Sigrids weiße Haut und den feinen Ring mit dem saphirblauen Stein an ihrem schlanken Finger. Sie wusste, dass es Petes Geschenk war, ohne dass es ihr jemand gesagt hatte. Sie bedauerte, nicht mehr getrunken zu haben, alles schien ihr nur noch aus Kanten und Ecken zu bestehen, und es dauerte lange, bis sie einschlief. Celine musste eine starre Mauer in sich aufrichten, um nicht zu weinen. Sie war rasend wütend auf Pete, doch ihr Interesse an ihm loderte eifersüchtig erst recht auf, und sie wusste, nun würde sie um Pete kämpfen wie eine Löwin. Mit geballten Fäusten schlief sie ein.

Am nächsten Morgen erschien niemand, um Celine zu wecken. Die Villa schien nach dem Fest in einem tiefen Schlaf zu liegen, nur ein lose in den Angeln hängendes Gartentor klapperte. Sie erwachte mit pochendem Herzen und dachte sofort an ihren Entschluss, Pete für sich zu gewinnen. Erleichtert schüttelte sie jeden Gedanken an Serge ab. Doch sie fühlte sich eigenartig gespalten. Sigrids Bild, ihr lächelnder breiter Mund schien ihr wie mit einer Rute ins Gesicht zu schlagen. Draußen lagen leichte Frühnebel über den Wiesen, es war ein stiller Tag. Celine rief sich drastisch zur Ordnung und versuchte ihre wirren Empfindungen abzuschütteln. Sie beschloss hinunterzugehen und wilde Veilchen zu pflücken.

Unten saß Carla gemütlich bei einer großen bauchigen Tasse Café au lait und einem Croissant. Schnell schlüpfte Celine neben sie. Carlas Nase war von feinen Sommersprossen übersät. Celine kniff die Augen zusammen, sie fühlte sich leicht zerknittert. Hungrig verschlang sie ein Croissant, doch in ihrem Gedächtnis war eine Art Knoten. Sie wollte Carla über Pete ausfragen. Pete, der ihr ganzes Denken beherrschte, zupfte pausenlos an ihrer Aufmerksamkeit. In einer fast schmerzenden Ekstase begann sie über Pete zu reden, sie wurde von ihren eigenen Worten vorwärts getrieben und wollte sich doch gleichzeitig zurückhalten.

„Hoffentlich hast du nicht Feuer gefangen“, sagte Carla schließlich leise. Celine fühlte sich durch diese Bemerkung bedroht. Betont gleichgültig fragte sie: „Warum?“

„Er bindet sich nicht, er benutzt die Mädchen, solange sie ihm Lust bereiten und keinen einzigen Tag länger. Ich habe schon viele seiner zurückgelassenen Wracks getröstet.“ Gesichter von diesen Mädchen schienen vor ihrem geistigen Auge vorbeizuziehen. Sie rührte in ihrer Tasse, der Löffel klirrte leise. Celine sah sich unwillig mit dieser Wahrheit konfrontiert.

„Aber Sigrid“, beharrte sie hartnäckig.

Carla zuckte die Achseln. Ihre Haare waren hinten nachlässig zusammengebunden. „Vielleicht ist sie ihm gewachsen, sie ist kalt wie Schnee“, sagte sie und begann abzuräumen. Ärger stieg in Celine hoch, sie fühlte sich von Carla durchschaut und als Sigrid unterlegen befunden. Doch sie verharrte bei ihrer Absicht, obwohl Zweifel sie durchtobten.

Schnell schlüpfte sie durch die Terrassentür in den Garten.

Eine schwarze Amsel hüpfte direkt vor ihre Füße, sie zog die Schuhe aus und lief über die Wiese, der Tau erfrischte ihre Zehen, das Gras stach prickelnd in ihre Fußsohlen. Ohne anzuhalten lief sie bis zum Pavillon, drückte ihre Nase an die Scheibe und sah überrascht drinnen auf dem luxuriösen Bett den Comte mit Mara. Sie saßen nebeneinander, die schwarzen Köpfe einander zugewandt. Zwischen ihnen lag eine Entfernung wie ein tiefer Graben. Celines Hände bebten, sie rührte sich nicht, um nicht bemerkt zu werden. Sie verlor das Bewusstsein für die äußeren Dinge. Wie eine Fontäne schossen ihr Fantasien über den geheimnisvollen Comte durch den Kopf. Welche sexuellen Vorlieben er hatte, was er von dem Trauerkloß Mara wollte, ob er in Marokko wohl einen Harem unterhielt?

Lange drückte sie ihre Nase an das Glas und beobachtete die beiden. Gern hätte sie die Worte verstanden, die sie austauschten. Die Sonne stach ihr in den Nacken, ihr wurde leicht schwindlig. Die Gesten des Comte waren so geheimnisvoll, und mit dem zernarbten Gesicht wirkte er auf Celine immer noch ein wenig unheimlich. Fasziniert beobachtete sie, wie sich ein goldenes Kreuz auf seiner behaarten Brust hob und senkte. Zwischen Mara und ihm geschah nichts weiter. Im Park regte sich nichts, das frühe Sonnenlicht brach sich an der kleinen Kuppel des Pavillons, reflektierte auf den Blättern der Bäume. Tief atmete Celine die kühle Luft des frühen Morgens, ein wilder Drang nach Bewegung überkam sie, und sie lief immer tiefer hinein in den schattigen Park, in das dämmrige Licht. Sie hoffte, dass niemand in der Villa sie vermissen würde, sondern sie die Ruhe hier draußen weiter genießen konnte.

Der Weg führte geradeaus, Buchen und Eichen säumten ihn zu beiden Seiten, er wurde breiter, hohe Farnkräuter wucherten am Rande. Getrieben von ihrer Neugierde wollte Celine wissen, wo er hinführte. Hinter einer Biegung endete er plötzlich vor einem mächtigen Tor, das mit Ketten verschlossen war. Daneben, tief im Schatten, stand ein niedriges Haus, einer Jagdhütte ähnlich. Sie zögerte. Das tiefe Schweigen, das sie umgab, wurde unangenehm. Vorsichtig näherte sie sich dem Haus. Die kleinen Fensterscheiben waren mit Schmutz verkrustet, Spinnweben hingen an den Rändern, alles wirkte verlassen. Celine fühlte sich unbehaglich und begann halblaut vor sich hin zu sprechen. Doch plötzlich war ihr, als hörte sie ein leicht keuchendes Geräusch. Sie spitzte die Ohren und versuchte in die Hütte hineinzusehen. Auf Zehenspitzen schlich sie schließlich um die Hütte herum. Dahinter lag eine Wiese mit hochstehendem Gras, übersät mit vielen voll erblühten Gänseblümchen mit rosa Spitzen an den Blütenblättern. Erstaunt sah Celine dort Andrasch. Er stand hoch aufgerichtet mit offener Hose und nacktem Oberkörper mitten im Gras wie ein heidnischer Gott. In der Hand hielt er eine Birkenrute. Sein Phallus war prall erigiert.

Er fuhr sich mit der Hand ins Genick, warf den Kopf zurück. Celine entdeckte Goldie, die sich nackt mit der Leichtigkeit eines Schmetterlings vor ihm rekelte. Ihr Gesäß tanzte, während Andrasch sie mit der Birkenrute schlug. Sie duckte sich tiefer und bot sich ihm an, Celine hörte das Pfeifen der Rute. Ein rot leuchtendes Muster entstand auf Goldies Gesäß. Hinter Andrasch schien sich ein Lichtstreif durch das Gras zu ziehen. Goldies Haar ergoss sich in einer blonden Woge über das frische Grün. Celines Herz wurde rau vor Kummer, als sie die ausgelassenen Spiele der beiden beobachtete. Sie musste wieder an Pete und Sigrid denken. Es stach in ihre Seite wie ein Messer.

Goldie presste ihre Hände auf die Hinterbacken, sie hatte genug. Mit metallisch klingender Stimme rief sie Andrasch etwas zu und wälzte sich lasziv mit geöffneten Beinen im Gras. Sie turnte vor ihm herum, bog die Beine weit nach hinten zu einem Pflug und spreizte ihre rosig leuchtende Scham, die vor Feuchtigkeit glitzerte. Celine hätte fast gelacht, als Goldie Purzelbäume zu schlagen begann, doch dann fiel ihr wieder ein, wie Pete sie gezwungen hatte, mit Serge zu schlafen. Er hatte sie mit seiner Autorität überwältigt, sie seinem Befehl unterworfen. Hassgefühle stiegen in ihr auf. Sie schwor, ihm zu trotzen bis in den Tod.

Sie beobachtete durch die zitternden Halme, wie Andrasch Blätter von einem Baum abriss und sie zur Kühlung auf Goldies Po presste. Die beiden waren völlig in ihr Spiel versunken. Während er sie kühlte, krochen seine Finger in sie hinein, und Celine sah, wie er mit einem scharfen Stoß seinen Phallus in sie einführte und sie stieß, während sie sich selbst rieb. Fasziniert beobachtete Celine, wie Goldie sich umdrehte. Andrasch presste ihre Schenkel zusammen, um sie enger zu machen, und Celines Wangen röteten sich, als er sie von unten mit einem langen Grashalm kitzelte. Goldie spielte mit seinen Eiern, sie wechselten immer wieder die Lage, er drang seitlich in sie, dann hob er sie auf seine Knie. Der wilde Rhythmus der beiden hypnotisierte sie, Celines ständiges Nachdenken über Pete ließ ein wenig nach. Sie spürte, wie ihre eigene Scham sich weitete, ihre Brüste reckten sich. Goldies Wangen leuchteten, als sie Andrasch mit einer wilden Heftigkeit ritt. Sie beugte sich weit nach hinten, dann presste sie sich in einer rauschhaften Ekstase näher an ihn und zerkratzte seinen athletischen Rücken, während sie in Konvulsionen kam. In Andrasch schien sie dieselbe Erregung auszulösen, er schrie unterdrückt auf und erstarrte auf dem Höhepunkt der Lust. Lachend fielen sie zusammen ins Gras.

Überwältigt von ihrer Frustration wollte Celine davonlaufen. Sie wandte sich wieder dem alten Schuppen zu, doch sie stolperte über einen versteckten Stein und fiel der Länge nach ins Gras. Die Bäume wogten hoch über ihr in einer leichten Brise, ihre Knie waren aufgeschürft, Tränen sprangen ihr in die Augen. Schon hockte Goldie über ihr und zog sie an den Haaren.

„Schau an!“, rief sie mit ihrer silberhellen Stimme, „wir haben eine Spionin, das kleine Biest Celine hat uns beobachtet.“ Celine wollte sich aufrichten, aber Goldie saß in ihrem Kreuz, und Andrasch trat breit grinsend hinzu. „Sie muss unsere Sklavin sein“, sagte Goldie.

„Du wirst sie erst mal mit der Birkenrute peitschen.“ Celine wollte aufbegehren, sie war schockiert und empört. Doch schon zogen sie ihren weißen Rock hoch und entblößten ihren Po.

„Lasst mich, ich will nicht!“, rief sie erschaudernd, ihr war heute nicht nach wilden Spielen. Zu spät, denn Goldie hielt sie schon am Boden fest, kniff sie kichernd überall, während Andrasch sie zu schlagen begann. An diesem Morgen konnte Celine allerdings ihre Albernheit nicht teilen, die Schläge brannten nicht nur auf ihrem Po, sondern auch in ihrem Herzen. Die ganze Bitterkeit des vorherigen Tages schwappte wieder in ihr hoch. Sie fand Andraschs Piratenohrringe lächerlich und konnte die Tränen nicht zurückhalten. Wieder und wieder musste sie an Petes Verrat denken, an den Moment, als er sie dem fremden Mann übergeben hatte. Das Bild brach sich in ihrem Kopf, doch Goldie und Andrasch, die ihren Blick bemerkten, zogen sie erst recht auf. Goldies tückische Finger quälten hinterhältig ihre Brüste, pressten sie ins Gras, drückten ihre Brustwarzen zusammen, während Andrasch es ihr mit der dünnen, aber rasiermesserscharfen Gerte besorgte.

Halb lachend, halb schimpfend versuchte Celine sich zu wehren. „Wir werden dich schon noch zum Lachen bringen!“ Goldies langer Finger kreiste auf Celines Klitoris. Celine war verängstigt und schwieg, doch plötzlich hüpfte etwas in ihr auf wie eine kleine Flamme, begann wilder zu flackern, und bald brannte die vertraute Lust in ihr. Andrasch, der das spürte, schleuderte die Gerte ins Gras und befühlte mit seinen langen weißen Fingern nun auch ihre Scham, rieb sie mit den Knöcheln, verschränkte die Finger ineinander, füllte sie aus, und schon begann Celine zu zucken. Sie presste sich tiefer ins Gras, ihr Mund öffnete sich, sie biss sich auf die Lippen. Sie war drauf und dran weich zu werden, aber noch unterdrückte sie ihre Lust. Voll boshafter Freude kitzelten die beiden Celine mit den langen Farnkräutern, hielten sie weiter fest, ihr weißer Rock war voller grünlicher Flecken. Schauer rannen über Celines Haut. Andrasch hielt ihr seinen halbsteifen Schwanz vor den Mund, damit sie ihn wieder zum Stehen brachte, während Goldie weiter ihre geheimnisvollen Spielchen in Celines Scham trieb. Ihr Gesicht veränderte seinen Ausdruck, wurde weicher. Goldie kitzelte sie mit dem Farn, kniff mit ihren Fingernägeln in die Schamlippen hinein und führte ihr feste Aststücke mit rauer Rinde ein.

Der Himmel blitzte blau, sie lachten, und Celine ergab sich. Sie konnte ihrem Spiel nicht länger widerstehen. Sie begann Andraschs Schwanz zu lecken, machte ihre Zunge steif, bohrte sie in seine Eichel und massierte ihn zögernd. Gleichzeitig spreizte sie ihre Beine immer weiter auseinander, damit Goldie besser an ihr herumspielen konnte. Die Blätter raschelten leise, während Goldie die Falten ihres Geschlechts immer weiter auseinanderbog, nun ganz sachte und vorsichtig. Es duftete nach Gras, Lichter tanzten im Schatten, sie hörte Andraschs tiefe Stimme, und Lust plätscherte durch sie hindurch.

Langsam entspannte sie sich immer mehr, gierte nach ihren Reizen, stand ständig kurz vor dem Höhepunkt. „Jetzt, steck ihn ihr schon rein, sie ist so weit!", rief Goldie Andrasch zu.

Andrasch ließ sich das nicht zweimal sagen. Als er seinen großen Phallus einführte, betont langsam, um den Kitzel zu erhöhen, kam es Celine schon zum ersten Mal. Sie presste sich tiefer ins Gras, ihre Scham zuckte. Goldie duckte sich, streichelte Andraschs Hoden, schob ihre kleine Hand zwischen sie und reizte erneut Celines Kitzler, dann fuhr sie rund um seinen eingedrungenen Penis herum, alles mit federleichten Bewegungen. Es war eine ungeheure Versuchung für Celine, sie wollte, dass die Zeit stehen blieb, und sie immer weiter an ihr herumspielten, diese subtilen Reize auf sie ausübten, sie betasteten in allen Nischen ihrer Haut, ihre Füße kitzelten, ihr die Zehen massierten. Andrasch stieß nun weiter in sie hinein, während Goldie sie beide befingerte, bis Andrasch sich über ihr aufstützte, und es ihm erneut kam. In diesem Augenblick drückte Goldie Celines Kitzler, und Celine explodierte in einem endlosen Orgasmus.

Betäubt von den Spielchen lagen sie im Gras. Unmut begann sich in Celine zu regen. Wieder dachte sie an Pete und Sigrid, wie er sich in ihr bewegte und die Hand zärtlich in ihren üppigen Locken hatte. Die Erinnerung traf sie wie ein vergifteter Pfeil und löste einen neuen bitteren Sturm in ihr aus. Sie bebte vor Zorn, sie wollte sich ihm nicht unterordnen. Sie spielte mit einem glänzenden Kieselstein, den sie am liebsten Sigrid an den Kopf geschleudert hätte. Doch gleichzeitig lag sie im Gras, über ihr der blaue Himmel und spreizte ihre Beine, weil noch immer Lust in ihr nagte. Sie beobachtete ein Eichhörnchen, das um einen breiten Baumstamm raste.

„Wir müssen zurück", sagte Goldie schließlich, „sonst werden wir vermisst. Außerdem wollte ich den Comte noch treffen."

„Da bist du zu spät dran", sagte Celine störrisch, nicht ohne einen Anflug von Gehässigkeit, „er ist mit Mara im Pavillon."

Goldie verdrehte die Augen. „Was will er denn mit dem spröden Ding?", fragte sie kichernd. Celine hatte das Gefühl, dass Goldie nichts besonders ernst nahm, sie schien sich völlig frei zu fühlen. Langsam erhob sich Celine und streckte genüsslich ihre Glieder, in ihren Adern floss eine süße Trägheit. Außerdem empfand sie Genugtuung, als habe sie Pete eins ausgewischt.

Sie gingen zurück zur Villa, erschöpft vom Liebesspiel trödelten sie herum. Celine war ziemlich hungrig, ihr Rückgrat fühlte sich weich wie Wachs an, ihr Blut war immer noch aufgepeitscht, ihre Fußsohlen kribbelten. Andrasch hatte einen alten Lederhut tief ins Gesicht gezogen und schien auf der Lauer zu liegen. Als sie sich der Terrasse näherten, voller Grasflecken und mit zerzaustem Haar, gab Andrasch einen leisen Pfiff von sich, und die beiden verschwanden in Windeseile hinter dem Haus. Nur Celine stand erstarrt vor Pete, der auf der Terrasse zu warten schien. Ihr Puls trommelte hinter den Augen, die Bäume schienen plötzlich auf und nieder zu springen. Pete sah ihr entgegen, sein Gesichtsausdruck war kritisch.

„Celine, ich wollte etwas mit dir besprechen. Du warst nicht aufzufinden, du kannst dich nicht einfach unerlaubt entfernen!"

Das wilde Spiel war vorüber, Celine musste ihm in sein Büro folgen. Mit hängendem Kopf schlich sie an den Lorbeerbüschen am Eingangsportal vorbei.

Er sah sie ziemlich unfreundlich an, Falten standen auf seiner hohen Stirn. Celine hätte am liebsten losgeschluchzt. Andrasch und Goldie hatten sich fein aus der Affäre gezogen.

„Nun", sagte er in der Stille seines Büros, „du scheinst dich ja prächtig zu amüsieren, auch ohne meine ausdrückliche Erlaubnis." Sein Anblick stach in ihre Augen, sein gut geformtes Gesicht, sein federleichter Gang, seine eisgrauen Haare.

Er stand auf und zupfte ein paar Grashalme aus ihrem zerzausten Haar. Seine forschende Hand glitt unter ihren zerknitterten Rock: „Ich wünsche, dass du dich zurückhältst. Wenn ich dich begehre, hast du hier zu sein" Er fand die Feuchtigkeit auf ihrem Geschlecht und lächelte ironisch. Doch in seinen Augen sah sie Ärger, sein Blick wurde rauer. Er klopfte leicht auf die Lehne seines schweren Ledersessels. „Nun beug dich hier rüber!" Celine blickte durch das Fenster, als wäre er nicht da. Nach der hellen Sonne draußen hatte der Raum mit der leicht gewölbten Decke etwas Domartiges, Dunkles. Pete klopfte auf das schwarze Leder.

Celine wurde rot, als er sie hochzog und über die Lehne drückte. Sie hing dort wie ein schwerer Sack. Es war ein außerordentlich furchtbarer Augenblick.

Das Leder kühlte ihre erhitzte Haut. Er würde entdecken, was sie im Garten getrieben hatte, ihre Scham war aufgeworfen und gerötet. Bestürzt entdeckte sie ein Loch in ihrem Rock. Sie fühlte seine Hände auf ihren Hüften, er zog ihren Slip hinunter. „Zieh ein Bein an, ich will, dass du dich stärker öffnest."

Er tastete in ihr rosa Geschlecht hinein und sagte streng: „Ich sehe, du bist aufgeschwollen vor Lust." Dann schlug er hart auf ihre Schamlippen und zog sie weit auseinander. Ein Regen heftiger kleiner Schläge prasselte auf ihre Klitoris.

„Das ist die Strafe für dein unerlaubtes Vergnügen im Park, für deine grenzenlose Lüsternheit und Unverschämtheit. Überall hältst du dein kleines Loch hin, nur einfügen willst du dich nicht.“ Celine gab schnaubende Protestgeräusche von sich, aber er schlug noch fester auf die gereizten Schleimhäute. Es brannte. Celine, am Ende ihrer Nervenkraft, fluchte vor sich hin. Wieder stieg diese heiße Wut in ihr auf, die sie von Kind an kannte. Sie äußerte sich empört über sein Verhalten vom Vortag, ein eifersüchtiger Schwall von Worten ergoss sich über den Sessel, sie beschimpfte ihn als treulosen Verräter. Sie verlor jede Kontrolle, erhitzt redete sie weiter, aufgestachelt von den brennenden Schlägen.

„In Zukunft wirst du dich an das halten, was ich dir sage. Halt deinen vorlauten Mund! So etwas habe ich hier noch nie erlebt.“ Er öffnete mit beiden Händen ihre brennenden Schamlippen, durchforstete ihre Scham, als wollte er ihr den Stempel seiner Hände aufdrücken. Doch Celine, überreizt von den Parkspielen, war böse auf ihn und wollte sich ihm entziehen. Die Lage zwischen ihnen war sehr gespannt. Er drückte ausgiebig auf die Striemen, die die Birkenrute verursacht hatte und schlug mit seiner großen Hand auf ihr malträtiertes Gesäß.

Als Celine unwillig zappelte, brach er diese Berührungen ab und drückte an ihrem Anus herum. Ihre Auslieferung an ihn machte sie noch wütender, sie stieß wüste Flüche aus. Zum ersten Mal schlug er ihr hart über den Mund. Celine schnappte nach Luft, stieß ein Bein nach hinten und trat fest gegen seinen Oberschenkelmuskel. Er verlor die Beherrschung und presste silberne Kugeln in Celines Anus, zunächst eine und kurz darauf, kaum hatte sie diese aufgenommen, eine weitere. Er triumphierte über sie, sah auf sie hinunter, drückte sie auf das schwarze Leder. Ein rotes Licht explodierte in Celine, es wütete wie ein Feuer in ihr, Wut und stürmisches Verlangen vermischten sich. In ihr tobte es, sie empfand heißes Verlangen und gleichzeitig Furcht. Sie erkannte Petes Macht, sie verabscheute ihn in diesem Moment.

Sie spürte eine wachsende Fülle in ihrem Anus und bekam eine hysterische Angst, er würde sie verletzen. Er hörte nicht auf damit, er schob und zerrte und drehte, dehnte sie auf und brachte sie immer weiter an ihre Grenzen. Sein hoher Schatten fiel auf sie. Weit offen mit einem angezogenen Bein lag sie vor ihm, aufklaffend, das schwarze Leder klebte an ihrem schweißnassen Körper. Diesmal waren seine Finger ohne Zärtlichkeit, viele ungesagte Dinge standen zwischen ihnen. Er ließ sich eine Menge Zeit. Jede neue Kugel, die er einführte, verstärkte Celines Hysterie.

Als er die letzte hineingedrückt hatte, zog er sie von der Lehne herunter und stellte sie auf die Beine. „Ich hoffe für dich, du behältst alle in dir!“ Der strenge Tonfall brachte Celine noch mehr zum Brodeln. Er öffnete eine fast unsichtbare Tür, die tief im Schatten des Raumes lag, und schob Celine vor sich her. Es war sein Schlafzimmer, hell und luxuriös. Celine wankte mit zusammengekniffenen Pobacken hinein, blendendes Sonnenlicht fiel durch große Glasfenster. Auf einem blütenweiß bezogenen Bett lag Sigrid. Sie stützte sich auf den Ellbogen auf und sah Pete an, lächelnd wie eine Sphinx. Ihre wilden kleinen Locken umrahmten üppig ihr schmales Gesicht mit den mandelförmigen Augen. Sie sonnte sich wie ein Mensch, der seinen Triumph aus einem goldenen Becher trank. Ihr gegenüber empfand sich Celine als plump und die Kugeln, die in ihr steckten, wurden schlagartig zu einer schlimmen Demütigung. Sie wollte zu Sigrid hinübergehen und sie schnurstracks an den Locken aus dem Bett zerren. Der vage Blick ihrer Augen brachte Celine fast zum Ausrasten. Er teilte ein geheimes Bett mit Sigrid, diese Tatsache traf Celine tief. Mit einer unbändigen Dringlichkeit wollte sie diese Situation verlassen.

„Celine hat wilde Spiele im Garten getrieben, ich werde mir Goldie noch mal vorknöpfen müssen“, sagte Pete und beugte sich zu Sigrid hinunter, um sie zärtlich auf die Lippen zu küssen. Sie fuhr durch sein Haar, zerwühlte es mit langen auberginefarbenen Fingernägeln, eine Vertraulichkeit, die Celine völlig verstörte, und die sie sich nie hätte herausnehmen dürfen. Celines Herz flatterte, sie gab auf. Falten traten zwischen ihre Augen, und ihr Blick wurde wachsam.

„Ich habe sie ein wenig gestopft, die kleine Gans“, sagte Pete lächelnd. Celine hätte im Erdboden versinken mögen. Sie blickte auf den Boden, fühlte eine leere Stelle dort, wo eigentlich ihr Herz war. Celines ganzer Körper wurde hart und spannte sich an, die Kugeln drückten in ihr und was noch schlimmer war, er drückte ihr das Herz ab. Die beiden schienen keine Eile zu haben. Er stellte sich vor das Fenster, die Hände in den Hosentaschen und wippte auf den Fußsohlen. Dann fragte er belustigt: „Soll sie dich lecken, Chérie?“

Sigrid warf die feingewobene Decke ab und entblößte ihre schlanken Beine. Sie lag nun nackt auf dem Bett, ihre Haut schimmerte seidig. Celine starrte entgeistert auf die Volants an den Gardinen, sie fühlte sich gegenüber Sigrid bäuerlich und plump. Im Garten wogten die Bäume, die ganze Welt schien sich aufzulösen, ein Spalt klaffte auf und schien Celine zu zerreißen. Sie presste trotzig die Lippen aufeinander. Niemals würde sie das tun, um keinen Preis. Am liebsten hätte sie eine

Klinge gezückt. Eine seltsame Ahnung überkam sie, dass Pete sie absichtlich so demütigte. Er wollte sich seine Gefühle für sie nicht eingestehen, sie ausmerzen.

Draußen wurde der Wind heftiger, die Äste der Kastanie peitschten auf und ab. Pete spielte mit Münzen in seiner Tasche, dann wurde sein Blick schärfer. „Was ist?", fragte er lauter. „Willst du wieder einmal den Gehorsam verweigern?"

Tränen stiegen in Celines Augen, die Konturen verschwammen. Er war undurchschaubar. Sie fühlte sich plötzlich entsetzlich einsam, mehr als je zuvor sehnte sie sich zurück nach Hause. In ihr war immer noch, trotz all der Widrigkeiten, absurde und wilde Leidenschaft für diesen Mann, und sie wusste, dass sie gerade wegen dieses Gefühls nie seiner Aufforderung Folge leisten würde. Heiße Tränen liefen ihr die Wangen hinab, ohne dass sie es bemerkte. Sie wünschte sich so sehr, wieder mit Pete allein zu sein, ohne diese eiskalte Frau. Wenn Sigrid aufstünde und hinausginge, dann würde sich die Schönheit ihrer Beziehung wieder enthüllen. Sie schüttelte stumm den Kopf.

„Pete, sie ist eine schlimme Rebellin, eine schreckliche Unruhestifterin. Willst du ihren Widerstand nicht endlich mit allen Wurzeln austreiben?" Sigrids Stimme klang leichthin, sie seufzte gespielt auf. Der Ring an ihrem Finger funkelte himmelblau. Celines Schmerz wuchs, ihr bitterer Zorn auch.

Pete trat hinter sie und schubste sie Richtung Bett. Celine sträubte sich hartnäckig. Als er sie am Nacken packte, stieß sie mit schriller Stimme „Niemals!" hervor.

„Diesmal wirst du damit nicht durchkommen. Überleg dir jetzt gut, was du tust!"

Tiefer Groll lag in seiner Stimme.

Celine brauchte nur Sigrid anzusehen. Sie widerte sie an mit ihrer Heuchelei und der unterschwelligen Grausamkeit, mit der sie Pete manipulierte. Sigrid zerpflückte eine weiße Rose, spielte mit den Blütenblättern, verstreute sie am Boden.

„Nein!", sagte Celine betont laut, um sich selbst Mut zu machen. Gleichzeitig verschlang sie seinen muskulösen Rücken mit den Augen, als könne sie ihn beschwören, ihm wortlos ihren Wunsch aufzwingen. Doch er sah weiter aus dem Fenster, als sehne er sich nach der Ferne. Der Himmel war düster und indigoblau. Immer noch hoffte Celine, er würde die Seite wechseln und sie unterstützen.

„Hast du es dir überlegt?", fragte er gefährlich ruhig und sah weiter hinaus. Warnend hob er eine Hand.

„Da gibt es nichts zu überlegen!", erwiderte Celine heftig. Er wandte sich um, warf ihr einen vernichtenden Blick zu und ging zum Zimmertelefon. Er blickte zu

Sigrid hinüber, als signalisierten sie sich eine verschwiegene, nur ihnen verständliche Botschaft. Celine versuchte vergeblich, ihre wirbelnden Gedanken zu ordnen. Die Wände schienen bedrohlich auf sie zuzuschwimmen, sie waren pastellgrün, und Celine fühlte sich wie unter Wasser getaucht. Sie schnappte nach Luft. Dann hörte sie, wie Pete einen Befehl ausstieß wie ein kurzes Bellen. Ihre Angst gewann an Raum, sie schlotterte und starrte wie hypnotisiert auf die Ohrringe von Sigrid, die jedes Mal, wenn sie den Kopf bewegte, smaragdfarben aufleuchteten. Alles im Raum schien still zu stehen, verharrte in angespanntem Schweigen. Celine saß fest. Doch wieder beschloss sie, es mit Sigrid aufzunehmen, sich nicht einschüchtern zu lassen. Sie würde Petes Liebe erobern, eine gewaltige Verschmelzung mit ihm herbeizwingen und Sigrid ausschalten – ohne Pause redete sie sich das vor. Ihr graute vor dem Augenblick, in dem Pete sie wieder scharf ansehen und ihr Befehle geben würde.

Sie steigerte sich immer mehr in eine ohnmächtige Wut hinein, am liebsten hätte sie den Kalender mit Bildern von nackten Frauen von der Wand gerissen und die Blätter einzeln zusammengeknüllt. Gleichzeitig zitterte sie und brach fast wieder in Tränen aus. Doch Celines Geist war nicht zu bändigen, sie bäumte sich innerlich auf wie ein Wildpferd und hätte liebend gerne Sigrid ein Messer ins Herz gestoßen.

Lautlos betraten Kia und Andrasch den Raum. Pete drehte sich um und sagte: „Sperrt sie ins alte Gerätehaus und gebt mir Bescheid, wenn sie dort fixiert ist." Nachdenklich fügte er hinzu: „Es war lange nicht nötig, von dieser extremen Bestrafung Gebrauch zu machen. Aber hier sehe ich keine andere Möglichkeit. Meine Gutmütigkeit und Nachsicht haben zu nichts geführt." Sigrid lächelte in sich hinein, trat hinter ihn und legte den Arm um ihn. Als sie seine Worte hörte, wollte Celine auch Pete bekämpfen, zumindest seine tyrannische Seite, diese schwarze Seite in ihm, die alle Gefühle verleugnete. Schwarze Schwingen schienen sich im Raum auszubreiten, es war stickig. Selbst Kias unveränderliche Miene zeigte trübe Schatten, wirkte schroff. Doch glich sie wie immer einem nicht menschlichen Wesen mit ihren fellartigen Haaren und ihrem Gesicht aus Glas.

Andrasch konnte sich ein hämisches Lachen nicht verkneifen. Er trat hinter Celine und fesselte ihr die Handgelenke mit einer grauen Kordel. Etwas Hartes, Böses wuchs in Celine und erlangte nun die Oberhand. Sie trat gegen Andraschs Schienbein, sodass er losließ und sich krümmte. Pfeilschnell wandte sie sich zur Tür und versuchte zu laufen. Sie dachte an die in der Sonne flimmernden Feldwege, an Kiefernnadeln und an das Eichhörnchen. Celine erreichte die Treppe, doch dann fühlte sie einen Schlag in die Kniekehlen, der sie ausgleiten ließ. Sie fiel weich auf den flauschigen Teppich und sah noch, wie Pete unwillig den Kopf schüttelte. Dann zogen Kia und Andrasch sie hinter sich her, mehrere der Kugeln hatte sie mittlerweile aus ihrem Anus gepresst.

Es war ziemlich viel Zeit vergangen, seit sie Petes Räume betreten hatte, es musste mittlerweile später Nachmittag sein. Irgendwo im Haus rauschte Wasser, als Kia und Andrasch sie die Treppen hinuntertrieben. In schneller Rückschau liefen die Ereignisse an Celine vorbei. Licht und Schatten vermischten sich in ihr, alles war verzerrt, sie suchte nach einem Bild, das ihre Spannung lösen und ihre Wut kühlen würde.

Als sie die Baumallee hinunterliefen, fühlte Celine sich wie eine Hexe, die zum Scheiterhaufen geführt wurde. Ihr Denken kehrte wieder und wieder zu dem Punkt zurück, dass Pete sie doch noch auserwählen und ihr das sagen würde, was er wahrscheinlich noch keiner Frau gesagt hatte: Dass er sie liebte. Er würde das Besondere an ihr entdecken. Nur Sigrids Gegenwart hatte ihn zu dieser Maßnahme genötigt, deren Opfer sie jetzt wurde. Schweigend liefen sie durch aufkommenden Wind, der Regen vor sich her peitschte. Celine fuchtelte mit den Händen, um Andrasch abzuschütteln, was ihr nicht gelang. Kias Kleider raschelten. Am Vormittag war ihr der Weg viel kürzer erschienen. Jetzt blies der Wind, ein Regenschleier lag über dem Gras, alles war stiller und dunkler, ein großer Ast spreizte sich über ihr dürr und kantig und drohte herabzufallen. Sie fühlte sich wie eine verbannte Kaiserin, und insgeheim drohte sie ihnen immer noch mit der geballten Faust.

Sie erreichten den dunklen Schuppen. Andrasch holte einen großen grünlich schimmernden Schlüssel hervor, und es knirschte unangenehm, als die Tür aufsprang. Die Spannung stieg.

Drinnen war es dämmrig, die Dielen knarrten, der Kaiserinnentraum zerplatzte. Celine fröstelte. Alles wirkte schäbig. Eine Matratze mit Gurten lag auf dem Boden, Spinnweben hingen in den Ecken, die Luft war feucht und klamm vom Regen. Was für ein Abstieg im Vergleich zu der prächtig ausgestatteten Villa! An den Wänden hingen mehrere Schlaginstrumente, die Celine hämisch anzugrinsen schienen. Als einziges Möbelstück stand eine völlig eingestaubte Truhe aus Rosenholz in einer Ecke.

„Leg dich hin!", sagte Andrasch.

„Das kannst du doch nicht machen!" Instinktiv wandte Celine sich nun an ihn. In einer Art Trance starrte sie auf die Matratze, die bräunliche Flecken aufwies.

Er zuckte die Achseln: „Warum forderst du ihn ständig heraus? Ich kann dir nicht helfen. Niemand kann dir helfen, wenn du dich nicht einfügst oder zumindest so tust."

Er packte sie energisch, drückte sie bäuchlings in die Matratze, die nach Schimmel roch und flüsterte: „Vielleicht kann ich morgen mit Goldie vorbeikommen. Und gib bloß Ruhe, wenn er nachher kommt!"

Schon bei diesen Worten staute sich etwas in Celine, sie hasste in diesem Augenblick Petes Sarkasmus und seine Rohheiten. Kia und Andrasch zogen und zerrten an ihr herum, sie breiteten ihre Beine aus und verknoteten ihre Arme. Alles schmerzte, Celines Kräfte schwanden, und ihre Platzangst stieg ins Unermessliche. Pete war nun in ihren Augen ein egoistischer Tyrann.

Andrasch zog grob die restlichen Kugeln aus ihrem Anus. Rasch und zielstrebig sortierten sie die Schlaginstrumente. Kia bemerkte lachend, dass die Brombeerrute besonders für sie geeignet wäre. Dann gingen sie und ließen Celine in einer grünlichen Dämmerung zurück. Efeu hatte die kleinen Fenster völlig überwuchert.

Heftige Regungen zuckten wie wilde Vögel durch ihr Herz, sie presste ihre Lippen fest aufeinander, in ihr stampfte etwas wie ein gequältes, angekettetes Tier.

Eine Weile weinte sie bitterlich in die Matratze, und alles schien weiter weg zu gleiten, bis sie ein Geräusch vor der Tür vernahm. Sie erkannte Pete an seinen langen federnden Schritten. Er setzte sich zu ihr und sagte eindringlich, ohne jede Wärme:

„Ich werde dich jetzt öffnen, damit du deine Verletzlichkeit kennenlernst, damit du endlich aufhörst, das wilde Gör oder die Amazone zu spielen. Du bleibst so lange hier, wie ich es für gut befinde. Deine Mahlzeiten werden karg ausfallen. Hier hast du Zeit, nachzudenken. Kein sehr angenehmer Ort, dafür um so einprägsamer." Celine fühlte sich wie in einer schweren Krankheit gefangen, alles war von einer verstörenden Unwirklichkeit. Ein Teil von ihr verharrte ungläubig, glitt aus dem Schuppen hinaus. Sie schien bis zum Hals in einem bedrohlichen Sumpf zu treiben und war dabei zu versinken.

Er schob ihren Rock hoch, sie fühlte seine Finger, die ihr so vertraut waren, fühlte eine bodenlose Betrübnis. Er hob sie an, sodass ihr Po in die Luft ragte. Die Kontrolle entglitt ihr, sie fügte sich seinen Händen. Plötzlich dachte sie, er würde es sich anders überlegen, sie könnte ihn noch umstimmen, die Wärme seiner Hände konnte nicht trügen. Es zerrte an ihren Nerven, es war ein Augenblick, in dem sie weder denken, noch fühlen konnte. Dann sah sie aus dem Augenwinkel einen grünlichen Bambusstock. Er begann sie damit zu zeichnen, dass ihr Hören und Sehen verging. Die Härte seiner Schläge war ungewohnt, wieder erschien ihr alles bizarr. Sie begann ihn zu beschimpfen, wunderte sich über die schmutzigen Worte, die wie Kröten aus ihrem Mund quollen. Diesmal fackelte er nicht lange, sondern schob ihr eine Kugel in den Mund hinter die Zähne. Er tat alles sehr gründlich und kühl, viel zu kühl. Seine herrische Art dominierte, sie kannte ihn auf diese Weise noch nicht.

Er nahm die Stockschläge wieder auf, es fühlte sich an, als würde er sie zerbrechen. Celine schrie sich heiser, doch es drang nur ein würgendes Gurgeln aus dem Knebel heraus. Ihre Aufmerksamkeit wurde abgelenkt von einem dumpfen Geräusch, ein Fensterladen hatte sich losgerissen und quietschte laut.

Sie wünschte so sehr, er würde ihr andere Worte zuflüstern. Sie spürte unerträglichen Schmerz, ihre Augenlider schlossen sich vor Erschöpfung, doch sie war immer noch entschlossen, den Sieg davonzutragen, egal, was es sie kosten würde. Dieser Faden in ihrem Inneren war unzerreißbar, sie klammerte sich an ihn mit allem, was ihr verblieb. Eine Träne rann aus ihren Augen, sie versuchte seitlich in sein Gesicht zu spähen. Er unterbrach die Schläge. Dann hörte sie ihn zu der Truhe gehen. Sie sah ihn den Deckel zurückschlagen. Er ergriff einen seltsam geformten Gürtel. Ihr Haar war verschwitzt, klebte an ihrem Kopf, sie war heiser vom Schreien und fröstelte in dem Raum.

Er sprach noch immer kein Wort mit ihr. Energisch schob er das Teil unter sie, es fühlte sich kalt an, dann drang etwas Peinigendes zwischen ihre Schamlippen. Es war sehr breit. Er presste es in sie hinein, als würde er einen Eingriff vornehmen, stieß es tief in sie. Trotz aller Qual erregten sie seine Manipulationen, eine Art Fieber ergriff sie. Sie musste an seinen Schwanz denken, an seine frühere herbe Zärtlichkeit. Wieder flackerte die Erinnerung an ihre Fantasien, ihre Wünsche auf, die sie gehortet hatte wie einen Schatz. Die Erinnerung brach wie eine Welle. Kaum saß der Eindringling in ihr, drückte Pete den Gürtel fest an, sodass er ihren gesamten Schambereich verschloss und schlang ihn zwischen ihren Beinen durch. In ihrem Inneren erzitterte etwas, und sie hob sich ihm trotz aller Widrigkeiten entgegen. Einen Moment lang dachte sie, alles wäre vorbei und sank wieder zusammen. Sie fürchtete den Zeitpunkt, an dem er sie endgültig verlassen würde – ohne ein weiteres Wort. Aber da setzte er ruckartig eine kalte Spitze an ihren Anus und drang auch hier mit einem Dildo ein. Er unterbrach kurz sein Auf und Ab, betrachtete forschend ihren Gesichtsausdruck, sein Mundwinkel zuckte leicht. Eine seltsame Erschütterung durchlief Celine, als er auf sie niederblickte. Nie zuvor war sie von beiden Seiten gleichzeitig penetriert worden. Sie hatte das Gefühl zu platzen, zu bersten. Nie zuvor hatte er sie so hart hergenommen. Er beugte sich weiter herab, um jede ihrer Regungen mitzubekommen.

Er ruhte nicht, bis der anale Dildo tief in sie einsank, dann massierte er die Innenseiten ihrer Oberschenkel, um sie von dem Penetrationsschmerz abzulenken. Kurz drückte er ihre Hand, und diese Geste glättete vorübergehend Celines Gemütswogen. Er zwang sie, ihr Kreuz weiter herauszudrücken, massierte sie dort, während er den Dildo tiefer einführte. Der Fensterladen klapperte, stürmisch wehte der Wind.

Als er alles in sie hineingedrückt hatte, presste er sie flach auf den Bauch und verschloss die Schnallen des Gürtels. Er zog alles sehr straff an, so sehr, dass es Celine erschreckte, und die Panik in ihr erneut aufflackerte. Wieder wirkte er fremd, schien sich schnell von ihr zu entfernen in Räume, in die sie ihm nicht folgen konnte. Er schüchterte sie ein mit seinen dominanten Gesten. Ein langes, starres Schweigen folgte. Celine brütete stumm vor sich hin, versunken in ihren Schmerz. Sie wandte den Kopf ab und weinte in den Knebel hinein. Von Zeit zu Zeit warf sie verstohlene Blicke über die Schulter. Er saß neben ihr und betrachtete sie mit einem seltsamen Glitzern in den Augen, die sie an einen Wolf erinnerten. Er sah ausgehungert aus. Plötzlich küsste er sie inbrünstig auf den Nacken und strich ihr übers Haar.

Zuletzt deckte er Celine fast liebevoll zu, drehte sie auf den Rücken und fixierte ihre Hände an den Seiten. Sie träumte bereits wieder davon, mit ihm im Garten zwischen den Himbeerstauden und Lindenbäumen spazieren zu gehen. Er sah ihr lange in die Augen, in seinem Blick waren Helllichkeit und Dunkelheit unteilbar verwoben. Celine ahnte, dass sie noch etwas unter sich austragen mussten. Ein Zittern lag zwischen ihnen, die Luft schien zu beben. Als er sie verließ und in den auffrischenden Wind hinausging, wurde sie bleich und eine unendliche Niedergeschlagenheit breitete sich in ihr aus. Sie hätte alles darum gegeben, ihn aufhalten zu können, aber es gelang ihr nicht. All ihre Sinne waren wie in Trance, aber sie waren nur an der Oberfläche erstarrt, darunter rasten ihre Gedanken mit äußerster Geschwindigkeit.

Es war qualvoll für sie mit den Dildos in sich, die sie erregten, die sie ständig an ihn denken ließen. Immer wieder drängte sich ihr das Bild auf, wie ihr als kleines Mädchen alle Kräuter aus einem Weidenkorb in den Sumpf gefallen und langsam darin verschwunden waren. Ihr Herz hämmerte, die Zeit zog sich unheimlich in die Länge. Celine begann zu warten, die Sekunden dröhnten laut in ihren Ohren, Dämmerlicht erfüllte den leeren Raum. Sie beobachtete die Muster, die es auf den Boden warf, die wandernden Schatten. Ein trockenes Efeublatt raschelte bei jedem Windstoß, die Böen schienen nach dem Schuppen zu greifen, zuzupacken und ihn dann wieder loszulassen, rhythmisch wie Presswehen. Der Regen wurde heftiger und peitschte aufs Dach.

Celine sehnte sich nach der üppigen Gemütlichkeit der Villa, nach dem raffinierten Essen. Sie versuchte alle Gedanken zu bündeln, um Pete in einer Art magischem Akt zu sich zu rufen, als könnte er ihren stummen Schrei vernehmen. Sie fühlte sich immer mehr wie in einen Schraubstock gepresst. Was war nur mit ihr geschehen? Eine Woge Regen rauschte über die Fensterscheibe, ihr Herz machte einen Sprung, es packte sie, marterte sie.

Ihre Kinderfrau fiel ihr plötzlich ein, die ihr Zaubergeschichten aus dem Moor erzählt hatte, von Faunen und plätschernden Erlenschwestern, die Zauber in den Tau woben. Sie war dunkelhäutig wie der Comte und von schwerer Gestalt. Sie betete zu einer verschleierten Madonna, die in ihrem Zimmer stand. Wieder griff das Grauen nach Celine, sie wollte Pete haben, unbedingt haben. Sie sah die alte Kinderfrau Strümpfe stricken, gleichmäßig klapperten die Stricknadeln.

Doch dann dachte sie wieder an die weißen wehenden Batistvorhänge der Villa, an die Männer in den eleganten Anzügen, die alle um die Verzückung wussten, die im Orgasmus liegt. Erregt begann sie auf der Matratze entlang zu scheuern, um auf diese Art vielleicht einen Orgasmus auszulösen. Sie sah sich einen hellerleuchteten Raum betreten und sich anmutig auf Pete zu bewegen. Er saß auf einem goldenen Stuhl, zog sie auf seinen nackten Penis, der in die Luft ragte wie ein Kolben, ließ sie darauf niedersinken, sie nahm ihn tief in sich auf, während ihr Kleid sich um sie bauschte. Ihre Gedanken wurden rascher, sie wollte zum Ende kommen.

In ihrer fiebrigen Vorstellung begegnete sie Sigrids Blick, als Petes riesiger Penis sie beglückte. Er ragte auf, gerade und stark. Sie presste ihre Beine zusammen, bewegte sich heftiger, um den Reiz zu erhöhen. Der Wind pfiff. Sie machte ihre Scham weit auf, dachte an Pete mit geöffneter Hose, an seine hohe Stirn, seinen Wolfsblick, und ihr Körper zuckte in einem durchdringenden Orgasmus. Sie lag immer noch auf der Matratze, erschöpft, sie konnte nicht entrinnen. Kurz vor dem Einschlafen verblasste der trübsinnige Schuppen langsam. Sie sah nur noch Petes Gesicht und die gesprenkelte Krawatte, die er kürzlich getragen hatte. Sein Gesicht pulsierte rhythmisch mit ihren Atemzügen, dann schien alles vor ihrem inneren Auge weiß zu werden, sie sah Wiesen voller Gänseblümchen, Tennisplätze mit weißen Markierungen.

Doch immer noch fühlte sie an der Grenze zum Schlaf ihre Sehnsucht nach Pete, ihre Brüste, die sich ihm entgegenreckten.

Irgendwann schlief sie ein, von Zeit zu Zeit zuckte sie zusammen in einem heftigen Erschrecken, fuhr wieder hoch, fühlte die Dildos in sich stecken, spürte die Fesseln, und die grenzenlose Stille schloss sich um sie herum. Sie stürzte in einen Abgrund der Einsamkeit, niemand war da, um sie im Auge zu behalten.
Plötzlich huschte etwas mit langen Beinen über ihr Gesicht. Sie ahnte, dass es eine große Spinne war. Voller Ekel warf sie den Kopf hin und her und lag mit angehaltenem Atem, bis sie wieder völlig losgelöst im Raum schwebte, in ihren abgehobenen Fantasien von Pete.

Sie wachte auf, als der Morgen graute. Dämmriges Licht fiel in den Schuppen, im Schatten war es schneidend kalt. Sie versuchte sich ein wenig zu bewegen, mit den Zehen zu kreisen. Eine graue Verzweiflung griff nach ihr, sie fürchtete plötzlich, niemand würde je nach ihr sehen. Die Schatten schwankten, wurden bleicher im einfallenden Morgenlicht. Sie hatte das Gefühl, es nicht länger ertragen zu können und kreischte in den Knebel. Celine überschritt die Schwelle zu einer sie verschlingenden Panik, die seit längerem in ihr gebrodelt hatte und stemmte sich vergeblich gegen die Fesseln. Darüber hinaus hatte sie das Gefühl zu platzen, ihre Blase drückte, die Dildos schienen sich tief in sie hineingesaugt zu haben und waren aufgeschwollen. Die Angst brauste unaufhörlich in schaukelnden Wellen durch sie hindurch. Das dünne Grün floss mit dem Tageslicht wieder in den Raum und kroch gespenstisch über die Wände. Celine schloss die Augen, sie wollte wieder einschlafen, sich im Schlaf vergraben, im Dunkeln, um nichts mehr zu spüren. Die Efeublätter schienen draußen zu flüstern, zu knistern. Sie wollte entfliehen in die Schwerelosigkeit ihrer Träume von hellen Zimmern mit weichen Polstern. Die grauen Wände verschwammen vor ihren Augen, ein geisterhafter weißer Falter taumelte durch den Raum.

Celine zuckte zusammen, als sie einen Schlüssel im Schloss quietschen hörte und Andrasch mit einem Tablett auftauchen sah, das gefährlich schwankte. Er blickte zu Celine hinüber und schnaubte vor Missbilligung durch die Nase, weil sie ihm zusätzliche Arbeit verursachte. Doch er sagte nichts und kniete sich nieder, um Celine von dem Knebel zu befreien. Sie starrte auf das blassblaue Tablett, auf dem eine Schale verkochter Haferbrei und eine Tasse Pfefferminztee standen. Sie fühlte sich völlig erschöpft, enttäuscht starrte sie auf das Frühstück.

Andrasch saß neben ihr mit zerzaustem Haar. Er kniff die Augen zusammen und sagte mürrisch: „Du hast es ja unbedingt wissen wollen, was Pete alles in seinem Gruselkabinett verborgen hat. Mit uns hättest du jede Menge Spaß haben können." Dann verfiel er wieder in Schweigen.

Celine hörte draußen die Vögel singen, aber alles erschien ihr verloren und trübe. Sie sehnte sich nach frischem Wasser.

„Kannst du mir diesen Gürtel abnehmen?", fragte sie drängend. Doch zu ihrer Enttäuschung schüttelte Andrasch den Kopf. „Ich habe keinen Schlüssel. Pete wird bald kommen. Hoffentlich", setzte er hinzu. Celine zwang sich einige Löffel von dem klebrigen Brei zu essen, doch er verstärkte ihre Übelkeit. Andrasch war aufgestanden, schritt an der Wand auf und ab und spielte mit den Bändern einer herabhängenden Peitsche.

Draußen gab es ein Geräusch, und überraschend tauchte Pete auf. Er sah blass aus, aber unnachgiebig. Mit einer abwinkenden Geste seiner großen Hand bedeutete er Andrasch, sich zu entfernen. An seiner Schläfe zuckte ein kleiner Muskel. Trotz ihrer schwierigen Lage erschien Celine sein zerfurchtes Gesicht geheimnisvoll, und aus seinem Schweigen las sie Leidenschaft. Er sah sie durchdringend an, seine graue Iris wirkte heute Morgen ausgebleicht. Celine ertrug seinen Blick nicht lange. Sie senkte die Lider, unerwartet schüchtern wie ein kleines Mädchen. Er räusperte sich, sprach aber nicht mit ihr. Beim Anblick seines weißen

Hemdes musste sie an Schwäne mit schneeweißen Brüsten denken, an ihre weiten Schwingen, und schon flossen die Tränen. Pete kramte in seiner Hosentasche und fand unter den leise klimpernden Gegenständen den kleinen goldenen Schlüssel, der zu dem Gürtel gehörte. Er zog ihr die Decke weg und betrachtete sie kurz, dann schloss er den Gürtel auf. Alles lockerte sich ein wenig.

Er ließ zehn Sekunden verstreichen, stand auf, zögerte und sagte: „Ich hoffe für uns beide, du hast deine Lektion gelernt." Celine würgten die Tränen, sie konnte nicht antworten. Er kniete sich vor sie und versuchte die Dildos zu entfernen. Sie saßen mittlerweile so fest in ihr, dass er Mühe hatte, sie auch nur zu bewegen. Es tat ihr weh. Celine weinte jetzt hemmungslos. „Glaub bloß nicht, dass du mich mit Tränen erweichen kannst! Frauentränen!" Er machte wieder eine wegwerfende Handbewegung und zerrte an den Dildos herum, die sich allmählich lockerten. „Langsam begreifst du jetzt vielleicht, was es bedeutet, von mir gepfählt zu werden", sagte er. Seine Stimme war heiser vor Erregung. „Um die Ecke ist ein WC, alles im Service inbegriffen", fügte er sarkastisch hinzu. Als Celine sich vorsichtig erheben wollte, wurde ihr plötzlich schwarz vor Augen, und ihre Beine gaben nach. Sie lehnte sich an die feuchte Mauer.

Pete half ihr nicht, er musterte sie eindringlich und verschränkte die Arme auf dem Rücken, dann wippte er wieder mit den Füßen hin und her und sah auf seine Armbanduhr. Der Wind war abgeflacht, die Wolken jagten schnell am grauen Himmel. Der Sturm hatte Äste abgerissen, die Wege waren feucht. Celine tastete sich mühsam an der Mauer entlang in das kleine angebaute WC, in dem das Wasser eiskalt aus dem Hahn kam und prickelnd ihr Gesicht erfrischte. Sie fing es mit den Händen auf und kühlte ihre aufgeschwollene Scham. Draußen sangen die Vögel.

Pete war ihr gefolgt und beobachtete sie. Er hatte einen seltsam zwiegespaltenen Blick, teils erregt, teils ungehalten. Seine Gesten hatten etwas Präzises, Exaktes, als plane er sein weiteres Vorgehen in Gedanken. Eine Amsel hüpfte über den Rasen, in ihrem Schnabel krümmte sich ein Regenwurm. Celine zwang sich, nicht über diesen Augenblick hinauszudenken und goss immer weitere Hände voll kühlen Wassers über ihren Körper. Dann trat sie zu Pete hinaus. Einen Augenblick standen sie nebeneinander, sahen auf die regennassen Wiesen hinaus, auf das verkettete hohe schwarze Tor, auf die Krähen, die in einer alten Eiche krächzten und in Schwärmen aufflogen. Der ganze Schuppen lag im kalten Schatten dieses mächtigen Baumes. Seine Wurzeln brachen den Boden auf, in den Grasmulden dazwischen wuchsen Polster voller Veilchen, deren Blüten noch zusammengerollt waren.

Pete schien immer noch in Gedanken versunken zu sein, doch plötzlich sagte er brüsk: „Komm jetzt!", packte Celine fest am Arm und zog sie mit sich zu dem Schuppen. Als Celine die Matratze sah, erfasste sie ein Grauen. Sie ballte ihre Hand zu einer Faust und sah ihn flehend an.

„Ist es jetzt vorbei?", flüsterte sie.

Pete sah sie eindringlich an. „Wirst du es Sigrid nun mit dem Mund machen?", fragte er trocken. Die Frage traf Celine wie ein Geschoss. Etwas in ihr schien zu zerreißen. Ein gelbes Licht flimmerte in ihren Augenhöhlen, der Baum verschwamm vor ihren Augen. Sie keuchte und starrte ihn sprachlos an.

„Was dachtest du?", fragte er mit dem kalten Ausdruck, den Celine an ihm verabscheute. Celine schwankte in ihrem Schrecken. Sie wollte Sigrid und ihn und die ganze Villa mit Haut und Haar ausmerzen. Mit offenem Mund stand sie da und sagte nichts mehr.

„So ungefähr habe ich mir das gedacht. Du gibst nie auf, oder?", fragte er mit einem Hauch von Belustigung, sein Mundwinkel zuckte, seine Augen funkelten. „Nun, dann bück dich, ich werde dich wieder fixieren." Er griff nach ihr. Celine schluckte, ihr Mund war staubtrocken, doch sie konnte diese Bedingung nicht akzeptieren. Sie hasste Sigrid, sie würde sie um keinen Preis bedienen. Doch sie duckte sich ängstlich vor Pete.

„Du wildes Weib, du böses Weib!", flüsterte er vor sich hin, als er sich herabbeugte.

Das Ritual begann von vorne. Er drehte Celine auf den Bauch und ergriff den Rohrstock. Celine atmete stoßweise vor blankem Entsetzen, sie begann zu hyperventilieren. Unbarmherzig schlug er auf ihren wunden Hintern. Sie brach in Tränen aus, aber er lachte nur und sagte: „Dein Arsch sieht aus wie eine erblühte Rose, herrlich gerötet." Sie hörte heraus, dass die Rötung ihn animierte. Diesmal machte er sich nicht die Mühe sie zu knebeln, als sie in die Matratze hineinschluchzte.

„Du bist ja eine kleine Heulsuse!", sagte er laut, „es liegt in deiner Hand. Sigrid schmeckt gut." Er lachte wieder, strich genüsslich über die Striemen und murmelte immer wieder: „Na, kleine Heulsuse, jetzt vergeht dir wohl die freche Klappe? Heulsuse!" Sie hörte den Wind an den Fensterläden rütteln. Pete musterte immer noch befriedigt ihren Po. Dann stand er auf und fuhr ihr durchs Haar. Kurz darauf fühlte Celine, dass er sie erneut zu penetrieren versuchte. Der Dildo war noch größer als der vom Vortag. Er hatte spitze Noppen und fühlte sich am Rand ihrer Scham wie eine Bürste an. Bei der drohenden Aussicht, ihn in sich aufnehmen zu müssen, begann Celine Pete anzuflehen. In ihren Ohren rauschte es laut wie die Brandung des Meeres. Er klopfte mit dem Dildo auf ihren Po, damit sie die Noppen fühlen konnte.

„Du hattest deine Chance", sagte er grob. Immer noch rauschte es in Celines Ohren, das Vogelgezwitscher draußen wirkte wie Hohn, sie lag abgesondert in diesem dunklen Schuppen, umrankt von Efeu. Petes Gegenwart berührte sie immer noch, er hatte sich in ihrem Herzen festgesetzt. Zwischen ihnen schienen Drähte zu glühen, es vibrierte und sirrte die ganze Zeit. Sie suchte tief in sich nach den Ursachen der Vibrationen, der Faszination.

An seinem Atem merkte sie, dass es ihn erregte, sie mit dem Noppenpenis zu bearbeiten. Er versuchte nun wieder, ihn in ihre Scham einzuführen. Er presste, bis ihre Wände langsam nachgaben, sich weiteten. Celine wollte ihn abschütteln, doch er berührte ihre Wirbelsäule federleicht mit seinen Fingern, und sie schmolz dahin. Sie wurde gefüllt, er drückte ihr Kreuz nieder. Die leichte Brise draußen knisterte in den Blättern. Licht und Schatten wechselten schnell. Er betastete ihre geschwollene Klitoris, drückte von unten auf das Stachelteil. Trotz ihrer misslichen Lage glühte ihr Unterleib, sie wollte ihn und wollte ihn auch wieder nicht. Dann hörte sie, was sie halb erwartet hatte: Er öffnete seine Hose.

Schwer atmend presste er seine Eichel an ihre Rosette. Sie leuchtete rötlich wie ein Fuchsschwanz. Er atmete schwer, der Eingang war verengt, weil Celine vorne so ausgefüllt war. Er nahm die Finger beider Hände, um ihn aufzudehnen, war selbst unbändig erregt, gab kleine schnaubende Geräusche von sich. Celine erschien ihr Anus stecknadelkopfgroß. Frustriert zog Pete ihr Hinterteil weiter hoch und bohrte seinen langen Finger hinein, drehte ihn mehrmals herum. Die Sonne war aufgegangen, Lichtstreifen fielen auf die Wand vor Celine, sie glitzerten wie funkelnde Diamanten auf dem eintönigen Grau. Petes Adern schwollen, als er wieder seine mächtige Eichel ansetzte.

Celine riss die Augen weit auf, als er die dickste Stelle hineinrammte, sie zitterte, etwas ballte sich in ihr zusammen. Es fühlte sich an, als würden ihre Eingänge ausgeweitet zu Höhlungen, und sie glaubte unter dem Ansturm zu platzen. Petes Augen hatten wieder diesen wilden Wolfsausdruck. Er erschien ihr fremd, er fuhr in sie hinein und wich zurück. Er konnte sich kaum bewegen in dem engen Kanal.

Gelbe Funken flackerten in seinen grauen Augen. Besitzergreifend packte er ihre Hüften. Die Vögel sangen schrill und scharf.

Völlig unvermittelt flüsterte er rau: „Heulsuse, kleine Heulsuse!“ Er entfachte eine gefährliche Glut in ihr, sie empfand Angst und Schmerz, und gleichzeitig packte sie eine auflodernde Lust. Wieder und wieder trieb er ihr seine Stange roh hinein, fasste unter sie an ihre steifen rosa Brustspitzen und streichelte sie dort, dann rieb er hart darüber – an der Grenze zur Brutalität. Sie empfand rasende Schmerzen, doch gleichzeitig konnte nur sein Schwanz ihr Verlangen stillen.

„Öffne dich mehr, lass mich tiefer in dich rein, du sollst mich spüren bis in deine Eingeweide!“ Celine fühlte seinen Penis bis in ihre Scham, und dort drückte er gegen den Dildo. Sie schwamm in einem Meer der Reize.

Dann begann er ihren Kitzler zu reiben, traf haargenau die eine weiche Stelle, die bereits nach ihm lechzte, wieder und wieder rieb er darüber. Alles in Celine schien flüssig zu werden, Tropfen bildeten sich in ihr, sie schwoll weiter an, spürte seine Eichel. Wellen stiegen in ihr auf, und während er nochmals in sie hineinstürmte, wuchtig wie ein Krieger, brach der Wellenkamm in ihr, und sie kam in äußerster Lust, presste sich ihm entgegen. Sie fühlte seine muskulösen Oberschenkel, er hämmerte seinen Schwanz nun fast besinnungslos in sie hinein und entlud sich in einer Serie heftiger Krämpfe.

Widerstrebend zog er sich aus ihr zurück, viel zu schnell platzte er aus ihr heraus, alles wurde feucht. Überwältigt von dem Erlebnis konnte sie seinen plötzlichen Rückzug kaum ertragen. Er schien ihr zu grollen für seine überaus heftige Erregung.

Nach einem kurzen Seufzen sagte er in einer eigentümlichen Stimmlage: „Celine, Celine.“ Dann saß er nachdenklich auf dem Rand der Matratze und tupfte an ihrem Anus herum. „Ich habe dir einen Blutstropfen entrissen.“ Celine begann zu hoffen, er würde sie nun doch nach diesem heftigen Rausch, den sie geteilt hatten, erlösen. Doch dann verhärtete er sich, grollte weiter und gab ihr einen kleinen Klaps. Ohne noch länger zu warten, nahm er einen dickeren Dildo als am Vortag und schob ihn ihr in den Kanal, der noch feucht von seinem Sperma war. Er räusperte sich, als wollte er noch etwas sagen. Doch dann verschluckte er die Worte, schob Celine schnell einen Knebel zwischen die Lippen, legte sie zurecht und fixierte ihre Arme. In diesem Augenblick hätte Celine am liebsten aufgeschrien und ihm ins Gesicht geschlagen. Wieder fragte sie sich, wie er wohl Sigrid lieben mochte.

Er erhob sich zu seiner stolzen Größe, streckte sich, mied es, Celine in die Augen zu sehen und verließ rasch den Schuppen. Als er die Tür öffnete, traf er auf Andrasch. Celine fragte sich, wie lange er sie wohl durch das kleine Fenster schon beobachtet hatte. Pete sagte, er sei heute Abend wegen eines wichtigen Geschäftstermins verhindert, und Andrasch solle Celine mit dem Nötigsten versorgen, da sie eine weitere Nacht hier verbringen müsse.

„Sie ist fuchsteufelswild, aber ich werde sie zähmen, das kleine rothaarige Biest." Er lachte, klopfte Andrasch auf die Schulter und baumelte mit dem kleinen goldenen Schlüssel vor seiner Nase. „Sie gehört nur mir, wehe, du fasst sie an!" Er warf Andrasch den Schlüssel zu. Sie blickten zum Himmel. „Das Wetter ist unbeständig", sagte Andrasch gleichmütig. Pete nickte desinteressiert. Auch im Schuppen wechselte das Licht von grünlich, wenn die Sonne durchbrach, zu grau, wenn sie sich wieder verhüllte. Unstet wanderten die Wolken, sie verdünnten sich und quollen wieder auf. Celine hörte, wie sich die Schritte der Männer entfernten.

Bei der Aussicht, nun weitere vierundzwanzig Stunden gefesselt dazuliegen, nur um dann wieder gefragt zu werden, ob sie es Sigrid besorgen wollte, schwindelte es ihr. Zunächst verfolgte sie die Wolken durch das Fenster, eine war fast goldfarben, eine andere erinnerte an Marmor. Sie versenkte sich in die verschiedenen Blautöne des Himmels, weit hinten war der Himmel fast indigofarben. Doch bald schien die Decke herabzufallen, und Celine fühlte eine grauenvolle Leere. Die Schatten auf ihrer Seele wurden undurchdringlich. Alles schien sie zu ignorieren, ihre Augen wurden glasig.

Wieder versuchte sie in ihre Kindheit zu flüchten. Sie erinnerte sich an die Spaziergänge, die Schönheit der Uferböschungen, die Bäume mit gefleckter Rinde in der Herbstsonne. Boote trieben auf dem Fluss, ein Boot voll bunt gekleideter Mädchen, Celine unter ihnen. Sie lagen träge da, plauderten selbstvergessen, warfen Stöckchen in den Fluss. Celines Haare leuchteten in der Sonne, sie saß im Bug. Sie versank immer weiter in Träumereien, wollte nicht mehr die Augen öffnen, doch dann hörte sie ein leises Kratzen, ein Klopfen am Fenster. Sie sah hinüber und entdeckte das Gesicht von Goldie, die ihre Nase an die schmutzige Scheibe presste, ihr kleine Zeichen machte und mit den Händen wirbelte. Ihre Augen lachten, aber sie drückte nur ihr Bedauern darüber aus, dass sie nichts tun konnte, zuckte immer wieder hilflos die Achseln. Celines Augen füllten sich mit Tränen, plötzlich fand sie Goldie unaufrichtig und gemein. Sie hätte doch versuchen können, ihr ernsthaft zu helfen. Aber sie warf nur ihre lange Mähne hin und her und klopfte auf den

Fensterrahmen, dann drehte sie sich immer schneller, bis Celine fast schwindlig wurde. Kurz darauf verschwand ihr Gesicht. Eine unglaubliche Bitterkeit staute sich in Celine an.

Die Zeit erschlug sie fast, schien stillzustehen. Die Sonne war verschwunden, und ein Schneesturm wirbelte vor dem winzigen Fenster. Bilder über Bilder stiegen in Celine auf, immer neue Blasen, denen sie nichts entgegensetzen konnte, und alle endeten bei Sigrids schmalem Körper, ihren gespreizten Beinen, ihrer rasierten Scham. Taumelnd sah sie sich selbst, wie sie um Sigrid herumschwirrte, mit spitzer Zunge in ihren feuerroten Kelch tauchte, und es schüttelte sie vor Widerwillen.

Sie sah Pete, wie er die Szene beaufsichtigte, wie er über Sigrids Locken strich, sah ihr hochnäsiges Gesicht, ihre Verderbtheit, ihre dünn gezeichneten Augenbrauen, die hohen Bögen.

Dann begann sie hemmungslos zu weinen. Tränen rannen über ihr Gesicht, die ganze Wucht der Erniedrigung und der Aussichtslosigkeit packte sie. Es raschelte in einer Ecke. Celine befürchtete, dass hinter den grauen Steinen eine Ratte hauste.

Draußen fielen die Flocken immer dichter von einem bleigrauen Himmel. Doch plötzlich stahl sich die Sonne durch und legte einen orangefarbenen Schimmer über die Decke des Schuppens. Celine hasste Pete dafür, hier so aufgespreizt mit den Instrumenten herumliegen zu müssen, die in ihr scheuerten. Pete begehrte sie, aber sein Begehren war kalt wie Blei und tödlich wie eine Kugel. Er liebte sie nicht. Schließlich schlief sie erneut ein, umhüllt vom Schneesturm, der sie an den Weiher denken ließ, wo sie als Kind durch faulige Blätter gepatscht und den Flocken hinterher gehascht war.

Sie erwachte durch ein knarrendes Geräusch, der Schlüssel kratzte in der Tür. Beim Erwachen spürte sie den Analplug und die ledrigen Krallen der Bänder um ihre Arme. Sie verdrehte die Augen, lange würde sie nicht mehr durchhalten können.

Als der Schlüssel sich drehte, erwartete sie Andraschs blonden Helm zu sehen, doch es beugte sich eine dunkle Silhouette durch die niedrige Holztür. Der schlanke hohe Körper des Comte hinkte auf Celine zu, Entsetzen weitete ihre

Augen. Sie sah panisch auf seine vernarbten Züge und glaubte zu wissen, dass Pete ihn mit einer neuen Perversion auf sie angesetzt hatte, um sie weiter zu erniedrigen und gefügig zu machen. Sie suchte in seinen schwarzen Augen, Tränen rannen ihr über die Wangen, und sie schüttelte abwehrend den Kopf. Sie verlor völlig die Fassung. Schweigsam stand der Comte im Raum, lehnte sich ein wenig gegen die Wand. Sie sah seine olivbraune Haut, die an einen Mauren erinnerte, und sein Geruch nach Leder, Tabak und Limonen stieg ihr in die Nase.

Er verzog das Gesicht zu einem Lächeln, was die Narben noch mehr zur Geltung brachte und ließ sich schwerfällig auf der Matratze nieder. Wie rollende Wassermassen spülten Celines Emotionen über sie hin, legten ihre Seele bloß, sie konnte ihr Entsetzen nicht verhehlen. Vor Pete schämte sie sich nicht, war nicht so befangen, egal, was er mit ihr tat. In gewisser Weise empfand sie sich ihm ebenbürtig. Auch wenn er sie gewaltsam nahm, schien eine Art innere Verwandtschaft zwischen ihnen zu bestehen, ein geheimes Band. Doch nun trieb ihr die bloße Anwesenheit des Comte die Röte ins Gesicht.

Lange lastete Schweigen auf ihnen, dann wies er auf einen Korb, den er mitgebracht hatte und sagte mit seiner tiefen Stimme: „Das hat mir Carla für dich zubereitet, ich habe Andrasch die Schlüssel bis morgen früh abgekauft.“ Draußen rauschte eintönig der Wind. Celine fühlte einen Riss in ihrer Abwehrmauer, aber sie wollte sich keine Hoffnungen machen, er würde sicher nur zu bald seine Forderungen stellen.

Seine Hand legte sich auf ihr Gesicht und drehte ihren Kopf, dann löste er den Knebel. Celines Kopf sank zurück, sie atmete schwer. Erneut fragte sie sich mit wachsender Angst, was er wirklich von ihr wollte, wenn er Andrasch für die Schlüssel bezahlt hatte? Seine Stummheit machte sie befangen. Er befreite langsam ihre Hände, er vermied jede Hast und ging überaus sorgsam vor.

Celine brachte immer noch keinen Ton heraus. Sie schluckte an ihren Tränen und an der ungeheuren Scham, die sie diesem Mann gegenüber empfand. Er hielt ihr mit ernstem Blick den Schlüssel für den Gürtel hin und fragte: „Schaffst du den Rest allein?“

Verwundert hielt Celine inne. Dann nickte sie. Der Comte erhob sich und hinkte hinaus in den kühlen Abend. Reglos nahm Celine die schwarze Silhouette wahr, zerrte dann hastig und mit zitternden Händen an dem Gürtel, an den Dildos herum, sah immer wieder ängstlich hinaus, ob er nicht zurückkäme. Es war mühsam, die Instrumente herauszuziehen, sie schienen in ihr festzusitzen. Immer wieder glitt Celine ab und musste von Neuem beginnen. Sie spürte gar nicht mehr, dass sie weinte, schließlich gelang es ihr, sich zu befreien.

Sie stopfte den schändlichen Gürtel unter die Matratze und erhob sich so schnell, dass ihr schwarz vor Augen wurde. Beim Gehen fühlte sie dumpfe Schmerzen, und einen Augenblick befürchtete sie, Pete hätte mit den Dildos etwas in ihr verletzt. Sie atmete tiefer, schüttelte ihre Haare und riss mit einem Ruck die Tür auf. Sie war auf der Hut. Der Comte stand da, schien über der Landschaft zu brüten, in den pudrigen Schnee zu starren. Plötzlich spürte Celine seinen Blick, schwarze Augen, in denen sie nichts lesen konnte. Groll stieg in ihr auf, sie traute seinen Absichten nicht. Er ließ seine Zigarette zu Boden fallen und sah sie weiter an, schien sie zu belauern. Flüchtig erwog Celine zu fliehen, sich im Garten zu verbergen, doch sie fühlte sich zu schwach, es war viel zu kalt. Hastig stolperte sie an ihm vorbei in die kalte Toilette. Sie blieb lange dort, versuchte sich zu fassen, aber dieser Fremde flößte ihr eine namenlose Angst ein. Als sie sich endlich ein Herz fasste und wieder im Schuppen auftauchte, fühlte sie sich plötzlich leicht, fast schwerelos, als wäre diese dunkle Schneenacht mitten im Frühling und nur ein Traum, der sich bald auflösen würde.

Der Comte stand steif an die Truhe gelehnt und wartete. Er trug eine schwarze Jeans und eine Lederjacke, einen dunklen Pullover. Er stützte sich auf seinen Ebenholzstock. Celines Blick huschte über sein gemeißeltes Gesicht mit der Adlernase. Wieder flößte er Celine eine große Furcht ein, sie fühlte sich ihm nicht gewachsen.

Plötzlich und völlig unerwartet hinkte er auf Celine zu, die fürchterlich erschrak, fasste sie an den Hüften, so kraftvoll, wie sie es dem mageren Mann gar nicht zugetraut hatte. Sein Gesicht mit den Narben näherte sich ihr immer mehr. Entsetzt und außer sich schrie sie auf. Sie wünschte sich nur noch Leere, Leere, Leere. Am liebsten hätte sie sich in eine Muschel verkrochen, die glatt und kühl war, und in der sie sich verbergen konnte.

Er ließ sie sofort los und trat zurück. „Ich flöße dir wohl kein Vertrauen ein“, lachte er spöttisch. „Ich werde dich nicht zwingen, ich bin nicht Pete. Ich habe in meinem Leben viele Frauen besessen, aber sie sind alle freiwillig gekommen. Ich brauchte sie weder mit Geld und Designerklamotten zu bestechen, noch Zwang auszuüben, wie er hier in der Villa üblich ist. Auch du wirst eines Tages zu mir kommen.“

Seine Silhouette ragte hoch in der Dunkelheit auf, Celines Herz klopfte. Sie verstand seine Motive nicht, sie war völlig verwirrt.

„Du bist eine kleine Wilde, aber das missfällt mir nicht, denn eine leichte Eroberung ist völlig wertlos“, fuhr er fort. Celine sah seine leidenschaftlich glühenden Augen, die blitzenden Zähne, wenn er lächelte, was selten geschah. Er hatte eine Kerze entzündet und belegte Brote aus dem Korb geholt, eine Flasche dunklen Rotwein, die rubinrot im Kerzenlicht schimmerte. All das erinnerte Celine an den Luxus der Villa. Der Comte saß an ihrer Seite wie ein Fels.

Zögernd, mit zitternden Fingern nahm Celine ein dünnes Schinkensandwich. Sie fühlte eine Leere in ihrem Magen, die fast schmerzte, doch eine peinigende Befangenheit schnürte ihr die Kehle zu. Die Gegenwart des Comte setzte ihr zu.

Sie sah den Schatten seines Profils im flackernden Licht an der Wand. In ihrem Geist tobte ein wild reißender Fluss, ein Durcheinander, Vernichtungsgedanken und zaghafte Hoffnung wechselten rasch. Celine konnte nicht entrinnen. Unerwartet war der Comte im wahrsten Sinne des Wortes hereingeschneit. Er trank langsam den schweren Rotwein, kleidete jede Bemerkung in Ironie, dann schien er Celine wieder sehr ernst zu betrachten. Celines Befangenheit wuchs, doch gleichzeitig wurde sie immer neugieriger. In ihrem Gesicht zuckte es nervös, als sie sich durchrang ihn zu fragen, was genau er denn von ihr wollte. Da lachte er laut und spöttisch. Celine bemerkte, dass der rosenrote Lack an ihren Fingernägeln abgesprungen war. Sie wusste nichts über den Comte, ausgenommen die Fetzen und Fragmente, die einige der Frauen hatten fallen lassen, und die keinen Reim ergaben. Eine Pause trat ein, dann sagte er in seiner lang gezogenen Sprechart:

„Ich werde dich nach unserem Imbiss hier allein lassen. Andrasch wird morgen früh vor Pete wieder hier sein. Heute Nacht kannst du dich ausruhen. Morgen früh wirst du wohl oder übel einlenken müssen. Pete wird nicht nachgeben.“ Celine schluckte ungläubig, dachte flüchtig an die Gerüchte von dem Harem in Marokko, von dem sagenhaften Reichtum des Comte. Sie unterbrach ihn: „Warum sollten Sie das für mich tun?“

„Darüber brauchst du jetzt nicht nachzudenken“, sagte er kurzerhand. Sein bezwingender Blick berührte sie, er glitt über ihr Gesicht, ihren Körper in dem beschmutzten weißen Rock. Er reichte Celine ein Glas mit Wein. „Trink ein paar Schlucke, dann wird die Nacht leichter vorübergehen.“

Celine dachte, dass er so nicht auf seine Kosten käme. Oder focht er einen geheimen Kampf mit Pete aus, in dem sie nur eine untergeordnete Rolle spielte? Sie konnte ihm nicht in die Karten schauen. Sie saß wie gelähmt vor diesem seltsamen Mann und wusste nichts mehr zu sagen, obwohl hundert Fragen sie quälten. In ihrem geschwächten Zustand stieg ihr der schwere Wein rasch in den Kopf, ihre Wangen brannten. Sie erlaubte sich ein flüchtiges Lächeln und schloss dann die Augen, versuchte sich an all die Ereignisse der letzten Tage zu erinnern, alles schien ein wirres Durcheinander aus wildem Sex, hochgepeitschten Gefühlen und etwas Abscheulichem zu sein, das unter der Oberfläche brodelte. Wie in einem Fiebertraum stürzten die Erinnerungen auf sie ein, rote und schwarze Strahlen hagelten durcheinander wie in einer nächtlichen Feuersbrunst.

Es war, als schlafe und wache sie in einem. Ihre Augen verschleierten sich, leicht benebelt sah sie den Korb voll weicher Sandwiches, den fremden Mann und fürchtete, er würde mit einem rot glühenden Eisen ein Stigma in ihr Fleisch brennen. Alles an ihr schien schmutzig und liederlich geworden zu sein. Sie schürzte die Lippen und dachte an ihr abstoßendes, wenig einladendes Äußere, ihr Gesicht bleich und tränenverschmiert, ihr Haar verklebt, ihr Inneres voller Hass und Bitterkeit.

Der Comte packte die Sachen zurück in den Korb, der Wind rauschte über dem Holzschuppen, Schnee lag starr wie ein Leichentuch über dem Land.

Sie hörte sich sagen: „Bitte, gehen Sie noch nicht!“ Sie fürchtete die Einsamkeit der Nacht noch mehr als ihn.

Seine Augen verloren für einen Augenblick die beißende Ironie, und er nickte. Die Starre in Celine löste sich, sie trank noch etwas Wein und legte sich dann seitlich auf die Matratze. Sie klammerte sich an die Decke, um ihn im Auge zu behalten. Er begann eine Melodie zu summen, ein Lied voller Zärtlichkeit. Seine Stimme erinnerte Celine an Leonard Cohen und trotz der schlimmen Lage, in der sie sich befand, erfüllte es sie mit Wohlbehagen. Sie musste an den Seerosenteich ihrer Kindheit denken, sah die großen grünen Blätter tellerartig schwimmen und einen großen Karpfen durch das Wasser pflügen.

Als er verstummte, griff sie unwillkürlich nach seiner Hand. Sie war trocken und warm wie südliches Holz. Der dunkle Bariton verwob sich eigenartig mit der ungewöhnlichen Nacht und trug sie in endlose süße Träume, ungewöhnliche und angenehme Empfindungen. Sie hörte den Comte nicht gehen.

Fast überrascht nahm sie in der fahlen Helligkeit des nächsten Morgens Andrasch neben ihrem Lager wahr. Es hatte aufgehört zu schneien.

„Wir müssen uns beeilen", sagte er hastig. „Pete wird gleich hier sein. Hilf mit!" So schnell er konnte, legte er ihr den schändlichen Gürtel wieder an. Bevor er sie knebelte, fragte er mit einem schelmischen Lächeln: „Und wie war die Nacht mit dem Comte? Eigentlich schuldest du mir einen Bericht. Er hat einiges springen lassen für dich."

Das seltsam berauschende Gespinst dieser Begegnung umfing Celine immer noch, als Pete eintrat, Andrasch kurz zunickte und Celine fragend ansah. Er hob eine Augenbraue, Celine versank in Schweigen. Sie dachte an Butterbrote und weiße Teller in der sonnigen Villa, an die vielen Reissorten und silberfarbenen Tüten in Carlas Küchenschrank, an die blauen Dosen mit Süßigkeiten, die glänzend überall herumstanden, an das Brot, das kuppelartig aufging, an den Comte und daran, dass sie ihn dringend wiedersehen musste. Schnell nickte sie, noch bevor Pete den Knebel entfernt hatte.

Ein selbstgerechtes Lächeln trat in seine Augen, ein harter Glanz. „Na also, jeder wird irgendwann vernünftig", sagte er zu laut. Wenig später trat Celine neben ihm aus dem düsteren Schuppen und versuchte Sigrid aus ihren Gedanken zu verbannen. Ihre Füße spürten den kühlen Boden, sie hielt sich kerzengerade. Es war ein sehr dunkler Augenblick in ihrem Leben, ihre heiße Liebe zu Pete begann abzusplittern. Goldie stand in einem pinkfarbenen Jogginganzug auf der Terrasse und winkte ihr zu. Celine senkte den Kopf, sie wusste, was ihr nun bevorstand.

Als sie neben ihm in die Halle trat, tuschelten die Mädchen. Celine ging an ihnen vorbei, war ihren neugierigen Blicken ausgesetzt. Sie erschienen ihr jetzt frivol und boshaft. Sie gab keine Zeichen des Erkennens, sondern hielt sich dicht neben Pete und sah über alle flüsternden Köpfe hinweg, so hoheitsvoll sie es vermochte.

Die vergoldeten roten Sofas standen an den Wänden, bunte Blumensträuße schmückten die Tische, als wäre Celine nie weg gewesen. Celine sah Seezungenfilets auf den Tellern. Pete nickte einigen Frauen zu, zwinkerte listig bei anderen, viele übersah er einfach. In seinen Augen lag etwas Wildes und Ungezähmtes, bei seinem Anblick wurden die Stimmen der Frauen einen Ton höher, ihr Lachen lauter. Er stachelte sie an, ihre weiblichen Geschütze auszufahren. *Wenn er nur mein Mann wäre*, dachte Celine trotz allem, als sie neben ihm über die dicken Teppiche lief. Ihr Anblick in einem der hohen Wandspiegel war ein Schock für sie. Dunkle Ringe lagen unter ihren Augen, ihre Wangen wirkten bleich und eingefallen.

Pete öffnete die Türe zu seinen Räumen. Auf den letzten Stufen der Treppe war Celine immer langsamer geworden. Sie fühlte sich wie eine Schnecke, die man vom Felsen pflückte oder wie ein Fisch, der am Angelhaken zappelte. Pete bedeutete ihr ungeduldig, sich schneller vorwärts zu bewegen. Sie fiel innerlich immer mehr zusammen, sie wollte Sigrid nicht sehen. Im Flüsterton sagte sie zu sich selbst: „Nein, nein!"

Niemand war zu sehen. Pete schob sie energisch in ein Badezimmer und drehte die Dusche auf. Die lachsrosa Fliesen schimmerten. Sie hatte Angst, doch dann stellte sie sich unter die warme Flut, ließ das Wasser über sich strömen. Gerade, als sie es zu genießen begann, ihre starren Glieder wieder beweglicher wurden, drehte er das Wasser ab. Celines Blut kochte, doch ihr nackter Körper stand ganz still. Das Zimmer drehte sich vor ihren Augen. Sie hatte Angst. Als sie die Dusche verließ, um sich abzutrocknen, sah sie Sigrid. Sie rekelte sich auf dem schwarzen Ledersessel in einem seidigen Morgenmantel mit Vogelornamenten. Celine errötete. Sigrid betrachtete gelangweilt ihre weißen zarten wohlgeformten Hände, dann ergriff sie ein Glas Aprikosenmarmelade, tauchte einen kleinen Silberlöffel hinein und schob ihn zwischen ihre Lippen. Ihre Fingernägel waren an diesem Morgen schwarz lackiert.

Pete legte seine Hand zwischen Celines Schulterblätter und schob sie nackt auf Sigrid zu. Ihr wurde immer schwindeliger. Sie versuchte sich einzureden, dass ihr alles gleichgültig sei, doch ihr Magen zog sich zu einem Knoten zusammen. „Die Pariser Aprikosenmarmelade ist nicht süß genug", sagte Sigrid an Pete gewandt und klapperte mit dem Löffel. Er nickte abwesend.

Sigrid glitt geschmeidig aus dem Sessel und setzte sich auf ein orientalisches Sitzkissen mit Brokatmuster, das sich auf dem Teppich befand. Der Morgenmantel klaffte auf, ihr nackter Bauch glänzte. Sie spreizte die Beine beinahe zu einem Spagat wie eine Ballerina, und Celine sah ihre haarlose rosa Spalte. Celine trat ruckartig nach hinten, nur so konnte sie ihre Verärgerung zeigen. Zwischen ihren Schulterblättern faltete sich etwas zusammen und verursachte ihr ein tödliches Gefühl. Pete drängte sie vorwärts. Sigrid lauerte, veränderte ihre Beinpositionen, sie war sehr biegsam und setzte sich in Positur. Celine sah ihre Furche aus mehreren Winkeln, fühlte Petes Hand in ihrem Nacken, erst fast zärtlich, er rieb hin und her, dann beugte er Celine unnachgiebig in die Knie. Sie stieß mit dem Ellbogen zurück, doch Pete hob warnend den Zeigfinger und drückte sie zu Boden. Celine blickte auf Sigrids noch geschlossene Spalte. Zunächst schien Sigrid sie gar nicht wahrzunehmen, sie nahm ein silbernes Sahnekännchen vom Tablett und ließ die cremige Flüssigkeit schwelgerisch in ihre Kaffeetasse laufen.

„Weißt du nun von allein weiter, oder muss ich nachhelfen?“, fragte Pete drohend. Celine dachte an den Schuppen und versuchte sich zu überwinden, aber als sie Sigrids Scham so nah vor sich sah, ergriff sie Entsetzen, und sie hielt inne. Dann spürte sie einen flachen Schlag am Hinterkopf. Celine bemerkte die Grausamkeit in Sigrids verschleiertem Blick und senkte den Kopf. Linkisch griff Celine nach ihren Beinen und streckte steif die Zunge heraus. Sie fühlte, wie Sigrids Blicke Pfeile der Verachtung auf sie abschossen.

Ein ungeheurer Druck lastete auf Celines Brust und nahm ihr den Atem. Sie zögerte, starrte Sigrids Möse an. Sigrid sonnte sich in Petes Wohlwollen, ein Faden verband sie, mal sichtbar durch ein kleines Lächeln, mal unsichtbar, doch immer vorhanden. Celine konnte ihnen nicht entrinnen, sie hatte keine Chance. Ein weiterer Schlag von Pete traf sie.

„Gut, Liebster“, flüsterte Sigrid heiser, „sie braucht noch viel mehr Schläge, sie folgt immer noch nicht. Bring sie dazu, dir aufs Wort zu folgen, mach’s ihr von hinten!“ Celine hörte Sigrids leise, betörende Stimme, die an Sirenengesang erinnerte.

„Fang an!“, befahl Pete mit diesem stählernen Klang, den Celine zu fürchten gelernt hatte.

Wieder streckte sie die Zunge heraus, spaltete Sigrids Schamlippen und berührte zaghaft ihren Kitzler. Durch die Luft hinter Celine pfiff ein Geräusch, eine mehrschwänzige Peitsche fuhr über ihr Gesäß. Sigrids Augen begannen zu glänzen. Celines mittlerweile dünne Haut zuckte unter den heftigen Schlägen.

Sie beeilte sich nun in Sigrid hineinzulecken, ihren Kitzler, der hart und rot wurde, zu bearbeiten. Eifersucht und Wut durchbohrten ihre Haut. Unwillkürlich dachte sie an das Gesicht des Comte, seine ironisch blickenden Augen und sehnte sich nach ihm. Sigrid lachte perlend, sie warf Pete Blicke des Einverstandenseins zu. Unter Petes harten Schlägen beeilte sich Celine, Sigrid zu befriedigen. Sie nahm ihren Finger zur Hilfe und bohrte ihn in deren Scham, gleichzeitig glitt sie mit ihrer Zunge immer schneller über den Kitzler und schlängelte sich immer tiefer in sie hinein. Doch Sigrid erinnerte an einen trägen Falter, gaukelnd und flatternd bemühte sie sich, das Schauspiel, das ihr Petes scharfe Auspeitschung bot, länger hinauszuziehen.

Sigrid schaukelte nun langsam hin und her, spitzte ihre Lippen, verkrampfte ihre Zehen, um ihre Lust zu verlängern. Petes Peitsche schnitt Celine wie ein Messer ins Gesäß, Wellen von Schmerz brandeten durch sie hindurch, während sie immer schneller in Sigrid herumspielte, ihre Zunge rhythmisch in den heißen Schlund stieß. Tränen rollten ihr über die Wangen.

Celine fühlte, dass sie gebrochen werden sollte, sie sah Sigrids zuckendes Gesicht. Flüchtig dachte sie an die Gerüchte, die über Sigrid kursierten, dass sie eine Schauspielerin gewesen sei, russische Vorfahren hatte, demnächst ein eigenes Café eröffnen würde, das Pete finanzieren wollte. Wieder zuckte die Peitsche auf ihren Po.

Sigrid biss sich auf die Lippen, Celine sah flüchtig ihre spitzen weißen Zähne, die an einen Marder erinnerten. Lange würde sie ihren Höhepunkt nicht mehr hinauszögern können. Sie hörte Sigrid heiser flüstern: „Jetzt fick sie in ihr enges Loch, Pete, das ist die einzige Art, in der du sie nehmen sollst – wie eine dreckige Dienstmagd." Ihre Stimme klang lasziv, Pete atmete heftiger, er murmelte: „Ja, wir wollen das letzte aus dem Bauernmädchen herausholen." Er riss seine Hose auf und ließ die Peitsche sinken. Er lachte und tätschelte Celine das Knie. Sie begann ihn zu verabscheuen, sie wollte sich erheben.

„Wir bleiben sitzen", sagte Pete, „und strecken brav den Po heraus." Celine empfand die Situation immer bedrohlicher, sie fühlte sich wie festgeschmiedet und sah sich unbeschreiblichem Horror ausgeliefert.

Pete betastete lange ihre Striemen, seine Finger drangen fordernd in die dunkle Ritze, schon fühlte sie ihn wieder an der verbotenen Stelle, die er sich bereits so gründlich unterworfen hatte. Celine fiel vornüber, er drehte sie noch weiter um, blaue Schatten wanderten über den Boden. „Setz nicht so eine Trauermiene auf!", sagte er und schob seinen Daumen wie einen Haken in sie hinein. Sigrid stichelte und spöttelte über Celine und begann sich reizhungrig zu befingern. Doch sie trödelte immer noch herum, während Pete nun seinen Daumen zurückzog und seine Eichel ansetzte. Er ergriff Celines Oberschenkel, sie sah seinen Siegelring aufleuchten.

Als er sich langsam in ihren Anus hineinschob, verfiel Sigrid in einen lüsternen Taumel. „Geh tiefer rein!" Sie sah auf Petes Penis, der Celine penetrierte, es war eine langwierige Prozedur, weil Celine nicht mithalf. Sigrids Finger krallten sich in den Teppich, sie begann Grimassen zu schneiden, sie presste ihre Beine auf den Boden und befingerte sich. Pete spaltete Celine mit seinem Pfahl, mitleidslos, jäh.

Als er endlich bis zum Grund vorgedrungen war, begann er wild in sie hineinzuhämmern, methodisch, mit scharfen Stößen. Sein Penis fühlte sich an wie ein Eisdolch. Celine schreckte bei jedem Stoß zusammen. Plötzlich drückte Sigrid die Schenkel eng zusammen, stöhnte auf, und mit zurückgebogenem Hals begann sie wild zu zucken. Pete hielt kurz inne, sie tauschten wieder einen tiefen Blick, dann drang er ein letztes Mal ganz tief in Celine hinein, und sie spürte die Entladung seines Penis, der sein Sperma tief in sie hineinschoss. Alles ballte sich in Celine zusammen, doch sie kam nicht, ihr angestauter Hass auf beide wog viel zu schwer.

Sigrid erhob sich als Erste. Mit schrägem Blick sah sie zu, wie Pete seinen Schwanz ruckartig aus Celine herauszog, ohne jedes Zartgefühl. Sie flüsterte Pete, der sich aufrichtete und sich über die Stirn wischte, etwas ins Ohr.

Celine blieb einfach liegen in der Hoffnung, es nun endlich hinter sich gebracht zu haben. Sie hörte Sigrid lachen, das Silberkännchen blitzte in der Sonne, vor Celines Augen tanzten rote Funken. Müde schloss sie die Augen, sie wollte die beiden nicht mehr zusammenstehen sehen. Pete schüttelte zunächst den Kopf und schien schroff einen Vorschlag von Sigrid abzuwehren, doch sie griff nach seinem Penis und berührte ihn mit feinen Bewegungen, schob ihre spitze Zunge in seine Ohrmuschel. Er lachte, nur noch wenig protestierend, dann fasste er in ihr üppiges Haar. Eine Entscheidung schien getroffen, es war, als fiele ein schwerer Stein in einen Teich.

Pete packte plötzlich Celines Oberschenkel und zog sie auseinander, er spreizte ihre Schamlippen. Einen kurzen Augenblick dachte Celine, er würde sie nun auch zum Orgasmus bringen. Doch er hielt ein Fläschchen in der Hand mit der orangefarbenen Tinktur, die er schon früher benutzt hatte. Auflehnung und Trotz bäumten sich in Celine auf, als er mit einem Pinsel ihre Klitoris behandelte. Ihr war sofort klar, dass Sigrid auf weiterer Demütigung bestanden hatte. Ihr Herz schlug wild.

„Trag es ihr in mehreren Lagen auf, dass sie richtig anschwillt!“, verlangte Sigrid, die Pete über die Schulter zusah. Als Celine in wilder Frustration die Beine schließen wollte, gab Pete ihr einen scharfen Klaps. Dann pinselte er nochmals gründlich Celines Kitzler ein, der wie Feuer zu brennen begann. Sigrid reichte ihm ein zurechtgeschnittenes Pflaster, das er quer über Celines Scham andrückte. Celine ruckte entsetzt mit dem Kopf, ihre Hände fielen kraftlos herab, sie wollte das ungeheuerliche Brennen löschen, das die Tinktur ihr verursachte. Sie blickte starr, schlang die Hände fest um die Knie, um diese sengende Lust zu ersticken. Sie fühlte sich wie eine Gefangene, Sigrids Blicke waren wie kleine Pfeile aus Hass. Sie wollte ihren Triumph über die Rivalin genießen und ihn auskosten bis zur letzten Neige. Die Sonne fiel in den Spiegel und blendete Celine. Die Konturen im Raum dehnten sich aus, Schatten fielen auf den Teppich.

Celine schluchzte, kippte vornüber, kauerte sich zusammen, diese neue Demütigung fand sie sinnlos und grausam.

„Du hast es vorhin gehört", sagte Pete und lächelte Sigrid zu, „wir haben deinen Eingang gewissermaßen stillgelegt, du wirst nur hinten penetriert und bist unsere persönliche Lustsklavin, solange uns das erfreut." Er trat näher zu Celine und sagte leiser: „Nun lass dich nicht so gehen, mit der Zeit wirst du dich schon an unsere kleinen Praktiken gewöhnen."

Sigrid starrte auf das Pflaster, als Pete Celine erneut die Beine öffnete, um es fester anzudrücken. Sie begann sich sofort wieder heftig zu reiben, kniete auf dem Teppich und manipulierte zwischen ihren Beinen. Pete zog das Pflaster straff, Sigrid verdrehte vor Lust die Augen. Pete sah ihr zu, wie sie sich erneut in einem Orgasmus wand.

„Wehe, das Pflaster ist nicht an seinem Platz, wenn ich es kontrolliere!", sagte er sardonisch lächelnd zu Celine. Sie sehnte sich nach einem Glas kühlen Wassers, ein Bleigewicht schien auf ihr zu liegen, als Kia endlich kam, um sie zurück auf ihr Zimmer zu führen. Ihr Gang war wackelig. Pete hatte sie fallen lassen. Ihm war sie egal. Celine keuchte leicht wegen der ungelöschten Lust, die sie in sich verschlossen tragen musste.

Während der folgenden Wochen brach der Frühling richtig aus, alles erblühte, Knospen barsten und weißrosa Kirschblüten wehten umher. Tauben watschelten über den Rasen. Celine fühlte sich ausgeliefert und preisgegeben, ihr Eigenleben wurde von Sigrid und Pete ausgesaugt, sie schienen in ihr Innerstes vorzudringen. Sie fühlte sich, als glitte sie rasch unter der Oberfläche eines Stromes dahin, zerrissen, gequält von extremen Empfindungen, von Begehren gebeutelt, unmöglichen Wünschen ergeben.

Pete und Sigrid gebrauchten sie wie einen Lustgegenstand ohne Seele. Manchmal zwang Celine sich, über einen Ausweg, eine Fluchtmöglichkeit nachzudenken, doch sie wurde nachlässig, versuchte in den Zwischenzeiten zu vergessen.

An einem strahlenden Morgen sah sie durch ein Fenster im Gang auf den Garten hinunter. Er war in Sonnenlicht getaucht, der Rasen glänzte. Zwei Frauen spazierten in bunten Kleidern auf dem Kieselweg, sie machten winzige Schritte, wiegten sich beim Gehen. Celine neigte den Kopf und lauschte, sie hoffte, ihren Peinigern an diesem Morgen zu entrinnen. Obwohl es noch früh war, fühlte sie sich erschöpft und müde. Sie war dünn geworden, ihre Wangen hatten ihr frisches Aussehen verloren. Am Tag zuvor hatte Sigrid angedeutet, sie wünschte, dass Celines innere Schamlippen gedehnt würden. Flüchtig dachte Celine an den Comte, manchmal erwog sie, ihn um Hilfe zu bitten. Doch ihre Hoffnung auf ein anderes Leben war nach und nach erloschen. Sie dachte an seinen Ausspruch „Sie kommen alle irgendwann“. Ihr restlicher Stolz, vor allem aber ihre wachsende Lethargie hielten sie immer wieder davon ab.

Ihre Beziehung zu Pete veränderte sich, etwas in ihr verhärtete sich, doch in sentimentalen Augenblicken loderte ihre Hoffnung auf, er würde sich doch noch für sie entscheiden. Einmal reichte sie ihm die Hand und half ihm über eine heikle Phase mit der schmollenden Sigrid hinweg. Flüchtig lächelte er ihr zu. Doch hinterher schalt sie sich töricht. Eines Tages begegnete sie dem Comte kurz in der Halle. Er stand in einer Ecke neben dem Eingang, leicht gebeugt, und sprach mit Mara, die an ihm vorbei sah. Celine rannte den Gang hinunter, glitt aus, eine wilde Hoffnung brachte ihr Herz zum Jagen. Sein Blick streifte sie prüfend. Eine tiefe Scheu zwang sie, die Augen niederzuschlagen. Als sie wieder aufsah, hatte er sich abgewandt und schlenderte in den Garten hinaus. Den ganzen Abend über verfolgten Celine die Gedanken an ihn, immer wieder war sie nahe daran, hinauszulaufen und ihn zu suchen. Sie lehnte sich weit aus dem Fenster, eine große Traurigkeit erfasste sie. Unten in der Auffahrt parkten viele Autos. Ein Mann in gestreiften Hosen stieg aus, eine Frau schob ihren silbernen Schnallenschuh aus dem schweren Wagen. Die Schritte der Besucher knirschten auf dem Kies, doch Celine konnte den Comte nirgends entdecken. Ein Windstoß erfasste die weißen Musselingardinen. Kurz entschlossen rannte Celine in ihrem bernsteinfarbenen T-Shirt hinunter, um ihn zu suchen.

Wie ein gehetztes Wild jagte sie durch den abendlichen Park, sie huschte schnell zwischen den Bäumen hindurch, rannte bis zum Pavillon, immer noch war ihre

Seele gespalten. Mit weit aufgerissenen Augen starrte sie durch die gläsernen Fenster ins Innere des Pavillons, der verlassen dalag, sie schaute immer wieder die Wege hinunter, schaute in alle dunklen Winkel, doch der Comte blieb verschwunden.

Celines Lebhaftigkeit erstarb, ihr kapriziöses Verhalten verschwand fast völlig, sie flüchtete sich immer häufiger in den Park, in geheime dunkle Winkel, die sie nur über Schleichpfade erreichte. So konnte sie allen, auch der aufdringlichen Goldie aus dem Weg gehen. Dort grübelte sie viel, versuchte die stechenden, unguten Empfindungen, die die sexuellen Erfahrungen mit Pete und Sigrid in ihr erweckten, zu ersticken, aber oft schwankte sie zwischen zwei Ansichten hilflos hin und her und fand nirgends einen Ausweg.

Pete schien vor ihrem inneren Auge zu thronen wie aus grauem Stein gehauen, eine bedrückende und doch immer noch faszinierende Skulptur, während Sigrid wie eine kalte Flamme tanzte. Celine versuchte das seltsame Gespinst des Begehrens abzuschütteln, das sie bei Petes Anblick immer noch ergriff. Die Einsamkeit der schattigen Wege wurde ihr nie zu viel. Oft meinte sie, die abscheulichen, schändlichen Gefühle, die Sigrid ihr einflößte, nicht länger ertragen zu können, doch dann überkam sie eine grenzenlose Gleichgültigkeit. Wieder und wieder wurde Celine zu den Sitzungen mit Pete und Sigrid gerufen, sah Sigrids morbide Eleganz, ihre funkelnden Ohrgehänge, die Louis XVI.-Kommoden, Naschmakronen, ihre sich bauschenden Kleider und ihr aufgetürmtes Haar. Pete ließ für sie dreistöckige rosa Torten aus Paris liefern. Sie war blendend in ihrer porzellanhaften Nacktheit. Alles in ihren Räumen war in eine unwirkliche Atmosphäre getaucht, in der es zu glitzern und zu flimmern schien. Ihre grausamen Blicke trafen Celine wie Peitschenhiebe, sie erinnerten an die Augen einer zischenden Schlange.

Sie versuchten Celine an diese heimtückische Mischung aus Schmerz und Lust zu gewöhnen. Pete penetrierte Celine ausschließlich anal – durch den Kücheneingang – wie er es nannte, während Sigrid ihre Brüste mit scharfen kleinen Schlägen quälte. Sigrid spielte für Pete ein kleines Mädchen, zart wie eine Rosenknospe, dem er nichts abschlagen konnte – wie verderbt die Wünsche auch sein mochten. Oft musste Celine es Sigrid besorgen, während sie auf viele Arten gezüchtigt oder gedemütigt wurde. Sie musste nackt in der Ecke stehen und zusehen, wie Pete Sigrid liebte. Es gab kein Entrinnen aus dieser heimtückischen Zange aus Lust und Schmerz. Bei Sigrids Zuwendung hatte sie das Gefühl, als würde sie von dem scharfen Schnabel eines Raubvogels aufgespießt, und doch gab es mittlerweile Momente, da begehrte Celine sogar diese Art der Berührung. Sie fühlte sich fehlerhaft und schuldbewusst, ohne etwas getan zu haben. Ihr Frohsinn schwand dahin.

Sie fürchtete und verachtete ihre Peiniger, aber dennoch fügte sie sich ihnen Tag für Tag und suhlte sich in der perversen Lust.

Celine verlor jede Freude an den gemeinsamen Mahlzeiten, konnte die unbeschwerte Fröhlichkeit der anderen Frauen nur noch schwer ertragen und zog sich immer mehr in sich selbst zurück wie in ein Schneckenhaus.

An diesem Morgen wurden ganze Reihen von vergoldeten Sesseln auf die Terrasse geschleppt. Auf dem feuchten Gras stellte man Gartenstühle auf. Celine spähte aus dem Fenster, ein leichter Wind raschelte leise in den mächtigen Bäumen.

Auf einem improvisierten Tisch richtete Carla ein Brunch-Büfett an. Rosiger Lachs türmte sich auf Silbertabletts. Kirschtörtchen mit Sahne, knusprige Croissants und Kannen mit Kaffee lockten die Frauen an. Celine stierte hinunter, sie war weinerlich und fühlte sich nicht gut. Sigrid hatte gestern Nadeln in ihre Brüste gestochen. Unten liefen alle im Gänsemarsch zum Büfett, Goldie schlängelte sich zwischen den Bäumen hindurch. Mehrere Frauen begannen übermütig zu singen. Kia tauchte lautlos wie immer hinter Celine auf und ermahnte sie hinunterzugehen. Als Celine sich nicht rührte, bombardierte sie sie mit harten Worten wie mit einem Hagel kleiner Steine. Celine hatte das Gefühl, ihre Brüste hätten Risse, sie empfand nur eine große Leere. Der Gesang der Frauen, ihre Worte verwehten im Wind.

Pete trat mit großer Geste an den Tisch, hob den Arm und kündigte ein großes Maifest im Park an. Große Auftritte und viele Darbietungen waren geplant, an denen alle sich zu beteiligen hatten. Tänze sollten einstudiert werden. Die Frauen johlten ihm zu, viele klatschten. Es herrschte eine ausgelassene und übermütige Stimmung. Das Eis war gebrochen, jeder hatte eine Idee, eine Anregung, Musik erklang.

Celine stand hinter einem Baum und unterdrückte ihre aufsteigenden Tränen. Pete verteilte Rollen, er strahlte joviale Zufriedenheit aus. Als er Namen zu nennen begann, gab es erste Unterbrechungen, jede wollte die Königin des Festes sein, manche drängten sich auf Pete zu und bestürmten ihn, es gab Tränen der Enttäuschung über undankbare Rollen und grenzenlose Eifersucht. Celine versuchte sich zu verdrücken. Nur langsam beruhigten sich die Gemüter, Pete versprach allen Rosen für das Haar. Menüpläne wurden erstellt und Kostüme in Auftrag gegeben, eine bienenschwarmähnliche Aktivität brach los, der Celine sich nur schwer entziehen konnte. Der Wind wehte die Worte hin und her, Grüppchen entstanden, es gab Geraschel und wieder eine Unterbrechung. Stühle wurden gerückt, Carla trug bunte Stoffballen in den Garten. Weißer Taft, üppige Volants aus Satin, Spitzen in allen Farben des Regenbogens, venezianische Masken und mit Damast bezogene Sitzkissen wurden herausgebracht. Pete war der Hahn im Korb, die Frauen beklatschten ihn eifrig.

Während der Vorbereitungen, die sich über mehr als zwei Wochen hinzogen, taute Celine ein wenig auf. An einem Morgen wurden Lara und Goldie von Sarah, die die Kunst des Bodypaintings beherrschte, in leuchtenden Grüntönen bemalt. Sie stellten Grastänzerinnen dar, wiegten sich nackt wie Halme im Wind, während ihre langen Haare sie umflossen. Die Tänzerinnen huschten durchs Gebüsch, bewegten sich wie in Trance, sie waren von atemberaubender Schönheit.

Doch Celine blieb unruhig, sie war ständig in Erwartung neuer quälender Sitzungen. Sigrid fielen fast täglich neue Schikanen ein. Celine sollten Ringe in die Schamlippen getrieben und von Sigrid mit deren Initialen gezeichnet werden. Sie fuhr sich ständig nervös durchs Gesicht. Oft drehte sie sich halb um, ob Sigrid sich ihr näherte. Eine neue Tanzmelodie ertönte. Pia und Mara, die beide eher dunkle Haut hatten, wurden als Kobolde verkleidet. Beiden wurde ein großes Kunstglied um die Taille geschnallt, ihre Pobacken waren nackt, ihre Füße mit Fellfetzen umwickelt. Alle applaudierten und lachten, die Kobolde waren prächtig ausstaffiert. Ihre Köpfe ragten aus einer üppigen Halskrause heraus, sie trugen billige Broschen, die wie Katzenaugen glühten. Mara brach bei dieser Rolle immer wieder in Tränen aus und erhielt schließlich eine öffentliche Züchtigung von Pete, damit sie sich besser in die Anforderungen der Rolle einfügte. Dabei blieb sie still stehen und kniff die Augen zusammen, als Pete ihr drei harte Stockschläge versetzte. Alle lachten sie aus. Die Brise frischte auf.

Die Rollen der Elfen waren sehr begehrt. Biba, Carmen und Bette freuten sich, die federleichten, durchsichtigen und mit weißen Perlen bestickten Schleiergewänder zu tragen, die kaum ihre Reize bedeckten. Darüber trugen sie Capes aus Silberstoffen. Achillea spielte die Rolle der Feenkönigin mit einem Gewand, das in allen Regenbogenfarben schillerte. Ihre Größe ließ sie riesenhaft erscheinen, ihre Armbewegungen waren schwungvoll. Einen Augenblick stand sie ganz still in der Mitte der Bühne, sie wirkte erhaben und dominierend. Wolken segelten im Hintergrund über den Himmel. Spontaner Beifall erhob sich.

Andrasch, Brendan und Georges verwandelten sich in die Gehörnten, die über Elfen und Grastänzerinnen nach Belieben herfallen durften. Sie trugen Hörner, furchterregend bemalte Gesichter und hautenge braune Leggings, die ihren Penis freiließen. Andrasch ballte die Fäuste und drohte scherzhaft den zarten Elfen, dann streckte er seinen dunkelbraunen, muskulösen Arm.

Antonia, ein üppiges Mädchen, das auch große Mühe hatte, sich in den Betrieb der Villa einzufügen, stellte die Fruchtbarkeitsgöttin dar. Sie trug einen hohen Kopfputz mit Perlenschnüren über ihrer Zopfkrone, ihre großen Brüste mit den geschminkten Spitzen wogten nackt über einem weiten bunten Rock. Zur Erheiterung aller wurde sie in einer Sänfte hereingetragen und musste sich anschließend von Andrasch nehmen lassen. Alle lachten, als sie versuchte wegzulaufen und unweigerlich von Andrasch zur Strecke gebracht wurde. Eine laute Melodie tönte durch die Luft, viele summten mit und wippten im Takt mit den Füßen. Andrasch machte vulgäre Bemerkungen, während er Antonia in Position brachte, sodass alle ihre prallen Hinterbacken bewundern konnten. Bette, die insgeheim für Andrasch schwärmte, saß mit gerecktem Hals da, den Mund leicht geöffnet, und klatschte begeistert in die Hände.

Für Celine hatte Pete sich etwas Besonderes einfallen lassen, sie sollte in einem Mondtanz den „Scarlett Moon" darstellen. Sarah bemalte ihre Brüste und ihr Geschlecht scharlachrot. Celine trug eine feuerrote Maske zu ihrem roten Haar. Pete grinste sie anzüglich an, zupfte an ihr herum, gab ihr einen Klaps, kniff ihr in den Po und strich beiläufig durch ihre Spalte. Er hatte einen Riesenspaß daran, sie immer wieder zu erschrecken, indem er ihr Schamringe oder Tätowierungen androhte und ihr neue Bestrafungen ins Ohr flüsterte. Celines Verzweiflung schien ihn seltsamerweise königlich zu amüsieren. Sie befürchtete dauernd, dass etwas Schreckliches geschehen würde, sie fühlte sich ständig bedroht. Ein neu angekommenes Mädchen, das weißblond und mollig war und Camille hieß, spielte den voll erblühten Mond, Sarah selbst den „Dark Moon".

Zwar lernten alle ihre Rollen auswendig und kannten die Kostüme, die sie tragen würden, auch wurden die Tänze einstudiert, aber was sonst noch geschehen würde, wussten nur Pete und Madame Nell. Auch Sigrid war natürlich an der geheimnisvollen Planung beteiligt.

Sarah, Camille und Celine probten den Tanz zu einer schwungvollen Klaviermusik. Sie stellten die Entfaltung und das erneute Schwinden des Mondes dar, in kreisenden ausholenden Bewegungen, die langsam erstarben. Zuletzt bauten sie eine komplizierte Hebefigur auf, bei der Celine auf Sarahs Rücken stand. Alle waren nackt bis auf die Farbe, aber Celine fühlte sich durch das Tanzen und die gemeinschaftlichen Tätigkeiten ein wenig besser. Sie versteckte sich weniger vor den anderen, und sie erlebte im Tanz Momente der Ekstase. Einmal sah sie, wie Pete Andrasch ein Zeichen gab. Der packte daraufhin die zierliche Camille von hinten, bedeckte ihre Brüste mit seinen Händen und presste sein erigiertes Glied in ihre Spalte hinein. Camille kreischte unterdrückt auf, raufte sich die Haare, doch dann begann sie sich hin und her zu wiegen, und viele lachten. Celine vermutete, das sei nur ein geringer Vorgeschmack auf die Szenen, die sich beim Fest selbst abspielen würden. Sie fürchtete sich. Gerne überraschte Pete auch Mara, peitschte plötzlich von hinten über ihr mageres Gesäß, das aus ihrem zerlumpten Aufzug herausragte.

Einmal schrie Mara, sie kreischte und konnte nicht mehr aufhören. Es entstand ein großes Durcheinander, bis Biba sie soweit beruhigt hatte, dass die Proben wieder aufgenommen werden konnten.

Oft war es sonnenheiß, sogar die Blätter schienen zu tanzen. Madame Nell machte sich an einem wackligen Tisch Notizen. Die jungen Männer blökten albern herum, es herrschte ein ständiger bunter Wirrwarr im Garten. Einmal beobachtete Celine, wie Brendan Bette im Küchengarten zwischen vom Wind aufgeblähter Wäsche liebte. Sie kauerten am Boden, er hatte ihr das durchsichtige Batiströckchen hochgeschlagen, und sie kicherte albern, als er sein weißes Glied in sie hineinsteckte. Keiner kümmerte sich um die Handlung, sie zählte nicht, sie war nur dazu da, sexuelle Aktivitäten zu verschleiern und erotische Gelüste zu wecken.

Sigrid saß bei den Proben auf einem weißen Liegestuhl, rätselhaft in ihrer vornehmen Blässe. Celine glaubte zu sehen, wie die abwegigsten Ideen in ihr keimten. Sie trug in diesen Tage häufig weißen Satin. Schleier wurden angefertigt, Girlanden aus grünen raschelnden Blättern und buntem Papier gebastelt, die Belichtung geprobt, Musikstücke ausgewählt und verworfen, Blütenblätter in Weidenkörben gesammelt.

Celine flüchtete gerne zu Carla in die Küche, sie kandierte Rosenblätter, stellte grüne Waldmeistergetränke her, backte mit Mandeln gespickte Schokoladenkuchen. Zusammen erfanden sie einen Apfelpudding, den sie „Feenspeise aus Avalon“

tauften. In der Küche fühlte Celine sich am sichersten, es waren gnädige Tage des Vergessens. Ihre Haut wurde braun, sie lag selbstvergessen im Gras, während die Musik plärrte, und alle Hand in Hand tanzten. Andrasch sprang überall dazwischen. Es war ein schönes Potpourri, ein hinreißendes Schauspiel aus Licht und Schatten auf den halb bekleideten, bunten, zuckenden Leibern der Tänzer. Sogar Madame Nell klatschte begeistert mit ihren arthritischen Fingern.

Eines Tages warf Brendan sich neben Celine ins Gras und sah sie verträumt aus seinen lavendelblauen Augen an. Der Tanz war zu Ende, es gab eine längere Pause.

Celine presste sich nackt in ihrer Kriegsbemalung auf den Boden, die Sonne schien warm. Brendans blonde Locken waren zerzaust. Sein Schwanz richtete sich auf, als er sie ansah, er ragte obszön aus der Öffnung seines Trikots heraus.

„Ich will dich schon lange mal ficken", murmelte er undeutlich und lächelte weich. Er berührte ihren Fuß lasziv mit den Zehen. „Ich darf nicht", sagte Celine zögernd, „Pete hat mir jeden Kontakt mit den anderen verboten". Voller Scham dachte sie daran, dass er sie nur durch den Kücheneingang nahm, wie er das nannte. Eine Wunde klaffte wie ein Loch in ihrem Herzen.

„Er muss es ja nicht merken", flüsterte Brendan, seine Stimme verlor sich. Bei dem Gedanken, Pete zu hintergehen, fühlte Celine Lüsternheit in sich aufsteigen. Mit gesenktem Kopf dachte sie, es würde Pete sehr recht geschehen. Brendan ließ einen Grashalm über ihren Rücken tanzen und kitzelte sie damit. Vorsichtig ließ er seine Finger folgen, Schauer rieselten über Celines Haut. Sie drückte sich tiefer ins Gras, die Musik wechselte gerade die Tonart.

„Wo?", fragte sie zerstreut.

„Hier", er grinste, „das ist am Unauffälligsten, so nebenbei. " Die Kühnheit seiner Idee verschlug Celine den Atem.

Zwar fürchtete sie die Entdeckung, aber gleichzeitig berauschte sie der Gedanke an Pete Rache zu nehmen. Sie fühlte sich weniger einsam, das Licht sprenkelte Brendans Augen mit grünbraunen Funken. Sie lugte durch die Bäume, Petes hohe Gestalt war nirgends zu entdecken. Sie drehte sich um und spreizte ihre Beine, die Heimlichkeit der Situation ließ Erregung durch sie hindurchfluten. Brendans schlanke Klavierspielerhände tauchten in ihre Grotte ein, krabbelten darin herum, während er ganz unbeweglich dalag, nur seine Augen lachten. Er entzündete Celines Lust mit seinen Fingern, sein Penis war prall aufgerichtet. Celine konnte nicht widerstehen und ließ ihre Finger über seinen Schaft gleiten, streichelte seine Hoden, kitzelte sie.

Brendan entflammte sie mit seinen langsamen Bewegungen immer mehr. Geschickt fuhr er mit den Knöcheln über ihre Klitoris, tupfte neckend über ihren Eingang, sie seufzte vor Lust auf, es flutete und strömte in ihr, einen Augenblick lang war sie von ihrer Seelenqual erlöst. Ganz beiläufig glitt er über sie und füllte sie mit seinem herrlich weißen Glied. Obwohl sie sich kaum bewegten, rannen süße Ströme durch ihre Scham. Die Musik war verklungen, in der eintretenden Stille hörte sie den Wind in den Zweigen rauschen. Brendan stemmte sich ein wenig hoch und kitzelte ihren Bauch, dann ihre Klitoris mit dem Grashalm. Sie packte seinen Po, um ihn weiter in sich hineinzuziehen. Sie fühlte ihn tief in sich, sah taumelnd einen gelben Schmetterling und kam erschauernd, lange ebbten die Lustwellen in ihr nach.

Er stieß nun fester, sie beobachtete das Heben und Senken seiner prallen Hinterbacken, die sich unter dem engen Trikot abzeichneten. Dann fühlte Celine seinen Samen herausquellen. Brendan hatte seinen Kopf auf ihren Bauch gelegt, als Celine eilige Schritte auf dem Gartenweg hörte. Kurz darauf erschien Yukis immer lächelndes Gesicht über der Hecke. Sie sah auf das eingerollte Paar nieder, ohne eine Miene zu verziehen.

Celine sah flehend in ihre schräg gestellten Augen, doch sie ahnte, dass Yuki Pete umgehend informieren würde. Wie in einem Krampf zogen sich ihre Rippen zusammen, sie bäumte sich auf, der Schuppen stand schwarz und drohend vor ihr. Sie stieß Brendan heftig von sich, er sah sie erstaunt an und fragte: „War es nicht gut?“

„Yuki hat uns gesehen“, sagte Celine gepresst. Sie zupfte nervös an ihrem Haar. Ein Lichtstrahl fiel schräg ins Gebüsch, Brendans blonde Haare leuchteten auf. Die Papiergirlanden, die zwischen den Bäumen hingen, schienen Celine zu verhöhnen.

Brendan blickte vor sich hin, dann zuckte er ein wenig hilflos die Achseln. „So schlimm wird es schon nicht werden“, sagte er und wusste selbst, dass er nicht die Wahrheit sprach.

In ihrer Angst hätte Celine ihn am liebsten geschüttelt. Mit hängendem Kopf schlich sie an dem Tisch vorbei, auf dem Teller und Tassen, Kuchen und Sahneschnittchen standen. Sie lief in weiten Bögen durch die Stuhlreihen, um mit niemandem reden zu müssen. Sie zitterte vor Petes Gewalttätigkeit, die sie wieder in Stücke reißen würde. Die Zeit schien nicht mehr zu fließen, sie stockte, das weiche Grün der Bäume erschien Celine plötzlich fahl. Eine namenlose Angst wirbelte durch sie hindurch, trieb sie durch Gedankenlabyrinthe. Die Augen der anderen, sich weitend und verengend, schienen sie anzustarren. Etwas Schweres schien in der Luft zu liegen. Eine große Fliege kroch über den Kuchen, Ameisen krabbelten am Tischbein hoch.

Als die Proben endlich zu Ende waren, stapfte Celine mit einem klammen Gefühl hinter Biba und Bette die Treppen hinauf. Sie versuchte sich an ihre Unbekümmertheit zu klammern, doch der Schuppen wich nicht aus ihrem Gedächtnis. Sie keuchte ein wenig, rannte zu schnell. Flüchtig erwog sie Yuki zu bitten, sie nicht zu verraten, aber sie ahnte, dass Yuki Pete bereits alles berichtet hatte.

Am Treppenrand stand Pete, er ragte auf wie ein Turm. Celine wollte an ihm vorbeistürmen, ohne die Augen zu heben. Petes Hand fiel schwer auf ihre Schulter, sie musste zur Seite treten. Sie roch überscharf die Teppiche, die Möbelpolitur und das Parfum der Frauen. Das brüchige Glücksgefühl der letzten Tage verflog. Pete schwieg, unschlüssig stand Celine vor ihm.

Bibas und Pias Gelächter erstarb, Celine wurde mürrisch, ihr Gesicht verfärbte sich. Sie erwartete neue Erniedrigungen, wahrscheinlich schlimmer als alles Vorangegangene. Flüchtig hoffte sie, Pete wäre gut gelaunt und würde eine Ausnahme machen, es als einen Scherz betrachten. Zusätzlich begann wieder eine starke Eifersucht auf Sigrid sie zu quälen, obwohl sie sich einzureden versuchte, dass Pete ihr gleichgültig geworden sei. Wieder und wieder zog er Sigrid ihr vor, und sie blieb mit leerem Herzen zurück.

Petes Lächeln verhieß nichts Gutes. Celine blickte umher. Biba mit ihrem Porzellangesicht huschte gerade vorüber, alles war still, man hätte eine Stecknadel fallen hören können. Pete sagte laut in das Schweigen hinein: „Celine, wir haben etwas zu besprechen." Er zupfte ein verwelktes Blatt aus ihrem Haar.

In seinen Räumen sah Celine die Reste eines Hummers, einen Korb mit Sommerfrüchten. Eine Rosenschale schmückte seinen Schreibtisch. Er zog die zitternde Celine auf seinen Schoß und drückte ihre Knie auseinander. Sie sah aus dem Fenster auf die gelben Girlanden und versuchte sich wegzuträumen, unter die Weißdornhecke, zurück zu Brendan, seinem verliebten Gemurmel. Pete begann in ihrem Schlitz herumzuspielen, er rieb ihren Kitzler so, wie sie es am liebsten mochte. Er sah ihr mit einem seltsamen Ausdruck in die Augen, liebkoste ihr Haar. Trotz ihrer Angst begann Celine feucht zu werden, lehnte schwerer auf ihm, fühlte sein Kinn auf ihrem Scheitel.

Lange fiel kein Wort, dann veränderte sich sein Gesichtsausdruck. „Hast du mir nicht etwas zu erzählen?"

Celines Augen schweiften hilflos in dem Raum umher, die Farbe der Vorhänge veränderte sich im schwindenden Licht von Rot zu Umbra, die Gegenstände schienen ineinander zu verschmelzen. Ein harter Schlag auf ihren Kitzler riss Celine unsanft aus ihren Betrachtungen. Sie zog die Arme nervös zu den Schultern hoch. Wieder bemerkte sie Petes Brusthaare, seine muskulösen Arme, seine Virilität.

„Nun, was hast du mir zu sagen?" Sein Ton erinnerte an eine Stahlklinge. „Brendan ... ich ...", stotterte Celine hilflos. „Ja?", fragte er lang gezogen und ließ wieder den Daumen auf ihrem Kitzler kreisen.

Die Zeit dehnte sich, jede Anstrengung erschien Celine nutzlos. Pete zwickte sie in den Arm. Das Gold der Lust kreiste gegen ihre Vorsätze wieder in ihrem Blut. Pete schlug noch einmal zu.

„Celine, ich will, dass du mir antwortest!"

„Es hat uns übermannt", sagte sie vage. Sie erstarrte auf seinem Schoß, dachte wieder an die kitzelnden Gräser, die ziehenden Wolken.

„Habe ich dir erlaubt, mit anderen außer mir Lust zu erleben?", fragte er. Celine schüttelte beklommen den Kopf. Er rieb sie wieder. Der wilde Strom der Lust, gepaart mit ihrer Angst, ließ Celine schwindlig werden. Sie sah auf ihre bloßen Füße herab, musste an schimmernde Kolibris mit schwirrenden Flügeln denken, an Sumpfblumen, scharlachrot. Er hörte nicht auf zu kreisen, als er gefährlich leise sagte: „Ich werde dich diesmal nicht wegsperren, ich werde dich öffentlich auf dem Maifest an einen Lustpranger stellen."

Er drückte fester auf ihren Kitzler, die Aussicht auf ihre Bloßstellung erregte ihn. Aufseufzend kam Celine unter seiner Hand, während sie mit dem Inhalt seiner Worte kämpfte.

Celine hatte sich zaghaft auf das Maifest zu freuen begonnen. Sie berührte seine Hand und flüsterte: „Bitte nicht, nicht öffentlich, so schlimm war es doch nicht!" Sie versuchte in ihn zu dringen, doch er schwieg, und sie erkannte schnell, dass ihr Flehen sinnlos war. Er hielt sie zum Narren, ihre Zurschaustellung reizte ihn unermesslich. Er tastete schweigend nach seinem Zigarettenetui. Celine begann heftig zu zittern, sie wühlte in ihrem Haar, versuchte sich aufzurappeln, von seinem Schoß zu rutschen. Pete sah sie an. Sie hatte das Gefühl, nichts von ihren Ängsten bliebe ihm verborgen. Er meinte wohl, sie vollends zu durchschauen, überhaupt meinte er, alle Spiele der Frauen zu kennen. Er lachte leise und fühlte sich wie ein stolzer Sieger. An Celine würde das Fest nun vorbeiziehen, es war zu einer Bedrohung geworden, sie war in eine Falle getaumelt und würde abstürzen. Sie sah, wie Pete seine Hand zur Faust ballte. Er sah sie an, als wollte er sagen „du wirst mir nicht länger auf der Nase herumtanzen!"

Die restlichen Tage bis zum Maifest vergingen schnell, die Proben und Vorbereitungen wurden immer hektischer. Celine saß in ihrer quälenden Ungewissheit wie auf glühenden Kohlen. Die Anspannung ließ sie kaum zur Ruhe kommen. Pete hatte sie links liegen lassen, hatte kein einziges Wort mehr mit ihr gesprochen. Mit zusammengepressten Lippen und gerunzelter Stirn schien sie an dem strahlenden Festmorgen die Last der ganzen Welt auf sich zu tragen. Celine stand allen im Weg, zupfte hilflos grübelnd Blätter aus der Hecke.

An den Mauern der Villa wurden Fackeln angebracht. Die Männer bereiteten ein großes Feuer vor. Die Frauen deckten Tische, richteten Speisen an. Die Trommeln wurden geschlagen, Andrasch, Brendan und Georges übten den Eröffnungstanz. Nur mit einem Lendenschurz bekleidet tanzten sie wie Wilde um die Flammen, die über ihre bemalten Gesichter leckten. Mike, der Küchenjunge, trug ein Leopardenfell um die Hüften gewunden und polierte die Gabeln. Celine stand untätig da und presste herbe Efeublätter zwischen den Fingern.

Blauer Rauch stieg auf, schwere Wagen fuhren vor. Celine trat voller Wut gegen die Tür der Villa, niemand beachtete sie. Sie lief panisch in die Küche und ergriff ein Messer. Sie wartete, sah durch die Fensterscheibe, dass immer mehr Gäste kamen.

Sie naschte nervös mit feuchten Händen kandierte Veilchen, die in einer Glasschale angerichtet waren. Sie öffnete das Fenster und sah hinaus, ironisch betrachtete sie Bibas und Sarahs Schönheit. Die beiden wirkten heiter und waren voller Vorfreude. Celine spielte mit dem Messer, taumelte am Rande des Abgrunds entlang, mutwillig stach sie in blaue Weintrauben, bis der Saft spritzte. Sie hatte nichts zu erhoffen. Missmutig zerkrümelte sie ein Croissant.

Sie sah, wie sich die hohe Silhouette des Comte dem mit Damaststoff bedeckten Tisch draußen näherte, sah seinen hinkenden Schritt. Sie erstarrte sekundenlang zu einer Statue, dann wusste sie plötzlich, was sie tun würde. Sie ließ das Messer auf die dunkelroten Terrakottafliesen fallen und rannte hinaus in die Nacht.

Brendan trat ihr entgegen und reichte ihr mit bittendem Blick und schief gelegtem Kopf eine Kette aus Gänseblümchen, aber sie ging an ihm vorbei, ohne ihn anzusehen, immer weiter auf den Comte zu. Es gab kein Zurück mehr, die Strafe warf lange Schatten. Celine lief wie über Wasser. Er sprach mit einem Fremden mit rötlichem Schnurrbart. Das Feuer warf ein Netzwerk von rötlichen Schatten auf die Wände und das Damasttischtuch. Musik erklang, Brendan übte noch Tonleitern.

Celine war nackt bis auf die Bemalung und nahm nun rasch die Federmaske ab. Sie fühlte Eifersucht auf die anderen, die das Fest genießen konnten, Schmerz, Neid und Begehren und noch etwas viel Tieferes. Plötzlich wurde ihr klar, dass sie um keinen Preis vor dem Comte am Pranger stehen wollte. Sie lauschte seiner Stimme, wagte nicht das Gespräch zu unterbrechen. Er stemmte die Arme in die Seiten und wandte sich Celine zu, ein ironisches Funkeln in den schwarzen Augen.

Aufgeregt und schnell redete Celine auf ihn ein, ihre Worte überstürzten sich. Sie bat ihn um Hilfe, er sollte sie befreien von dem, was Pete ihr antun wollte, er sollte mit ihr fliehen von diesem dämonischen Ort. Die Worte sprudelten wie ein Sturzbach aus ihr heraus, zu lange hatte sie alles in sich verschlossen. Sie hatte jeden festen Boden unter sich verloren, stellte sie erschrocken fest.

Ihre Beine zitterten, ihr Herz hämmerte. Der Comte strahlte Stolz aus, seine Miene war undurchdringlich. Die Melodie, die Brendan spielte, wurde schmachtend, ging in einen Walzer über. Sie verstummte und wartete, die Bäume schienen zu schwanken. Der Comte blickte Celine an. Schließlich sagte er mit seiner dunklen Stimme: „Warum sollte ich das tun? Hast du dich je für meine Hilfe bedankt? Hast du mich nicht im Gegenteil gemieden wie einen Aussätzigen?“

Er sah auf sie herab, seine Worte klangen barsch, sein Blick war unerbittlich. Die Melodie schien süßlich auf der Stelle zu treten. Er klopfte umständlich die Asche von seiner Zigarre. Celine fühlte sich zerstört, sah peinlich berührt von seiner mangelnden Anteilnahme zur Seite, wo Lara sich in einer intensiven Unterhaltung mit Georges die Nase puderte. Sie zückte die Puderquaste, als wollte sie alle Gefühle wegwischen. Die Gäste versammelten sich, strömten über den Rasen herbei, über die geharkten Wege.

„Nun findest du es ganz natürlich, ausgerechnet mich erneut um Hilfe anzugehen. Beenden wir dieses peinliche Spiel! Ich bin nicht an dir interessiert“, hörte Celine ihn sagen. Das Tuch, das sie sich um die nackten Schultern geworfen hatte, blähte sich leicht im Nachtwind. Sie sah Sigrid über den Rasen gehen, beschwingt wie eine Göttin. Die Feen schossen durch die Nacht, die Graständer wehten vorbei.

Trotz der sommerlichen Wärme fühlte Celine sich von der Kälte seiner Worte durchbohrt, aber mit dem letzten Mut der Verzweiflung stieß sie hervor: „Ihr Zynismus beeindruckt mich nicht. Ich weiß, dass ..." Hilflos blieb sie stecken, wusste nicht mehr, was sie hatte sagen wollen – was wusste sie denn schließlich schon?

In diesem Augenblick legte er ihr die Hand unters Kinn und zwang sie, den Kopf zu heben, eine Geste, die sie nicht erwartet hatte. Sie hörte Stimmen, Schritte knirschten auf dem Kies. Er näherte sich ihrem Gesicht. Der Kontrast erstaunte Celine: Die kühle olivefarbene Haut und das Funkeln seiner brennenden Augen.

„Du zitterst", sagte er, „lass uns in Carlas Küche einen Espresso trinken." Celines Herz hämmerte, sie fühlte zwei warme Hände auf ihren Schultern, die sie in Richtung Küche schoben, über die Orientteppiche der Halle, weich wie Moos. Der Comte drückte sie einen Augenblick ganz leicht an sich und führte sie zu einem Stuhl, der neben einer Sanduhr stand. Musik und Gesprächsfetzen drangen von draußen herein, zwischen den Sträuchern zogen die Darsteller sich um. Der Comte begab sich in den Hintergrund der Küche und sprach leise mit Carla, die nickte. Celine starrte auf die Sanduhr, der Sand rieselte, schimmernd im orangeroten Licht der Fackeln draußen.

Er kehrte hinkend zurück und reichte Celine eine kleine silberne Tasse mit starkem Espresso, während er sie mit rätselhaftem Blick beobachtete. Celine knirschte vor Aufregung fast mit den Zähnen, sie hoffte blind, Petes Schlinge doch noch zu entschlüpfen.

„Du bist in Pete vernarrt", sagte er gedehnt. Wieder stieg Angst in ihr auf. Sie sah in sein unbewegliches Gesicht. Einen Augenblick erwog Celine, sich einfach an seine Brust zu werfen.

Gebieterisch streckte er die Hand aus, berührte leicht ihre Wange, dann löste er das Band, das ihre Haare zusammenhielt. Sie fielen glänzend wie Seide auf Celines Schultern herab.

„Warum hast du dich an mich gewandt?"

„Weil Sie der Einzige sind, der mich retten kann", sagte sie spontan. Ihre Augen kehrten zu der Sanduhr zurück.

„Ich soll also mit Pete verhandeln?“, fragte er barsch. Celine befürchtete, dass er ihren Wunsch ablehnen würde. Sie faltete die Hände, ihre Knöchel standen weiß hervor, sie versuchte sich zu fassen.

„Du hast dich umsonst an mich gewandt“, sagte er brüsk, „selbst wenn es so aussieht, als gäbe ich in dieser Sache deinen Bitten nach, wirst du nichts dabei gewinnen.“

Schnell stieß Celine hervor: „Ich werde alles wiedergutmachen, wenn Sie mir helfen!“

„Das sind hohle Worte, leicht dahin gesagt“, erwiderte der Comte, „dein Vertrauen in mich grenzt an Naivität. Pete wird in deinem Fall niemals nachgeben, dazu hängt er anscheinend zu sehr an deinen grünen Augen. Oder hast du eine überzeugende Idee, warum er dich plötzlich verschonen sollte?“

Bedrückt schüttelte Celine den Kopf.

„Nun geh“, sagte er und stöhnte, „ich werde es versuchen, ihn mit Geld umzustimmen, aber ich habe meine Zweifel, dass ihm das genügen wird.“

Mit weichen Knien erhob sich Celine. Er wehrte ihren Dank schroff ab. Für einen kurzen Augenblick schöpfte sie Hoffnung, dann trat sie wieder in den von den Fackeln und dem nun auflodernden Feuer erleuchteten Park hinaus. Das Mondlicht schien auf die Wiesen herab. Ein paar verkleidete Nymphen huschten vorbei. Celine glättete ihre Federmaske, hoffte, dass sie nun wenigstens an der öffentlichen Abstrafung vorbeikäme.

Die Feuer flackerten gespenstisch, überall funkelten Lichter, ein leiser Windhauch strich über Celines Haut. Goldie schmückte gerade ihr Gesicht mit glitzernden Steinchen, ihr Körper schimmerte seegrün. Die nackten Lenden von Andrasch glänzten rötlich im Feuerschein. Holz flammte auf. Überall drängten Menschen heran, Frauen in gerafften und drapierten Gewändern, Männer in geblümten Westen. Golden schimmerte das Porzellan, weißrosa flatterten die Elfengewänder, überall glitzerten falsche Perlen. Das Fest hatte begonnen. Brendan spazierte mit einer grünen Lampe herum, die Wiesen fluteten dunkel in der Ferne, Kaskaden von Rottönen warfen sich auf die Wand der Villa. Die Schatten der Bäume wirkten wie dunkle Tümpel, auf einer Kulisse schwammen Delphine, Meerjungfrauen saßen auf ihrem Rücken.

Leidenschaftliche Lieder klangen auf, die Grastänzer sammelten sich, sie erhoben sich, schienen zu stürzen und sammelten sich wieder, ihre biegsamen Körper zogen die Blicke der Männer auf sich. Celine bemühte sich, den Comte nicht aus den Augen zu lassen.

In einem schattigen Winkel sah sie ihn mit Pete sprechen, sah Petes Abwehr im Licht der Fackel, die den Fenstersims beleuchtete. Celine sah ihn den Kopf schütteln, mehrmals, heftig. Der Comte stand steif. Die Grastänzer tanzten weiter, bogen sich, als gäbe es diesen Abgrund nicht, den Celine wieder aufklaffen sah. Sie fühlte sich unsagbar jämmerlich. Ihr war nun endgültig klar, dass der Comte und damit auch sie verloren hatten. Händeringend erwog sie, sich irgendwo im Park zu verstecken. Sie fühlte sich allein, alle trieben wahrscheinlich hinter ihrem Rücken ihren Spott mit ihr. Wie gelähmt stand sie an einem riesigen Baum, ihre Kraft hatte sie verlassen. Sie sah zu, wie die Leute tanzten, aßen, redeten, herzlich lachten. Schweißperlen traten auf ihre Stirn. Ihr war sterbenselend zumute.

Sie blieb wie erstarrt unter dem Baum stehen und rührte sich nicht mehr. Der Comte näherte sich mit seinem schleppenden Schritt. Düster sagte er: „Er wird daran nichts ändern, ich kann nichts weiter für dich tun, als alles im Auge zu behalten und so früh wie möglich einzugreifen.“ Celine schwieg dumpf, ihre Augen füllten sich mit Tränen, nun würde ihm dieses Schauspiel nicht entgehen, sie selbst hatte ihn darauf aufmerksam gemacht. Panisch warf sie den Kopf hoch und traf seinen Blick. Er sah sie merkwürdig ernst an.

Die Elfen begannen sich obszön zu winden, sie zeigten ihre entblößten Gesäße und hoben die Schleier, die ihre rasierte Scham, ihre diamantbesetzten funkelnden Schamlippen bedeckten. Der Comte ging wortlos weiter, über den Hof, der Faden zwischen Celine und ihm schien dünner und dünner zu werden.

In dunklen Baumnischen, auf den weißen Bänken, die überall verstreut standen, begannen die ersten sexuellen Spiele. Sobald der Elfentanz endete, stürzten sich gierige Hände auf die Mädchen, betasteten ihre Schenkel, wagten sich weiter hinauf.

Penisse schoben sich in aufgerissene Münder, eine erotische Raserei war entfesselt. Celine trat nun zu ihrem Mondtanz in den Lichtkegel. Die furchtbare Anspannung hielt an. Wann würde Pete handeln?

Celine versuchte an nichts mehr zu denken, starrte mit geweiteten Pupillen in das kalte Licht des Mondes und begann, Sarah und Camille in kleinen spitzen Schritten zu umkreisen. Sie hob die Beine weit, wie Pete sie angewiesen hatte, um ihre Spalte als noch geschlossene Knospe zu enthüllen.

Camille beugte sich weit nach vorn, ihr praller Po wogte hin und her, begann verzückt zu kreisen, sie kreiste immer schneller mit gebeugten Knien, während Sarah und Celine in Pirouetten wirbelten. Die Musik verklang, der Beifall des Publikums brandete auf. Sie verbeugten sich und knicksten tief. Celine wollte davoneilen, sich irgendwo verbergen, doch sie lief direkt in Petes Arme. Er griff sie hart am Oberarm, dann lachte er wiehernd.

„Nun werde ich dir eine Lehre verpassen!" Celine fühlte sich zerrissen, ein Teil von ihr klammerte sich immer noch an den Comte, während Pete ihren Körper abführte. Sie war aschfahl. Überall im Garten lagen auf den Rasenflächen kleine Inseln bunt gekleideter Frauen. Die Zeit verstrich, die nächste Vorstellung war fast beendet, Stimmen drangen durch die Büsche, alles erschien Celine erdrückend düster.

„So", sagte Pete ruhig und wies auf einen alten Baum. Die Blätter rauschten, plötzlich herrschte Stille. „Unter dieser Eiche haben wir dir eine Schaukel aufgebaut." Er sah Celine herausfordernd an. Viele Augen schienen versteckt auf ihr zu ruhen, etwas blinkte in der Ginsterhecke flüchtig auf. Sie konnte nicht mehr an sich halten, sie war tränenüberströmt. Ein dichter Schleier schien über ihre Augen zu fallen. Pete zog ihr die feuchte scharlachrote Maske vom Gesicht. Flüchtig sah sie Bette, wie sie versunken einem Mann den Penis lutschte. Das Tizianrot ihrer Haare brannte Celine plötzlich in den Eingeweiden. Die Panfiguren tanzten wirr über die Bühne, Maras Kunstglied glänzte ungebührlich im orangefarbenen Licht hinter den schwarzen Bäumen.

Pete wies auf die schwere Eiche, Pfeile von Sinnesempfindungen schossen durch Celines Rückgrat. Ihre Augen trafen sich. Celine versuchte verzweifelt für den Bruchteil einer Sekunde eine Gemeinsamkeit zu schaffen, ihn zu erreichen. Es gelang ihr nicht.

Sie war erschöpft von der furchtbaren Angst, die in ihr wühlte.

Eine schmaler Lederstreifen hing dort an dicken Seilen zwischen den Ästen. Pete und der herbeigeeilte Georges hoben sie darauf, schoben ihr den Riemen unter das Gesäß, und Celine schwankte hilflos. Schnell befestigte Pete ihre Füße in Fußstützen, sie sah Triumph in seinen Augen. Er knüpfte sie mit schwarzen Bändern fest, presste ihre Brüste heraus, bog ihren Kopf zurecht. Sie hing nun in einer breiten Hocke auf der Schaukel, ihre Scham klaffte unzüchtig auf, ihr Anus war herausgepresst, ihre Brüste berührten ihre Oberschenkel. Pete testete sofort die Zugänge, drückte seine Finger in ihre Scham hinein und spielte an ihrem Anus.

Georges bastelte unterdessen an einem Scheinwerfer herum, der genau auf Celines Unterleib traf, ihn heraushob aus der Dunkelheit. Das Licht blendete Celines Augen. Leute sammelten sich, zogen weiter. Celine suchte in den vorbeiziehenden Gesichtern nach dem Gesicht des Comte. Einen Moment lang konnte sie ihn entdecken, er war in Begleitung einer eleganten Dame und schien unnahbar, dann verschwand er in der Menge.

Celine sehnte sich nach Dunkelheit, sie ließ die Reste einer Blume fallen, die sie in der Hand gehalten hatte. Der schwere Baum schien auf ihr zu lasten, Pete hatte ihr das alles aufgebürdet. Er spielte weiter an ihr herum. „Nun wirst du für jeden verfügbar sein, der dich in irgendeiner Weise penetrieren will.“ Er rieb ihren Kitzler, versuchte sie anzuheizen, er lächelte. Das grelle Licht des Scheinwerfers zog immer mehr Leute an, die Celine anstarrten. Sie sah auf die Baumwurzeln hinunter, die die Erde zerfurchten, um den Blicken zu entkommen. Die Blätter schienen ihr höhnische Worte zuzuwispern. Sie fühlte sich, als hätte Pete sie auf einen Felsen geschmettert.

Sie blickte nach oben in den schwarzen Himmel. Gesichter starrten sie an, Sigrid kam auf sie zu, drückte Celine ihren scharfen Fingernagel in den Kitzler. Celine wand sich in den Riemen, zuckte, Stimmen mischten sich ein, Sigrid kicherte und fuhr mit den Fingernägeln über Celines Schamlippen. Immer mehr Menschen versammelten sich, es war grausig, Gesicht um Gesicht, grobschlächtig, gierig, gleichmütig, vom fernen Feuer verzerrte Fratzen, diabolisch grinsend. Die Musik klirrte, Celine hatte das Gefühl, irre zu werden. Hektisch versuchten einige Männer sich vorzudrängen. Finger, die sie berührten, in sie eindrangen, harte, sperrige und dicke, die weich einsanken. Celine fühlte sich völlig ausgeliefert, im Stich gelassen. Münder plapperten, lachten zu grell. Alle beglotzten sie, fassten sie überall an, jemand hustete. Der Baum schien zu seufzen und zu ächzen. Die Männer flüsterten, dann trat ein dicker Mann auf Celine zu, schob seinen breiten Phallus in ihre Scham hinein und begann sie hart zu stoßen. Als die Schaukel heftiger schwang, hielt ein anderer die Riemen fest. Pete sah zu, er überragte alle. Celine sah einen bösen Funken in seinen Augen aufleuchten, wieder blickte er wie ein Wolf, der Beute gemacht hatte. Der Mann presste ihre Brüste zusammen und entlud sich schnell.

Celine wurde immer orientierungsloser, das Schwingen der Schaukel, die penetrierenden Finger, Münder, die über sie herfielen, Hände, die grob zupackten, ihr Schläge versetzten. Immer neue Männer näherten sich ihr, manche machten sich einen Spaß daraus, sie mit einem Stock zu penetrieren oder reizten sie mit den Fingern, bis sie selbst vor Begehren schäumte.

Es gab keinen Augenblick ohne Berührung, keine Pause, trotz der kühlen Nachtluft schien Celines Haut zu brennen, immer mehr Männer führten ihr ihren Penis ein, stießen zu, kurz und heftig, beklatscht von den anderen, leerten ihren klebrigen Samen aus. Ihr Kopf nickte krampfhaft im Takt der Melodie, die Brendan spielte.

Die Veilchen schimmerten schwarz in der Dunkelheit. Sie sah weit hinaus in den Garten, auf die Eiben, sie konnte ihrer aufgelösten, aufgewühlten Seele keinerlei Erleichterung verschaffen, sie war nahe daran überzuschnappen. Ein Mann mit einem roten Halstuch benutzte ihren Mund, berührte ihre Lippen, schob ihr seinen Penis bis in die Kehle, während sie unten von anderen Händen berührt wurde.

Nur allmählich kamen weniger Leute, es gab eine neue Attraktion. Wie in einem fernen Traum sah Celine, dass Sigrid, einer entfesselten Hyäne gleich, Mara auf den Rasen zerrte und sie auszupeitschen begann. Exotische Klänge tönten durch den Garten, die Peitsche schnalzte. Mara riss den Kopf hoch wie ein gequältes Pferd und sackte immer wieder in sich zusammen. Sigrid drosch auf die Liegende ein, ihre Schärpe wehte im Wind, ihr Schatten auf der Hauswand wirkte riesengroß wie eine schwebende Amazone.

Irgendwann waren Pete und Celine allein, die Meute hatte sich verlaufen. Zur Feier des Tages trug Pete einen schwarzen Umhang, in der Rechten schwang er einen Knüppel. Er trat vor sie und wiegte den Kopf. „Niemand hat gewagt, dich zu pfählen." Er lachte ein wenig. Er zog Celine zu sich heran und schaukelte sie eine Weile, er stieß sie immer wieder an, während sie leise bettelnde Töne von sich gab.

Seine Stimme war heiser und rau, als er sagte: „Aber ich, ich werde dich pfählen, Celine, ich brenne darauf, schon den ganzen Abend!" Messergleich stieß er plötzlich mit seinem Penis zu, er war knüppelhart. Celine schrie auf, durch all die Übergriffe war sie besonders eng und verschlossen. Er schlug sie auf die Wange, versuchte den Winkel zu verändern und stach wieder zu. Erhaben, dominant stand er über ihr, bahnte verbissen seinem Knüppel einen Weg, eine eindrucksvolle Erscheinung in seinem altertümlichen Cape. Er war durch das vorangegangene Schauspiel außergewöhnlich erregt. Wieder und wieder kniff er in Celines Brüste. Er mahnte sie, sich ihm zu öffnen, er drohte ihr mit einem Stock mit Metallspitze. Wieder und wieder stieß er zu und rutschte ab, es brachte ihn immer mehr auf.

„Du wirst dich nun fügen, sonst wirst du es bitterlich bereuen!", drohte er. Endlich sackte sein Glied tiefer hinein, er packte sie an den Hüften, stieß sich bis zu den Hoden hinein, ersparte ihr keinen steifen Zentimeter. Wie von feurigen Pfeilen durchdrungen gab Celine immer weiter nach, bäumte sich auf unter der Wucht, die ihr in den Anus fuhr. Sie krümmte den Rücken, alles um sie herum begann sich im Kreise zu drehen, immer schneller zu drehen – er stieß gnadenlos zu. Im letzten Augenblick begann er Celines Kitzler zu reiben, ein seltsames kleines Lächeln spielte um seinen Mund. „Jetzt bist du endlich bereit für mich", flüsterte er in ihr Ohr.

Er war tief in ihr, sie spürte ihn durchdringend in ihrem ganzen Unterleib, er verhielt und verstärkte seine Bewegungen auf ihrer Klitoris. Die Schatten unter den Bäumen waren tiefer geworden. Er streichelte sie so lange, bis sie kam, dann nahm er seine Stöße wieder auf und kam selbst unter starken Spasmen. Mit einem scharfen Ruck zog er sich aus ihr zurück und wandte sich von ihr ab. Schweigend drehte er sich um und lief über den Rasen davon, um bei Maras Züchtigung zu assistieren.

Er ließ Celine einfach wie ein gebrauchtes Möbelstück zurück. Sie war über und über mit Sperma befleckt. Grüne und rote Lichtpfeile schossen über den Rasen. Die Blätter über ihr flüsterten, überall duckten sich dunkle Silhouetten von kopulierenden Paaren – auf den Wiesen, zwischen den Veilchen und Ringelblumen. Celine fühlte sich völlig ausgebrannt, Blut rann über ihren Oberschenkel, die Haut war aufgeplatzt. Sie war eine Gefangene. Schon wieder torkelten zwei schwere Burschen, betrunken von der Waldmeisterbowle, auf sie zu, stießen sich lachend an, und öffneten ihre Hosen. Kalte Blicke krochen über sie wie Spinnenfinger. Barsche Worte trafen sie.

Doch bevor sie Celine erreichten, fühlte sie kühle Hände, die ihre Fesseln lösten, sie wurde von kräftigen Armen heruntergehoben, und die Männer erstarrten vor der eisigen Miene des Comte. Völlig überwältigt und eingeschüchtert barg Celine ihr tränenüberströmtes Gesicht an seinem weißen Hemd, während er sie davontrug.

Er ging langsam, stockend wie immer, und obwohl eine unsagbare Scham sie erfasst hatte, presste sie sich eng an ihn. Er schlug den Weg zum Pavillon ein. Ihre Nerven waren aufs Äußerste gespannt, immer noch fühlte sie sich preisgegeben.

Er flüsterte ihr leise tröstende Worte zu, in einer Sprache, die sie nicht verstand. Sein Geruch war unsagbar wohltuend. Keine Musik war mehr zu hören, nur das

Hupen von abfahrenden Autos. Während sie langsam weitergingen, dachte Celine, dass es lange dauern würde, die monströsen Vorgänge dieser Nacht zu begreifen, die Seelenbrüche wieder zu heilen. Jetzt schien alles in der Schwebe. Sie blickte rasch nach rechts und links über die Schulter des Comte, die Orgie klang aus, verebbte im Dunklen.

Sie erreichten den Pavillon, die Tür sprang leicht auf. Er legte Celine behutsam auf das nachtblaue Tuch, sie rollte sich zusammen wie eine verletzte Raupe. Heute Nacht war etwas gründlich schief gelaufen, Pete erschien ihr teuflisch, sie konnte seine Schlinge noch nicht abstreifen, sie verfluchte ihn.

Mit geschlossenen Augen hörte sie die schweren Schritte des Comte, das sanfte Rauschen der Bäume. Als sie die Lider ein wenig hob, sah sie, dass er zwei Kerzen angezündet hatte.

Aus einem blau gesprenkelten Wasserbecken mit goldenen Armaturen trug er eine irdene Schale mit Wasser herbei. Während Celine vor sich hindämmerte, begann er ihre Beine abzuwaschen. Als er sie öffnen wollte, widerstrebte sie ein paar Augenblicke, dann kniff sie die Augen fest zu, und er reinigte ihre Scham und ihren Bauch. Wieder packte sie Entsetzen, sie fühlte sich fiebrig, ausgehöhlt, unfähig eine Hand zu heben. Kläglich begann sie zu weinen.

Der Comte nahm ruhig seinen Platz neben ihr ein, eine lange Zeit sprachen sie kein Wort. Alles schien in Trümmern zu liegen. Sie blieben stumm, doch zwischen ihnen entstand ein leises Band der Intimität, das Celine tief berührte. Gelegentlich flatterte draußen ein Vogel, die Bäume ragten auf wie Pfeiler. Der Comte bewegte sich leicht. Celine erbebte unter der Berührung seiner warmen Lippen auf ihrem gebeugten Nacken. Mit geschlossenen Augen kostete sie den langen glühenden Kuss, der sich viel Zeit nahm.

Dann flüsterte er leise: „Schlaf jetzt, schlaf nur“, und breitete eine Seidendecke über ihr aus.

Als Celine erwachte, suchten ihre Augen ihn sofort. Sie sehnte sich nach ihm, nach seinem Halt, seiner ruhigen Kraft, die seit der gestrigen Nacht ihre einzige

Sicherheit zu sein schien. Doch der Pavillon war leer, ein Ast des Birnbaums kratzte schabend an einer Fensterfront.

Heftig stieg der Wunsch, ihm nahe zu sein, seinen Schutz zu genießen, in Celine auf. Enttäuscht bemerkte sie, dass er sie verlassen hatte. Bei dem Gedanken – nun allein in die Villa zurückkehren zu müssen, wieder Pete preisgegeben zu sein – lief Celine ein kalter Schauer über den Rücken. Draußen trällerte eine Lerche, und ein weiterer schöner Sommermorgen brach an. Sie sah auf ihre blutrot lackierten Fingernägel, die sie zu dem „Scarlett Moon" Kostüm getragen hatte. Enttäuscht legte sie sich zurück auf den Diwan. Sie sehnte sich danach, wieder in den Schlaf, in das Vergessen zu flüchten, fühlte sich ungeschützt, fast ohne Haut und würde es nicht ertragen können, nach dem gestrigen Spektakel Pete oder irgendjemandem in der Villa wieder unter die Augen zu treten. Der Abgrund hatte sich nicht geschlossen. Sie versuchte sich zu lockern, ihre Finger zu bewegen, doch die Angst überschwemmte sie erneut, Welle folgte auf Welle. Tränen liefen über ihr blasses Gesicht. Draußen hüpfte eine große Krähe vorbei.

Der Schlaf wollte sich nicht wieder einstellen, die flutende Angst trieb sie hinaus. Sie lief quer durch die weiten Rosenbeete, auf denen der Tau glitzerte, und dachte immerzu an den Comte, der sich zurückgezogen hatte. Einst war er ihr so hässlich erschienen, und nun glaubte sie, ohne ihn nicht länger in der Villa leben zu können. Schäbig und zerfetzt hingen die Girlanden über der Wiese, Flaschen und benutzte Kondome verunreinigten die Wege. Ein Flugzeug zog laut surrend über ihren Kopf hinweg. Sie zögerte, dann schlüpfte sie heimlich zu Carla in die Küche.

Carla hatte einen großen Topf Kartoffeln aufgesetzt und bereitete ein Katerfrühstück vor. Frische Matjesheringe glänzten schuppig auf dem Tisch. Sie nippte an einem starken Kaffee, sie sah müde aus.

Den Korb mit den Zwiebeln hatte sie schon bereitgestellt. Verschämt zog sie ein Silberdöschen hervor, nahm eine Kopfschmerztablette heraus und schluckte sie. Sie nickte verschlafen zur Begrüßung. Celine setzte sich unter das große Stillleben mit dem Blumenarrangement und den violetten Auberginen ihr gegenüber.

Es war ein peinlicher Augenblick. Celine wollte von Carla den Aufenthaltsort des Comte erfahren. Sie ahnte, dass die Köchin ihn wusste. Am liebsten hätte sie alles, was sie besaß, in einen Koffer geschmissen und wäre zu ihm gelaufen. Keine von ihnen sagte ein Wort. Carla hackte Zwiebeln. Schließlich raffte Celine ihren Mut zusammen und fragte nach der Adresse des Comte.

„Ich muss zu ihm!“, sagte sie leise und drängend. Carla strich die Falten ihrer Schürze glatt. Sie lutschte jetzt ein Pfefferminzbonbon und sah Celine forschend an. Weich lag das Licht des Morgens auf den Tischen, der rote Fliesenboden leuchtete sanft. Carla seufzte tief, dann sagte sie: „Das ist gefährlich. Wenn Pete dahinterkommt, weiß ich nicht, was geschieht.“ Celine wollte Carla nicht gefährden, aber es war an der Zeit zusammenzupacken und aufzubrechen. Sie stürzte ein Glas Mineralwasser hinunter und spielte mit einem schnalzenden Gummiband. Wieder drang sie in Carla. Es tat ihr leid, sie zu behelligen, aber sie konnte sich nicht länger beherrschen.

„Warte doch, bis er wieder hier auftaucht“, meinte Carla bedrückt, „wenn er deine Flucht gewollt hätte, hätte er nicht gezögert.“ Celine stockte, Carlas Worte ließen sie erstarren. Der Briefträger warf einen Stapel Post ein. Celine hätte Carla gerne über den Comte ausgefragt, doch sie spürte überdeutlich, dass die Köchin nicht antworten würde. Bedrückt schlich sie aus der Küche und erreichte ungesehen ihr Zimmer. Alles lag noch in tiefem Schlaf.

Celine fand keine Ruhe, konnte nicht stillsitzen. Immer wieder spürte sie die bezwingende Kraft, mit der der Comte sie getragen hatte, sah sein verwegenes Gesicht vor sich. Immer wieder sprang sie vom Bett auf, drehte eine kleine Porzellanvase in den Händen, befühlte das seidige Gewebe des Vorhangs. Sie spürte den abgesplitterten Fensterrahmen und den kalten Marmorsims unter ihren Fingern.

Völlig überdreht summte sie immer wieder eine kleine Liebesmelodie, legte sich aufs Bett und schlief endlich ein. Blumen und Blüten und kühles Wasser durchspülten ihre Träume. Das Wasser wurde zu flutenden Tränen, eine Melodie voller Missklänge ertönte. Sigrid erschien, mit Smaragdringen an den Fingern, ihr Gesicht war maskenhaft, das Make-up wirkte wie aufgepappt, zeigte Risse. Sie blinzelte zu Pete hinüber, ihr Rock bauschte sich, ihre Schritte waren schwungvoll, sie drehte sich um, ihr Gesicht zerfloss, Blutströme sickerten über ihre eingefallenen Wangen. Sie schien in sich zusammenzusacken, als habe man sie aufgeschlitzt. Celine erwachte mit klopfendem Herzen. Sie zögerte einen Moment, dann zog sie sich entschlossen um. Sie wollte sehen, ob der Comte zu Gast war. Eine ungestüme Hoffnung trieb sie voran. Sie probierte mehrere Gewänder, knöpfte zu, hakte wieder auf, bis sie ein passendes Kleid gefunden hatte. Es war schlicht und schwarz und wirkte ein wenig feierlich.

Hastig eilte sie die Treppe hinab, ihre verschwitzte Hand glitt über das schimmernde Mahagonigeländer. Dann hielt sie erschrocken inne. Sie sah die dunkle Gestalt des Comte in der Halle. Ihr Lächeln gefror.

Dort unten stand er mit Mara, er streichelte ihre Wange. Celine blieb stehen, wollte umkehren. In diesem Augenblick sah der Comte auf und erkannte sie. Er sah sie lange an, sie konnte seinen Blick nicht deuten. Trauer sank in ihr Herz wie schwarzer Schlamm.

Celine drehte auf dem Absatz um und nahm zwei Stufen auf einmal, um so schnell wie möglich ihr schützendes Zimmer zu erreichen. Aus dem Augenwinkel sah sie ihn über die Schulter blicken, hinauf zu ihr. Celine warf sich auf ihr Bett und trommelte mit den Fäusten darauf, um nicht in Tränen auszubrechen. Die Einsamkeit war zurückgekehrt. Das Licht der Lampe fiel auf eine Zeitung. Die feinen Äderchen an Celines Schläfen schwollen vor Zorn und Hilflosigkeit. Mechanisch strich sie über ihr schmerzendes Kreuz. Sie weinte sich in den Schlaf.

Im Traum stand sie an ihrem Seerosenteich. Eine blau geflügelte Libelle sirrte vorbei, im Wasser bewegten sich Fische, sie glitten zwischen den Stängeln der Seerosen dahin, rötlich und silbrig. Durch die Wasserschleier hindurch entdeckte Celine auf dem Grund ein vermodertes Boot mit einem Leck, es lag in tiefem Schlamm. Sie schrak auf, schlief jedoch bald wieder ein.

Am nächsten Abend wurde Celine zu Pete gerufen. Am liebsten hätte sie ihn nie wiedergesehen. Die ihr zugefügte Wunde schwärte. Trotzig senkte sie den Kopf. Er suchte in ihrem Gesicht nach Spuren der Unterwerfung, die er nicht vorfand, jedenfalls nicht in dem von ihm gewünschten Maß. Celine brachte kein Wort über die Lippen, sie empfand bodenlose Bitterkeit. Sie trauerte um den Comte und verschloss sich mürrisch vor Pete. Die Sonne war tiefer gesunken, schwarze Wolken ballten sich am Himmel.

Celine stand leicht gebückt, damit sie Pete nicht ansehen musste. Sie ließ den Kopf hängen. Blaue Schatten flossen um sie herum, eine Fensterscheibe glühte im letzten Licht des Tages.

Die Vorhänge wehten leicht im Wind. Das Licht, das nur spärlich durch die Wolken brach, löste eine große Verlorenheit in Celine aus.

„Ich glaube, unser guter Brendan hat sich ein wenig in dich verliebt", sagte Pete schließlich. Celine starrte auf die Vase mit Nelken auf seinem Schreibtisch. Sie verströmten einen schwülen Duft.

Celines Gesicht blieb völlig leer. „Ich habe ihn gebeten, heute zu uns zu stoßen", fuhr Pete in demselben Ton fort, „übrigens möchte ich nicht, dass du den Comte weiterhin triffst. Der alte Vagabund wird mir langsam lästig, zumindest was dich betrifft. Er fördert deine Aufsässigkeit. In Zukunft werde ich das zu verhindern wissen." Er ging mit großen Schritten im Zimmer auf und ab. Celine hatte das Gefühl, dass der Boden unter ihr schwankte.

Sie erschrak, schrumpfte noch mehr in sich zusammen. Gedanken überfluteten sie, sie wollte den Comte nicht verlieren, bevor alles richtig begonnen hatte. Langsam bewegte sie sich rückwärts, ihre Hand tastete nach der Klinke. Sigrid trat ein, fast wären sie zusammengestoßen. Celine hatte das Bedürfnis sich zu betrinken, um dem Alleinsein, dem ständigen Horror und dem Grauen zu entfliehen. Sigrid trug ein streng wirkendes violettes Gewand. Hinter ihr tauchte Brendan auf, er lächelte verlegen unter seinem sorgfältig gewellten blonden Schopf. Celine nahm sich fest vor, bald einen Fluchtversuch zu unternehmen. Sie würde sich nicht länger an die Regeln halten. Sie beobachtete, wie Sigrids Finger mit den spitzen violetten Fingernägeln langsam Brendans Hose hinunterzogen, wie sie sich kitzelnd um seinen bereits steifen Schwanz legten.

Sanft schob sie die Vorhaut zurück und begann seine Hoden zu massieren. Celine bat um ein Glas Sekt, Pete schenkte ihr ein. Sie wollte Zeit gewinnen. Sigrids laszive Manipulationen an Brendan waren kaum zu ertragen. Brendan presste seine vollen Lippen aufeinander, er konnte seine Erregung nicht verbergen. Pete zog Celine auf seinen Schoß, seine Hände wanderten ihre Oberschenkel entlang und strichen über ihre festen Muskeln, liebkosten die zarte Innenhaut nahe den Leisten. Trotz ihres Schocks und ihres Kummers stiegen die vertrauten wollüstigen Empfindungen in ihr auf. Sie wurde schwerer, gab nach, nippte an dem Sekt, spreizte ihre Beine ein wenig weiter. Sie hörte die Uhr ticken. Pete schob langsam seine Hand in ihren Slip, er spielte mit ihren Schamlippen und rieb leicht über ihre Klitoris. Sie sah die anderen nicht mehr. Pete hatte einen Daumen in sie eingeführt und reizte sie mit federleichten Bewegungen. Celine schloss die Augen. Es fühlte sich an wie gezuckerte Himbeeren.

Sie trieb schon dem Höhepunkt entgegen, als Pete sie plötzlich von seinem Schoß herunterschob und aufstand. Er streckte sich, dehnte sich lustvoll und setzte sich dann mit dem Rücken zur Wand auf den Teppich. Er winkte Celine, ihm zu folgen. Er befahl ihr, mit geöffneten Beinen vor ihm zu stehen. Dann tauchte er seine Finger in den Sekt und zog kreisende Linien auf ihrem Geschlecht. „Du solltest dankbar sein, dass ich mich deiner so himmlisch annehme, wo du doch nichts als Schwierigkeiten machst", bemerkte er süffisant.

Sigrid schloss die Fenster und zog die Vorhänge zu. Celine war irritiert. Sie sah zu dem großen Bild von Venedig hinüber, eine nackte Frau rekelte sich dort. Pete öffnete seine Hose und entblößte sich. Lächelnd sagte er zu Celine: „Wir werden dich heute zum ersten Mal von zwei Seiten penetrieren."

Celine erschrak. Er drehte sie um und griff nach ihren Hüften. Sie sank mit angewinkelten Knien auf ihn. Das Zimmer wirkte wie ein abgeschlossenes Gehäuse, der Sommerabend war ausgesperrt. Celine blieb stumm. Die Sektflasche funkelte smaragdgrün im Licht der Lampe. Pete schob seinen Penis zwischen ihre Pobacken und zielte auf ihren Anus. Sie wollte laut „Nein!" schreien, doch er legte eine Hand auf ihren Mund und spielte mit ihren Lippen, sein Daumen drang zwischen ihre Zähne, mit der anderen Hand streichelte er ihr Kreuz.

Inzwischen hatte Sigrid Brendans Penis in den Mund genommen. Er stand vor ihr mit verkrampften Pobacken und rührte sich nicht. Sie zog ihn weit in sich hinein. Er gab leise zwitschernde Lustgeräusche von sich. Sigrid krallte ihre Finger in seinen Po.

Pete schob langsam gleitend seinen Penis in Celines Anus. Zerrissen zwischen Liebe und Hass begann sie zu stöhnen. Schluchzende Geräusche irgendwo zwischen Schmerz und Lust brachen aus ihr heraus.

„Das magst du, du kleine heiße Waldfee", stichelte Pete, während er langsam in sie einbrach. Er stöhnte vor Lust, sie sah seine Nasenflügel vibrieren.

Er zog sie weiter hinunter auf seinen Schoß, sein Penis steckte bald bis zur Wurzel in ihr. Ihre Knie zitterten vor Anspannung, ihr Herz pochte hart in ihrer Brust. Er schürte ein ungeheures Feuer in ihr, das sie in Erstaunen versetzte. Eine wilde Erregung flammte in ihr auf, verengte ihre Kehle. Ein Drang überkam sie, mit den Händen auf seine Oberschenkel einzuschlagen, sie schrie auf. Sie saß auf ihm, völlig durchdrungen, fühlte seinen Phallus bis in ihren Bauch, ein ungeheuer intensives Lustgefühl. Er steckte in dieser Mulde und wartete, seine Hände fassten um sie herum. Er öffnete ihre Schenkel weiter, immer weiter zog er sie auf, sodass sein Penis noch tiefer in sie zu gleiten schien. Es war schmerzvoll und kaum zu ertragen, und doch entzündete er ihr Verlangen immer stärker. Er zog ihre Schamlippen auseinander, benagte und beknabberte ihren Hals und glitt mit den Händen nach oben, um genussvoll ihre Brüste zu pressen. Er öffnete ihre Hautfalten weiter, drückte ihren Kitzler heraus und massierte ihn ungewöhnlich sanft. Die Uhr tickte. Sie schmiegten sich aneinander, stimmten ihre Körper vollkommen aufeinander ab.

Dann erst bedeutete er Brendan zu ihnen herüberzukommen. Der glitt auf die Knie und versuchte seinen Penis in Celines Schlitz zu schieben, der von Pete auseinandergezogen wurde. Als Celine Brendan eindringen fühlte, zog ihre Lust sich zurück, der Reiz war zu stark. Sie fröstelte, glaubte zu zerbrechen. Sie erschauerte unter der Wucht und dem pressenden Gefühl. Pete hielt sie an den Schultern fest, sie fand Halt an seinem Körper. Seine Hände beruhigten sie und zogen sie gleichzeitig noch weiter auf für Brendan. Sie sah Sigrid in ihrer Unterwäsche mit feinsten Stickereien, ihr gepudertes Gesicht, ihre rot ausgemalten Lippen.

Sigrid beobachtete mit zusammengekniffenen Augen, wie die Männer Celine von zwei Seiten bedrängten. Pete zog Celine an sich, damit Brendan tiefer in sie eindringen konnte. Sigrid war völlig vertieft in den Anblick. Plötzlich hatte sie eine Peitsche in der Hand und zog sie über Brendans Rückseite, zunächst langsam, liebkosend, dann immer schneller fuhr sie mit der Peitsche durch seine Hinterfurche. Ihre Wangen röteten sich, doch sie wirkte kalt und streng. Schatten lagen auf ihrer hohen Stirn. Sie biss sich auf die Lippen, als sie die Peitsche schüttelte, ins Leere starrte und wieder zuschlug. Brendan hielt erschreckt in seinen Bewegungen inne, dann begann er heftiger zuzustoßen, er geriet in Trance, seine Lippen verfärbten sich dunkelrot.

Sigrid schlug mit gestrecktem Hals und verschleierten Augen auf Brendan ein. Ganz tief unten, dort, wo Pete seinen Schwanz bewegte, entstand ein glühender Funken in Celine, eine dunkle Glut begann zu brennen. Sie spürte, dass sie den scharfen Reiz durch ihn suchte, sich ihm entgegenpresste, damit er das Feuer in ihr zum Auflodern brachte. Es stieg durch ihren dunklen Kanal nach oben, Pete riss sie mit in einen großen Taumel, er rieb wild über ihre Knospe.

Brendan ergoss sich ganz plötzlich, erhob sich aus seiner kauernden Stellung und küsste Celine auf den Mund. Pete verstärkte den rückwärtigen Druck, zog Celine ganz nah zu sich heran, flüsterte ihr Koseworte ins Ohr, bis sie lichterloh brannte.

Sie glitt auf seinem Penis hin und her, wand sich und spielte mit Brendans Zunge, bis Pete zuckend kam und sich in ihr entlud. Zum ersten Mal seit langem lächelte Celine. Sie lösten sich langsam und ermattet voneinander. Sigrid warf feindselige Blicke auf Celine. Sie war unbefriedigt geblieben, und ihr war nicht entgangen, wie freundlich Pete Celine durch den schwierigen Akt hindurch geholfen hatte. Sie flüsterte Pete pausenlos etwas ein, bedrängte ihn. Celine fürchtete um ihren Schutz. Sie würde ihn erneut verlieren. Sigrid schmollte, sie nahm seine Hand, küsste sie mit becircendem Augenaufschlag. Pete hüstelte, dann griff er zur Peitsche. Celines Puls begann zu rasen. Sie starrte Pete entgeistert an, doch der wich ihrem Blick aus, zog sie am Oberam zu sich, beugte sie über einen Stuhl.

Schwer drückte seine Hand auf Celines Kreuz, dann schlug er zu. Celine fühlte schon wieder den scharfen Geschmack der äußersten Enttäuschung. Eine Glaswand wuchs zwischen Pete und ihr, die Peitsche brannte.

Während Sigrid auf die gezüchtigte Celine starrte, begannen ihre Augen zu glänzen. Brendan streichelte sie zwischen den Beinen. Den Blick fest auf Celines Striemen geheftet, kam sie augenblicklich.

Als Celine wieder im Bett lag, heulte der Wind, die Bäume bogen sich, Donner grollte. Sie entzündete eine Kerze. Regen peitschte an die Fensterscheibe. Celine fühlte sich erneut tödlich verletzt, sie sehnte sich nach dem Comte. Ständig schienen Sigrids Augen um sie herumzugeistern. Celine lehnte sich auf gegen Petes Verbot, den Comte zu treffen. Sie fühlte sich entsetzlich verworfen wegen der Gier, die sie in Petes Armen verspürt hatte, wegen ihrer Unersättlichkeit, wenn er sie berührte. Sie brütete über einer Möglichkeit, dem Comte ein Zeichen zu geben. Sie wusste nicht einmal, warum er sie so einfach verlassen hatte. Das Dach der Villa schien nachzugeben unter dem Ansturm des Regens, Blitze zuckten durch die Nacht.

Celine fühlte sich von Pete hinterhältig auf den Pfad dieser sengenden Lust geführt. Wieder und wieder hatte er sie genommen und sie mitgerissen in die Strudel eines gefährlichen Abgrunds.

Am nächsten Morgen war sie wütend auf sich selbst und fürchtete eine neue Aufforderung Petes, seine Umarmungen zu teilen. Sie stieß mit dem Fuß eine goldene Sandalette durchs Zimmer, trank ihren Tee in großen Schlucken, sah draußen einen Lieferwagen halten, der neue Kleider brachte. Sie betete um ein Zeichen des Comte, doch der Postbote kam ohne eine Nachricht für sie. Celine lief hinaus auf die feuchten Wiesen, trieb sich im Park herum, verstreute abgerissene Blütenblätter, versuchte vergeblich ein Buch zu lesen, während der Himmel sich wieder blau verfärbte. Sie grübelte, presste die Lippen zusammen, ihre Augen waren verschattet.

Dann stand sie auf und suchte Brendan. Er spielte in der Halle Klavier, seine langen Finger liebkosten die Tasten. Er lächelte erfreut, als er sie sah. Die schwach scheinende Sonne verlieh den Tischen und Stühlen sanfte Konturen und zeichnete Rautenmuster auf das Klavier. Celine war nachlässig gekleidet, trug ein rosa Ballettkleidchen, dass sie schnell über eine Jeans geworfen hatte.

„Brendan", begann sie zögernd und schlug die Augen nieder, „kannst du für mich eine Botschaft an den Comte hinausbefördern?"

Mit einem Anflug von Traurigkeit sah er auf die Tasten nieder, dann spielte er mit nur einem Finger ein paar Takte. Celine spürte, dass er verletzt war, weil sie den Comte ihm vorzog. Er rutschte ein wenig auf dem Klavierhocker hin und her und seufzte. Dann nickte er und sagte: „Ich fahre morgen in die Stadt, ich kann sie im „Tarotcafé" abgeben."

Ein paar Sekunden zögerte Celine und fragte sich, ob sie ihm trauen konnte. Wieder bewegte er den Kopf von einer Seite zur anderen, als wäre er sehr müde. Es beschämte sie, ihn als Botenjungen benutzen zu müssen. Schnell drückte sie ihm einen Kuss auf die blasse Wange. Er starrte in ihre Augen, als suche er darin nach einem Funken Liebe.

Ungeduldig wartete Celine am nächsten Tag auf Brendans Rückkehr. Lange hatte sie über der Botschaft gegrübelt. Mehrere Entwürfe landeten zerknüllt im Müll. Schließlich bat sie auf einem Kärtchen mit gepressten Rosen um ein Treffen.

Nervös lief sie im Park herum, immer durch die Rosenbeete hindurch, an der Ginsterhecke vorbei zum Eingangstor. Sie wartete sehnsüchtig auf Brendans Rückkehr. Goldie schwirrte um sie herum. Sie wollte Celine ausfragen, lehnte sich mit ihr über das Tor, redete pausenlos von Ferien bei einem ihrer Freier in Cornwall und war Celine in ihrer aufgeregten Erwartung unglaublich lästig, trank aus einer Milchflasche mit einem blaurosa Strohhalm und beschwerte sich über Pete: „Er hält sich bei mir aus allem raus, er überlässt die Dinge Madame Nell." Ihr Ton klang bitter. Celine wandte sich ab, legte eine Hand über die Augen, um im Gegenlicht besser sehen zu können. Sie hörte einen Wagen kommen, zappelte herum und rannte Brendan entgegen, als sie ihn endlich aussteigen sah.

Celine bestürmte ihn. Er hielt ein dunkles Briefchen hoch in die Luft und weigerte sich, es ihr zu zeigen. Bald kämpften sie miteinander auf der Wiese. Mit eckigen, linkischen Bewegungen hielt er den Brief hinter seinen Rücken. Seine blasse Haut rötete sich, wenn Celine ihn packte, seine Schulterblätter zogen sich zusammen.

„Was bekomme ich dafür?", rief er wieder und wieder und nestelte an Celines Jeans. Goldie spitzte die Lippen. „Zieh ihr die Hose runter, mach schon!", schrie sie begeistert und wirbelte um die beiden herum.

Brendan packte Celine schließlich an ihrem Ballettkleidchen und flüsterte ihr ins Ohr: „Ich will dich da ficken, wo Pete es tut." Verlegen rieb er an einem Grasfleck auf seiner weißen Hose herum. Celine erschauerte, dann nickte sie. Sie wollte diesen Brief des Comte um jeden Preis. In Brendans Lächeln vermischten sich Ironie und Kummer. Er zog sie mit sich in sein Zimmer. Der Teppich war dunkelgrün, erinnerte an eine Mooslandschaft. Er lehnte sich an sein Bett und zog sich aus, sah zur Seite, das Weiß seines Körpers stach bleich ab von dem dunklen Grün. Zwar gefiel Celine seine Bedingung nicht, aber gleichzeitig empfand sie Lust, als sein weicher Bauch sich an ihren Po presste. Er überschüttete sie mit Küssen, während er ihr die Jeans abstreifte. Mit seinen feinen Fingern liebkoste er ihr Gesäß.

Dann fasste er weiter nach unten und sagte: „Du bist ja obszön angeschwollen, also begehrst du mich!" Er rutschte über sie, schlug das Ballettröckchen hoch und dehnte ihre Pobacken weiter. Alle seine Berührungen waren weich und langsam, unendlich langsam. Er schob seinen Schwanz zwischen ihre Pobacken und ließ sie zuklappen. Er genoss es, einfach so dazuliegen, ihren Nacken zu kitzeln. Er seufzte vor Wonne und drang in sie ein. Das Licht war dämmrig, er bewegte sich im

Zeitlupentempo, kuschelte sich eng an Celines Rücken. Sie wurde allmählich ungeduldig, denn sie war an Petes hohes Tempo gewöhnt, seine scharfen Reize. Sie glühte vor Verlangen. Doch Brendan wollte einen langen hinausgezögerten Genuss, eine süße Rache für die Enttäuschung seiner Liebe zu Celine. Endlich ganz in sie eingedrungen, erzählte er mit sanfter Stimme von seiner Begegnung mit dem Comte. Er machte lange Pausen, in denen er sich in ihr bewegte und ausgiebig ihre Schultern küsste. Er verhielt lange, genoss schweigend, kam dann ganz plötzlich nach ein paar leichten Stößen und sprudelte über.

Er drehte Celine um, drückte seine Hand auf ihren Bauch und leckte sie hingebungsvoll. Er kitzelte sie, sie zuckte, und er berührte eine sensible Stelle. Sie kam lachend, es fühlte sich an wie gelbe Brause.

Draußen hörte sie das Geraschel von Blättern. Nach dem leichten Gewitter plätscherte Regen auf das Dach. Endlich reichte Brendan ihr den dunkelblauen Umschlag, auf dem in bunten schwungvollen Buchstaben „Tarotcafé" stand. Sie drehte den Brief in den Händen, ihre Aufregung wuchs, sie konnte nicht länger warten. Brendan beobachtete genau ihr Gesicht, als sie fiebrig den Umschlag aufriss. Er spähte zu ihr hinüber, berührte sie zaghaft und sanft mit einem Finger, strich damit über ihren Rücken, die Wirbelsäule entlang.

Celine erhob sich schnell, ließ ihn mit brennenden Augen zurück, winkte ihm flüchtig noch einmal zu und verließ das Zimmer. Gegen die Wand gelehnt, zog sie atemlos eine kleine Karte aus dem Umschlag, nicht viel mehr als eine Visitenkarte. Ihr Herz klopfte zum Zerspringen. Sie musste lächeln, als sie die großen steilen Buchstaben sah, diese dynamische Schrift passte genau zu ihm. Sie las die spärliche Botschaft:

Komm heute Nacht zum Pavillon, Pete wird abgelenkt sein. Juan

Hatte sie richtig gelesen? Ihr Herz stolperte, sie staunte flüchtig über seine Einflussmöglichkeiten, bewunderte das Ausmaß seiner Macht. Ein Hochgefühl durchlief sie. Er wollte sie wiedersehen, er konnte Pete ausschalten! Sie fühlte sich berauscht, hatte einen Sieg errungen, es stieg ihr leicht zu Kopf wie ein Glas eisgekühlter Champagner. Der Käfig hatte sich einen Spalt weit geöffnet. Celine rannte in ihr Zimmer und starrte in den Spiegel, prüfte ihr Gesicht, ihre Nase, ihre Augen lachten euphorisch. Dann durchwühlte sie ihre Garderobe. Grüne, weiße, glänzende und matte Stoffe, gebauschte Rüschen oder gerade Linien, sie probierte und verwarf alles wieder. Sie trank etwas Wein aus einer Flasche, die auf ihrem Nachtschränkchen stand, lachte albern, warf sich aufs Bett. Ihr Geist eilte ihr weit voraus, tauchte ein in die noch fern liegende Mitternachtsstunde, in der sie zusammen mit ihm entfliehen wollte. Sie konnte nicht stillsitzen. Aus dem Speisesaal stieg der Geruch nach Rinderbraten hinauf. Celine lauschte nach unten. Petes sonore Stimme erhob sich nicht über den Singsang des weiblichen Geplappers und Gekichers.

Die Uhr tickte, nur ab und zu drangen noch Stimmen und Gelächter von unten herauf. Celine sah in die Nacht hinaus, ein einzelner Stern war zu sehen, er schien am klaren Himmel zu zittern. Wieder rannte sie zum Spiegel, studierte genau ihr Gesicht, legte noch einen Hauch Rouge auf, puderte ihre Nase und zog noch einmal ihre Lippen nach. Sie trug einen kurzen Fransenrock und eine knisternde Bluse in Minz -und Lachstönen. Leichtfüßig huschte sie die breite Treppe hinab, endlich war die Zeit gekommen.

Draußen herrschte undurchdringliche Dunkelheit, sie sah kaum die Hand vor Augen, doch mittlerweile hätte sie den Weg zum Pavillon auch blind gefunden. Scheinwerfer leuchteten auf. Einen Moment lang glaubte sie, Pete sei zurückgekommen. Schnell bog sie ab, lief über die unbeleuchteten schmalen Wege, vorbei an den düsteren Zypressen. Sie befürchtete Verrat und neuerliche Strafen. Endlich sah sie den Pavillon schemenhaft in der mondlosen Nacht. Als sie näher kam, erhob sich eine dunkle Gestalt aus dem Schatten, eine warme Hand ergriff die ihre. Erleichtert fühlte sie, wie der Comte ihre Finger leicht und verschwörerisch drückte.

Hand in Hand schlenderten sie in den Pavillon. Neben dem Bett stand eine Schale mit bunten Früchten, und in einem bronzefarbenen Kübel waren Flaschen kühl gestellt. Sie sprachen nicht. Als Celine das Schweigen nicht mehr ertrug, fragte sie scheu: „Warum bist du nach dem Maifest einfach verschwunden?“ Er zog sie in dumpfer Ungeduld an sich. „Ich habe lange auf dich gewartet, auf deine eigene Entscheidung“, flüsterte er leise.

Seine Lippen berauschten sie, machten sie trunken. Ein Glücksgefühl erfasste sie mit einer Heftigkeit, die sie erschreckte. Keuchend bog sie sich zurück und versuchte seinen Händen auszuweichen, jede einzelne Berührung öffnete neue Quellen der Lust in ihr. Das mit Sternen bemalte Dach des Pavillons drehte sich immer schneller um sie, seine dunklen Augen waren klar und still. Die Lichter der Kerzen warfen bebende Lichtkügelchen an die Decke. Er zog ein feuerrotes Band aus ihrem Haar, das mit Goldfäden durchwirkt war, begann sie zu entkleiden und presste sie wieder an seinen sehnigen Körper. Feine schwarze Härchen bedeckten seine Arme, sein Penis war hart. Celine empfand in seiner Umarmung ein nie gekanntes Wohlgefühl, sie glühte, jede Scham löste sich auf. Willenlos bot sie sich seinen kühnen Liebkosungen dar. Durch den Lichteinfall schien die Wand von goldenen Rissen durchzogen, draußen lagen tiefe Baumschatten. Die Luft vibrierte. Ein Strom der Erregung riss Celine mit, ihr Körper verlangte nach ihm. Als er endlich in sie eindrang, öffneten sich ihre Augen weit, und sie hob sich ihm entgegen.

Viel zu schnell war es vorüber. Celine lag ausgestreckt auf dem Diwan und kam nur langsam wieder zur Besinnung. Das weiße Tischtuch flatterte, eine verirrte Biene summte an ihrem Ohr. Er bedeckte sie mit einem bestickten Schal, um ihren heißen Körper vor der nächtlichen Kühle zu schützen, stand auf und goss Wein in einen Becher. Lachend schloss er seinen Gürtel mit der Silberschnalle. Celine genoss das warme Gefühl, das sie für diesen Mann empfand, der so eingebildet und übersättigt hätte sein können. Er machte scherzhafte Bemerkungen und küsste ihren Nacken. Sie fühlte sich allmächtig. Pete und Juan, beide hatten sie erwählt.

Er strich mit den Fingern über die Wölbungen ihres Körpers, legte sich dicht neben sie und fuhr durch ihr seidiges Haar. Sein zärtliches Streicheln wob ein Netz um sie, das sie bezauberte.

Celine fühlte sich in eine andere Welt versetzt, eine Welt der Fülle und der Verliebtheit. Endlich wagte sie ihn auszufragen.

Er erzählte, dass er sich bemühe, Mädchen von Pete loszukaufen, die sich in der Villa nicht wohlfühlten. Er gebe ihnen die Möglichkeit, entweder frei ihrem Gewerbe nachzugehen oder ganz auszusteigen.

„Mara?“, fragte Celine ängstlich.

„Zum Beispiel“, sagte er leise lachend. „Obwohl ich Maras knabenhafte Schönheit durchaus bewundere“, fügte er hinzu. Verstimmt fragte Celine: „Wen in der Villa bewunderst du denn noch?“ Er streichelte ihre Schulter, verweigerte aber die Antwort mit Entschiedenheit. Sie spähte in sein dunkles Gesicht, spitzte die Lippen, und mit einer raschen Kopfbewegung grub sie ihre scharfen Zähne in seine Hand, streckte triumphierend das Kinn hoch. Ihr Puls beschleunigte sich, er gab ihr einen Klaps und warf sie in geheucheltem Zorn aufs Bett zurück. Sie zappelte und kämpfte eine Weile, dann unterlag sie erneut seiner überraschenden Kraft. Sein tiefer Blick versetzte sie in Erstaunen, überflutete sie, er war ein geheimnisvoller Mann. Wieder umfing er sie, spielerisch wehrte sie sich gegen die Umarmung, bis ihr Blut rascher zu kreisen begann, es in ihr wirbelte und wogte. Er trieb sie an, das weiße Kerzenlicht sprühte. In ihrem tiefsten Innern entzündete sich ein Funke, sie kämpfte weiter, doch gleichzeitig zog sie ihn näher zu sich heran, begehrte ihn heftig. Er beugte sich über sie, sie erschauerte, die Wogen der Lust trugen sie von Gipfel zu Gipfel in einem endlosen Rausch.

Sie schmiegte sich an seine braune Brust und schnupperte den Geruch nach Tabak und Leder, der ihm anhaftete. Die junge Mondsichel am Himmel nahm sie als Zeichen, dass ihre Gefangenschaft vorüber war. Sie beobachtete sein lächelndes Gesicht, das so lebendig und verbindlich aussah und fühlte sich wie eine sprießende Knospe kurz vor dem Aufspringen.

Dann schlief sie ein, ein schweres Gewicht war endlich von ihr abgefallen.

Als er sie weckte, war es immer noch tiefe Nacht. Er küsste ihre Schulter und sagte leise: „Du musst zurück, es ist zu gefährlich. Pete kann jeden Augenblick zurückkehren."

Er zündete eine Kerze an, draußen schien jeder Baum mit einem Schatten schwanger zu gehen. Ernst sah er sie an: „Liebes, wir befinden uns in einer schwierigen Lage. Pete wird dich nicht an mich herausgeben, für kein Geld der Welt. Es wird sogar gefährlich sein, gelegentliche Treffen zu organisieren."

Bestürzt sah Celine ihn an, seine Bemerkung vernichtete die lächelnde Leichtigkeit, die sie durch die letzten Stunden getragen hatte. Eine jähe Verzweiflung erfasste sie, sie wollte sich nicht von ihm trennen, nicht zurückkehren in die Hierarchie der Villa. Sie klammerte sich an ihn, hatte sich das alles sehr einfach vorgestellt – neben ihm heimlich aus der Villa schleichen, tanzen, lachen, rosa Törtchen essen. Ihre Augen überzogen sich mit Melancholie. Er streichelte sie beruhigend.

„Ich werde mir etwas einfallen lassen", sagte er leise, „mach dir keine Sorgen! Ich werde dir Botschaften schicken. Und ich werde ganz sicher bald eine Lösung finden. Hab Geduld!" Celine sah ihn ängstlich an. Sie fürchtete plötzlich Petes Scharfsinn, seine Rache an ihr, sollte er herausfinden, dass sie heimlich den Comte traf. Sie würde weiter in der Falle sitzen, sie fühlte sich wie in einem sinkenden Boot.

„Wen willst du bestechen?", fragte sie furchtsam.

„Es ist besser, du weißt es nicht, lass das alles meine Sorge sein!", flüsterte er und verschloss ihren Mund mit einem seiner betörenden Küsse. Celine blieb unruhig. Immer noch war sie überflutet von seiner Liebe, seiner Zärtlichkeit, doch am liebsten hätte sie losgeschluchzt. Die Bewegungen seiner Hände ließen die vergangenen Stunden wieder auferstehen, sie drückte sich enger an ihn.

Er stand auf. „Geh jetzt!", sagte er, „ich möchte nicht, dass du in Gefahr gerätst." In der fahlen Morgendämmerung huschte Celine an den Rosenbüschen vorbei zurück zur Villa. Sie pflückte ein Rosenblatt, befühlte seine seidige Struktur, ließ es wieder los. Es drehte sich, flatterte unschlüssig und sank zu Boden. Sie vergoss eine Träne. Niemand begegnete ihr, als sie die Stufen hinaufschlich, sich am Geländer entlangtastete. War da nicht ein Lichtschein, ein leises Geräusch? Atemlos öffnete sie ihre Zimmertür, sie war erschöpft und gleichzeitig aufgeregt, sie sehnte sich danach, ihren Körper wieder mit seinem zu verbinden. Sie glaubte ihn zu lieben, ihm konnte sie ihr Herz anvertrauen. Celine träumte von Schwänen, die über einen grünen Fluss glitten. Zitronenhaine blühten am Ufer. Später trug sie einen weiten Petticoat, jemand folgte ihr den Korridor in der Villa entlang, trat auf die Spitzen des Petticoats, zerriss seinen Saum. Er zog ein rostiges Schwert, wollte auf Celine einstechen. Sie schrie im Traum. Aus einem dunklen Erkerfenster näherte sich ein hochgewachsener schwarzer Mann, er schrieb in einem dicken Buch mit seltsamen Buchstaben und Zeichen auf dem Deckel, die sich wanden und ineinander verschwammen.

In den nächsten Tagen wartete Celine vergeblich auf eine Nachricht vom Comte. Etwas Dunkles wuchs in ihr an, schwarze Schatten kräuselten sich über ihrer zärtlichen Zuneigung. Sie schien in einen Tunnel zu gleiten, unheilvolle Gefühle bemächtigten sich ihrer. Die geheimnisvolle Nacht im Pavillon begann zu verschwimmen, Celine war verwirrt. Alles erschien ihr fahl, draußen regnete es, und die Einsamkeit überwältigte sie immer mehr. Ihre Hoffnung begann zu schwinden, sie fürchtete, sich im Comte getäuscht zu haben.

Wellen von Regen rauschten durch die Luft, Dunkelheit schien von den Bäumen herabzufließen, Nacktschnecken krochen über die feuchten Wege, silbergraue Tropfen hingen in den Weiden. Goldie sprach Celine immer wieder an, beobachtete sie neugierig, aber nichts konnte zu Celine durchdringen. Das lange Schweigen des Comte bedrückte sie unsäglich. Sie lief durch den regennassen

Garten und beobachtete die gelben und blauen Schmetterlinge. Sie hob gerade ein braunes Schneckenhaus mit feinen Rillen auf, als sie Kia wenige Meter hinter sich entdeckte. Die Asiatin lief zielstrebig hinter Celine her, blitzschnell und wie immer völlig geräuschlos. Beklommen hielt Celine an, sie stand an einem ovalen Beet mit bunten Blumen, deren Blätter fleischig wirkten. Kias langes, bis auf den Rücken herabfallendes Haar war feucht, Tropfen glitzerten darauf. Sie spielte mit dem schwarzen Stock, der unheilvoll glänzte. Celine fühlte Angst in sich aufsteigen, sie erschrak, befürchtete Verrat oder eine Aufforderung, sich bei Pete einzufinden. Sie lief davon, wandte sich immer wieder um, um zu sehen, ob Kia zurückblieb. Sie wollte nicht Petes harter Lust ausgesetzt sein, seinen Penetrationen und Gewaltmaßnahmen.

Zerfetzte Wolken fegten über den Himmel, Celine rannte weiter. Kia holte sie schließlich ein und packte sie am Rock.

„Dumme Gans!“, zischte sie. Celine starrte auf ihre Schuhe mit den Silberschnallen. „Komm um zehn Uhr zum Tor!“, flüsterte Kia, „ich fahre dich zu ihm. Pete glaubt, dass du einen Arzt aufsuchen musst.“ Celine erstarrte.

„Hast du verstanden?“, fragte Kia scharf. „Und wehe, du schweigst nicht wie ein Grab! Ich weiß nicht, was sie an dir finden“, fügte sie gehässig hinzu, wandte sich ab und verschwand hinter einem Gebüsch. Celine wurde schwindlig. Eine Libelle umkreiste sie.

Sie glaubte sich verhört zu haben. Mit Kia, der grausamen Kia hatte sie am allerwenigstens gerechnet. Wie wenig sie den Comte und seine Verbindungen kannte! Celine schluckte, dachte an die Liebesnacht im Pavillon, schwelgte für einen Moment in ihren Erinnerungen. Dann fühlte sie sich vor Aufregung wie gelähmt. Mit butterweichen Knien kehrte sie in die Villa zurück, durchwühlte ihre Garderobe, fühlte sich unfähig, die passende Kleidung zu finden und sich zurechtzumachen.

Etwas Gewaltiges tobte in ihr, kreiste in ihrem Blut. Sie dachte an den Kuss des Comte auf ihren Hals, ihre Hände bebten. Schließlich wählte sie ein leichtes meergrünes Kleid, das der Farbe ihrer Augen glich. Alle paar Sekunden sah sie auf die Uhr. Pünktlich lief sie hinaus in den Garten. Die Johannisbeersträucher wucherten, Blumen leuchteten wie kleine Flammen in der Tiefe des Grüns, unter einem großen Rhabarberblatt lag eine tote Maus, erstarrt. Einen Augenblick lang sah sie das tote Tier als schlechtes Omen an. Eine Fliege summte hartnäckig um

Celines Kopf, Wolken glitten in großen unregelmäßigen Flecken über sie dahin, Schatten und flüchtige Sonnenstrahlen wechselten sich ab.

Kia kam in einem silbernen Seidenjackett um die Ecke. Celines Gefühl von Bedrohung verstärkte sich schlagartig.

Die Asiatin trug einen Schlangenledergürtel, der Celine zusammenzucken ließ. Sie stelzte steif und wortlos vor Celine her und schien es sehr eilig zu haben. Plötzlich zweifelte Celine an der Echtheit ihrer Botschaft, sie fühlte sich eingesperrt in einer zuschnappenden Falle. Kia war Petes treuester Spitzel, Celine traute ihr nicht. Der Anblick ihres muskulösen Rückens spannte Celines Nerven zum Zerreißen. Kias Jacke war von einer hauchfeinen Textur und roch eigenartig abstoßend. Sie hob den Blick und richtete ihre schrägen Augen völlig unbewegt auf Celine, die die Spannung kaum noch ertragen konnte, öffnete den Mund und schloss ihn wieder. Mike fegte mit einer großen Harke die Rasenflächen. Eine Taube flog plötzlich aus den Blumen auf, Celine zuckte vor Angst zusammen.

Kia fuhr herum, warf den Kopf hoch. Sie schwieg beharrlich. Zum ersten Mal seit ihrer Ankunft verließ Celine die Villa.

Sie fuhren durch idyllische Dörfer mit Schindeldächern, auf den Balkonen leuchteten rote Geranien, dann fluteten schattige Nadelwälder auf beiden Seiten der Straße dahin, im Wechsel mit üppigen Wiesen, auf denen Kühe standen und wiederkäuten.

Mehr denn je erinnerte Kia mit ihren leicht schräg gestellten schwarzen Augen und ihren maskenhaften Zügen an ein katzenähnliches Wesen. Sie war nicht ansprechbar. Stoisch lenkte sie den Wagen und warf nur ab und zu heimliche Blicke auf die neben ihr sitzende Celine.

Bald erreichten sie die Außenbezirke der Stadt. Kia hatte die Angewohnheit, sich aus dem Kreuz heraus leicht zu strecken. Ihr Gesichtsausdruck war merkwürdig, sie sah aus wie jemand, der aus einem schweren Schlaf erwachte. Ihre Augen verengten sich, sie fuhr Celine an, befahl ihr, über alles den Mund zu halten, sonst … Sie machte eine schneidende Geste. Celine ließ die scharfen Worte auf sich herabrieseln, sie war viel zu aufgeregt um zuzuhören. Sie fuhren in ein muffiges Parkhaus. Abfall lag auf dem Boden, Benzingestank schwängerte die Luft. Eine steile Treppe führte mitten in das Gassengewirr der Altstadt hinauf.

Überall rauschten kleine Kanäle, in denen graues Wasser schäumte. Die Häuser hatten schäbige abgeblätterte Fronten. Viele der Gassen führten steil bergauf. Celine eilte hinter Kia her, verwirrt von der Flut ihrer Gefühle. Sie kamen an einem düsteren kleinen Trödelladen vorbei. Ein kupferner Samowar fiel Celine ins Auge. Leuchtende Gläser in bunten Farben erinnerten sie an Marokko, ließen sie an den Comte und an sehr süßen Minztee denken. In den düsteren Winkeln der Altstadt gab es Antiquariate voll staubiger Schwarten und lateinischer Klassiker mit vergilbten Bildchen, sowie Blumenläden mit Gräberschmuck in den Schaufenstern. Die Häuser standen so nah beieinander, dass die Sonne kaum einfiel. Nur langsam gewöhnte sich Celine an das graue Licht. Kia lief in ihren engen blassrosa Jeans voraus.

Sie bogen scharf um eine Ecke und standen dann vor einer mit schwarzem Samt verhängten Tür. Darüber stand in den verschlungenen Buchstaben, die Celine schon auf der Visitenkarte gesehen hatte, Tarotcafé.

Celines Herz schlug schneller, als sie hinter Kia durch den Samtvorhang in eine seltsame runde Stube trat. Kia rief einige kurze Worte, die sie nicht verstand. Celine hatte das Gefühl, über einen Abgrund springen zu müssen. Alles wirkte sehr fremdartig. Ihr Blick fiel auf gescheckte Jaguarfelle, die die Wände bedeckten. In der Mitte des Raumes stand ein wackeliger Tisch auf dem abgeschabten Holzboden. Eine große Siamkatze mit einer geheimnisvollen schwarzen Maske räkelte sich auf dem goldgrünen Kissen eines Liegestuhls. Kia beugte sich zu ihr hinunter. Die Katze begann augenblicklich zu schnurren, was Celine verwunderte. Celine hielt ungeduldig Ausschau nach dem Comte. Sie fragte Kia nach ihm, ihre Stimme bebte, sie sah sich um. Immer mehr Katzen näherten sich aus den begrünten Winkeln am Fenster und aus einer dunklen Kammer, die hinter diesem Raum offen stand. Sie streckten sich und sahen Celine mit seltsamen Augen an, sie schienen sie zu umzingeln, bildeten einen unheimlich wirkenden Kreis. Celine drehte ängstlich den Kopf hin und her.

Eine fette weiße Katze mit strahlend blauen Augen begann mit ihrem Schwanz zu peitschen. Celine wäre am liebsten aus diesem seltsamen Haus geflohen, ihr wurde furchtbar heiß.

Die Katzen näherten sich ihr lautlos – rote, schwarze und schneeweiße Tiere. Celine taumelte rückwärts, als eine alte Frau aus der Kammer kam. Sie trug eine Siamkatze mit spitzer Schnauze auf dem Arm und betrachtete Celine aus dunklen Augen, die in ihrer Schärfe entfernt an den Comte erinnerten. Ihr schwarzes Haar war mit weißen Strähnen durchsetzt und nach hinten frisiert, sie trug lange goldene Ohrgehänge, und viele Falten durchzogen ihr schmales vornehmes Gesicht. Sie hielt sich sehr gerade und musterte Celine schweigend. Dann nickte sie Kia zu. Die dunkle Spitzenbluse, die die alte Frau trug, gefiel Celine außerordentlich gut. Die Katzen lagen ineinander verknäuelt auf dem Boden. Celine fühlte ein tiefes Begehren nach dem Comte.

„Lasst uns zusammen eine Schokolade trinken", sagte die Frau mit einer tiefen Stimme, die keinen Widerspruch duldete. Sie verscheuchte mit einer geschmeidigen Handbewegung eine Katze von einem der Stühle. Celine setzte sich erwartungsvoll. Kia befragte die Frau über die Katzen, ihre Rasse, ihre Gewohnheiten. Sie redete sie als Gräfin an und bestärkte damit Celines Vermutung, dass die alte Dame eine Verwandte des Comte war. Ein gelbliches Licht flutete aus einer alten Lampe. Die Gräfin rauchte eine Zigarette. Durch den aufsteigenden Rauch hindurch musterte sie Celine.

Die Zeit schien sich zu verlangsamen, träger dahinzufließen. Celine versank in einem Taumel von Gedanken und Ängsten. Endlich erschien ein seltsam blasses Mädchen mit einem schwarzrot lackierten Tablett, auf dem drei kleine goldene Tässchen standen. Sie hatte langes weißblondes Haar und wirkte sehr scheu. Die Rüschen und Volants auf ihrem altertümlichen cremefarbenen Kleid waren teilweise abgerissen, ihre Füße barfuß und verschmutzt.

Celine kostete das dunkelbraune Getränk, das bittersüß nach Schokolade, Orangenschale und Vanille schmeckte, und das sie wunderbar besänftigte. „Danke, Antoinette", sagte die Frau zu dem seltsamen Mädchen. „Später kannst du sie", sie wies mit ihrem spitzen Kinn auf Celine, „zum Comte führen."

Die wasserblauen Augen des Mädchens streiften Celine hasserfüllt, dann wandte sie sich ab.

„Sie ist eifersüchtig", sagte die Gräfin mit krächzendem Lachen, „wie gut, Kia, dass wir über so etwas Banalem wie der Liebe stehen!" Celine schwieg. Sie ließ ihren Blick zu einem Wandgemälde schweifen. Es zeigte eine Dame, die der Gräfin ähnlich sah, sie hatte schwarze Locken, gepuderte Wangen und süffisante rote Lippen.

Celine beeilte sich, die Schokolade auszutrinken. Von oben hörte sie das einfältige Lachen einer Frau.

Dann sang jemand ein schmerzliches, kehliges Lied. Celines Nerven waren zum Zerreißen gespannt. In der seltsamen Atmosphäre dieser Umgebung war sie sich jeder kleinen Bewegung bewusst, etwas schien an ihr haften zu bleiben wie feiner Staub. Ihre Finger waren klebrig von der Schokolade.

Überall auf den Sitzpolstern lag ein feiner Pelz von Katzenhaaren. Endlich erschien das Mädchen wieder, sie schlenderte ziellos, als laufe sie über weite Wiesen. In den Tiefen ihrer Augen lag etwas Grausames, das sie nicht verhehlen konnte. Gerade als die alte Dame Celine Schokolade nachschenken wollte, gab sie Celine ein Zeichen. Celine folgte ihr unsicher eine enge knirschende Treppe hinauf, vorbei an mehreren lackierten Türen mit bunten Bildern, die ihr irgendwie bekannt vorkamen. Es waren Tarotmotive: Die Königin der Schwerter in einem feuerroten Kleid. Ein Mann, der unter der Last grüner Stäbe zusammenbrach. Gerne hätte Celine innegehalten, um die Bilder genauer zu betrachten, aber das Mädchen kratzte ungeduldig mit den abgewetzten Lackschuhen, die sie jetzt trug, über den Holzboden.

Sie klopfte an der letzten Tür, auf der ein Magier unter einer goldenen Kuppel seine Werkzeuge betrachtete. Sie hörten ein heiseres „Herein!". Das Mädchen öffnete die Tür und knickste. Celine betrat den Raum.

Das geheimnisvolle Haus hatte Celine eingeschüchtert. Als sie nun endlich in diesem dunklen Zimmer den Comte sah, spürte sie Panik in sich aufsteigen. Alles erschien ihr unwirklich. Ihr kam der Gedanke, dass der Comte sich viele Frauen nahm. Der Hass in den Augen des Mädchens schien Bände zu sprechen. Er stand mit dem Rücken zu ihr, drehte sich dann langsam um und kam auf sie zu. Sie fühlte seine warme Hand auf ihrer Schulter. Celine warf ihr Haar zurück, unterdrückte ihre Befürchtungen und reckte sich zu ihm hoch. Schnell, um keinen Verdacht zu erregen, legte sie die Arme um seinen Hals. Sie fühlte sich hilflos, hatte keine Worte, tastete nach seinen Geheimnissen. Wieder dachte sie, dass er sich in ihrer Abwesenheit mit anderen Frauen abgab, sie liebte.

„Was ist, mein Liebes? So zerstreut? Habe ich dich zu lange warten lassen?", fragte er und unterbrach seine Zärtlichkeiten. „Ich wollte ganz sicher gehen. Pete ist unberechenbar. Mit der Zeit wird alles leichter werden." Sie verwünschte sich dafür, dass sie sich ihre düsteren Gedanken hatte anmerken lassen.

Celine spürte, wie er sie beobachtete. Ihr wurde heiß. Sie wollte nachdenken, ihre Gelassenheit zurückgewinnen. Gleichzeitig wünschte sie sich, tiefer in seine Arme zu sinken, fort von der Oberfläche der harten Realität.

„Was ist denn los?", fragte er erneut und ließ seine Arme sinken. Celine konnte nicht länger an sich halten. Sie sprudelte hervor, dass er gewiss der Liebhaber dieser Antoinette sei, dass er Carmen damals einfach so abgeschoben hätte, und sie befürchte nun, er würde auch mit ihr nur spielen – auf eine andere Weise als Pete.

Er antwortete nicht sofort. Sie befürchtete ihn verstimmt zu haben. Er setzte sich in einen alten Lederstuhl und fragte vorsichtig: „Wer hat dir all diese Albernheiten in den Kopf gesetzt? Kia?“ Seine Finger umspannten jetzt hart ihren Arm. Er tat ihr weh.

Celine schüttelte heftig den Kopf und sagte abwehrend: „Ich habe mir das selbst zusammengereimt.“ Wieder fragte sie sich, was ihn und Kia verband. Er stützte den Kopf in die Hände und fragte: „Und was ist mit dir? Was bedeutet dir Pete, der so erpicht darauf ist, dich zu behalten? Du schienst ihm auch sehr zugeneigt?“

Der Comte atmete schwerer, seine dunklen Augen verengten sich, er presste die Kiefer aufeinander. Einen Augenblick lang wich Celines romantische Vorstellung von seiner Person einer leeren Hülle. Die Welt erschien ihr plötzlich kahl. Er zweifelte an ihr, verdächtigte sie der Leidenschaft für Pete, wahrscheinlich beobachtete er sie insgeheim schon lange Zeit. Sie senkte den Kopf, grübelte darüber nach, was sie mit Pete verband. In ihrem Kopf verschwamm alles, ihre Augen schimmerten glasig. Sie fühlte sich ungeheuer schuldbewusst. Gleichzeitig betrübte sie immer noch das Gefühl, dass auch er zu anderen Frauen ging, deren Namen er nicht nennen wollte.

Er seufzte: „Was sollte ich mit anderen Frauen? Jetzt will ich nur dich, mein Schatz!“, sagte er ernsthaft. „Carmen war lange Zeit meine Geliebte. In rasender Eifersucht hat sie versucht, ein Mädchen mit Rattengift zu töten. Ich hatte die Wahl, sie anzuzeigen oder sie zu Pete zu bringen, was fast genauso schlimm ist“, fügte er scherzend hinzu. „Und Antoinette ist noch ein kleines Mädchen, wenn ich auch glaube, dass sie in mich vernarrt ist.“ Celine entspannte sich, das Zimmer wirkte wieder friedlich. Der Himmel war von einem hellen Perlgrau. Sie sprang auf und küsste den Comte auf die Wange. Er sah sie abwartend an. Siedend heiß wurde ihr bewusst, dass er immer noch auf eine Antwort wartete, was ihre Beziehung zu Pete betraf. Am liebsten hätte sie den Gedanken verdrängt, er regte sie ungebührlich auf und schmerzte vage. Beschämt erkannte sie, dass sie darüber nichts sagen konnte, ohne sich selbst einer hündischen Lust zu bezichtigen.

Er neigte sich ihr wieder zu, zog sie enger an sich. Der Comte schien nicht weiter in sie dringen zu wollen. Celine fühlte sich, als wäre sie aus einem Schreckenstraum erwacht und hätte schnell ein Licht angezündet, um die Schatten zu tilgen. Doch ihre Stimmung blieb gedrückt und zurückhaltend. Die Dinge schienen ihr zu entgleiten. Sie bedauerte, dass sie die kostbare gemeinsame Zeit mit Zweifeln vergeudete, aber der Aufruhr in ihr legte sich nicht.

Celine versuchte den Verdacht, Pete sei ihr noch immer nicht völlig gleichgültig, zu zerstreuen. Etwas in ihr stimmte nicht. Sie ging hinüber in die andere Ecke des Raumes, in der in einem schattigen Winkel ein hoher Spiegel stand, sah hinein und erschrak über den Ausdruck ihrer Augen, über die tiefe Gespaltenheit, derer sie sich nicht erwehren konnte. Ihre Lider flatterten, sie schloss die Augen und sah Petes eisgrauen Kopf vor sich. Sie fühlte sich unzulänglich, erbärmlich lüstern, ihr Begehren nach Pete drückte sie nieder. Celine fand sich selbst widerwärtig und schäbig, der Liebe des Comte unwürdig. Mit Tränen in den Augen sah sie auf ihr meergrünes Kleid mit den hoch angesetzten Ärmeln. Als der Comte hinter sie trat und sie in die Arme schließen wollte, verkrampfte sie sich völlig.

Er seufzte und drückte sie an sich, wollte verhindern, dass sie sich noch weiter von ihm entfernte, in die geheimnisvollen unzugänglichen Bereiche ihres Innenlebens. „Du bist durcheinander, Kleines, ich hätte mich früher melden sollen. Diese Villa macht dich völlig konfus“. Celine hörte nicht auf, ihm zu grollen. Er murmelte leise Zauberformeln in ihr Ohr, wollte den Schmerz vertreiben, den er in ihr wahrnahm. Sie presste ihre schmalen Hände krampfhaft gegen seine Brust, um ihn zurückzustoßen, fühlte sich armselig, versuchte sich zu beruhigen. Er umfing sie nun fester, sie konnte sich nicht von ihm lösen. Ihr Zurückweichen reizte ihn umso mehr und weckte seine Lust auf sie. Sie spürte, dass er sich nur mühsam zurückhielt und sie am liebsten mit Gewalt genommen hätte.

Etwas in ihr wollte ihn herausfordern, wollte wissen, ob er wie Pete brutal seine Dominanz ausüben würde, ohne jede Grenze. Sie wollte seine Wahrheit wissen, auf den Grund seines Herzens sehen, um endlich Klarheit zu gewinnen. Heiser und leidenschaftlich flüsterte er: „Ich verfluche die, die dich so wund gerieben, so durcheinandergebracht haben, und die diese Mauer zwischen uns errichten.“ Und doch drang er dann mit Gewalt in Celine ein, als wollte er seinen Anspruch auf sie bekräftigen. Sobald er tief in ihr war, milderte er die Heftigkeit seiner Stöße. Er bemühte sich, die dunklen Schatten zu vertreiben, die zwischen ihnen aufgestiegen waren. Langsam ließ die Anspannung ihrer Muskeln nach, und ein Glücksgefühl erfüllte ihr Herz. Licht durchflutete sie, sie fühlte sich wieder lebendig.

Er begann sie sacht, aber nachhaltig zu reizen, massierte ihre Klitoris, legte ihre Beine um sich, um noch tiefer in sie einzudringen. Sie wurde wieder das geheimnisvoll lächelnde, bezaubernde Mädchen, empfand wieder eine wilde Zärtlichkeit. Ihr Herz pochte. Er bedeckte ihren ganzen Körper mit besänftigenden Küssen. Ihre Zweifel verebbten, sie fühlte sich ehrlich erfüllt von Liebe für den

Comte und bewunderte seine Ausdauer und seine Geduld mit ihrer Launenhaftigkeit. Ihre Augen füllten sich mit Tränen. Sie sah ihm ins Gesicht, streichelte sein volles schwarzes Haar, er beugte sich über sie und küsste sie auf die Augenlider.

Ein großes Wohlbehagen breitete sich in ihr aus.

Wieder schien er sich von ihr zu entfernen, und sie drängte ihm nach und umschlang ihn fester. „Bleib bei mir!“, stöhnte sie, „bitte bleib ... für immer … geh nie mehr weg!“

„Ich bin bei dir“, sagte er leise. „Es ist so schön, meine Liebste, dass ich mich nie mehr von der Stelle rühren will.“

Seine Zärtlichkeiten jagten ihr Schauer über die Haut, sie spürte seine Hände bis in ihre Haarwurzeln und Fingerspitzen hinein. Ein Beben durchzitterte sie. Sie stöhnte auf, als sie ihn erneut tief in sich spürte und presste die Hände in seinen Rücken, als er fester zu stoßen begann. Sie verschlangen sich immer inniger ineinander, bis eine stürmische Woge sie gemeinsam hochhob, und Celine taumelnd einen endlosen Orgasmus erlebte.

Er stützte sich auf den Ellbogen und betrachtete sie, wand sich ihr rotes Haar um die Hand und lächelte.

„Mein Schatz, ich werde einen Weg finden, dich da herauszuholen, notfalls über einen Aufenthalt im Ausland. Du sollst ihm nicht länger ausgeliefert sein“, murmelte er. „Ich brauche nur noch etwas Zeit, um alles einzufädeln und zu organisieren. Vertrau mir!“

Celine rekelte sich, sie fühlte sich von einer leichten Heiterkeit erfüllt. Er hatte sie nicht allein gelassen mit ihren zwiespältigen Gefühlen. Sie streichelte seine gebräunten Arme. Die Ekstase war noch nicht abgeklungen. Seine kundigen Hände hatten all ihre Ängste und Zweifel hinweggestreichelt.

Neugierig sah sie sich im Raum um. Sie lagen auf einem Bett mit spanischen Schnitzereien, ein paar Sonnenstrahlen huschten darüber. Das Zimmer war karg möbliert, ein blau schimmernder Krug stand auf einer glänzenden Kommode, davor lag ihr eng anliegendes grünes Kleid am Boden. Der Himmel riss flüchtig auf, dann verdeckten die Wolken wieder das Blau.

Der Comte stand auf, goss Wein aus einer bauchigen Flasche in irdene Becher und reichte ihr einen davon. Er verbeugte sich ironisch. Es schmeckte köstlich, Celine trank in großen Schlucken.

Die Zeit verrann sehr schnell, doch es waren göttliche Augenblicke. Sie lag da und fühlte seine Nähe, seine Entschlossenheit, sie zu sich zu holen, seine Kühnheit. Es war, als würde sie von der Schaumkrone einer Welle liebkost. Und sie begann zu träumen von einer Wolke mit feurigen Rändern, von einem märchenhaften Geistervogel, der sie zusammen mit ihm davontragen würde, jetzt sofort, in eine Meeroase, die in Türkis- und Perlmutttönen schimmerte.

Nur zu bald klopfte es leise. Antoinette stand in der Tür und gab das Zeichen zum Aufbruch. Sie hatte einen Daumen in den Mund geschoben und lutschte hartnäckig daran.

Noch einmal zog der Comte Celine an seine Brust und versprach ihr leise, sie bald für immer aus der Villa herauszuholen. Sie stand vom Bett auf und winkte ihm zu, doch in ihrer Brust sammelte sich bereits die Trauer, ihre Stimme klang zittrig.

Benommen folgte sie dem Mädchen nach unten. Kia wartete bereits ungeduldig, die Gräfin war nirgends zu sehen.

Kia schien sehr nervös, sie hastete die steilen Treppen zur Stadt hinunter, einmal stolperte sie fast, und beim Anfahren starb ihr der Motor ab. So außer sich hatte Celine sie noch nie erlebt. „Ich werde ihm sagen, dass du eine Eileiterentzündung hast, das ist dann wohl in deinem und in meinem Sinne." Celine drückte sich in die Ecke des Wagens, sie grübelte mit offenen Augen über Kia nach. Wie viel zahlte ihr der Comte, damit sie sich dieser Gefahr aussetzte? Wem diente sie wirklich? Betrog sie Pete oder beide Männer? Oder diente sie nur sich selbst? Sie fuhren durch abendliche Felder, ein leichter Nebel war aufgestiegen, und nur allmählich enthüllten sich die kleinen Ortschaften mit den roten Dächern. Kia schwieg. Celine blickte ins Leere, lächelte bei dem Gedanken an den Comte. Dann wieder versuchte sie, die geheimen Beziehungen in der Villa zu ergründen. Insgeheim bezweifelte sie, dass Pete sich täuschen ließe. Würde er nicht den Namen des Arztes verlangen? Oder vertraute er Kia bedingungslos? Gewöhnlich machte er sich sein eigenes Bild. Kia setzte eine Brille auf, die Sicht wurde schlechter.

Zwei feuchte Blätter klebten an der Autoscheibe. Ein Hahn stolzierte über einen kleinen Bauernhof, Kinder spielten Fangen, ein Fohlen galoppierte über die Wiesen, bis zu den Fesseln im Nebel. Die Dämmerung brach schnell herein, schon gingen die Lichter in den Häusern an. Der Abendhimmel war rauchigblau wie ein Topas. Kia nestelte nervös nach einer Zigarette. Sie bogen auf den Parkplatz der Villa ein. Celine bemühte sich, nicht immerzu zu lächeln. Sie war angefüllt mit der

Liebe und der Zärtlichkeit des Comte. Weiße Rauchwölkchen stiegen aus dem Schornstein, lösten sich langsam auf und verschwanden.

Die Vorhänge im Saal wehten, die Mädchen schnatterten. Carla sang in der Küche, während sie für den nächsten Tag das Fleisch schnitt und die Marinade, die nach Essig roch, umrührte. Celine starrte geistesabwesend die Gemälde an: Nackte Madonnen, Pfeiler, Torbögen und Orangenbäume. Sie sah die anderen am Tisch sitzen, Pia und Biba, Bette und Goldie, Camille und Lara und ihre neue Freiheit, ihre vermeintliche Unangreifbarkeit berauschte sie plötzlich.

Übermütig trank sie einen großen Becher Wein. Als Pete mit einem bekannten Herrn hereinkam, der ein rotviolettes Gesicht hatte und derbe Späße machte, hätte sie fast laut aufgelacht. Pete legte ihr die Hand auf die Schulter und erkundigte sich besorgt nach ihrem Befinden. Einen Augenblick lang sah sie hoch, starrte ihn unschuldig an und senkte schnell wieder den Kopf. Lautlos tauchte Sigrid hinter ihm auf. In ihren Augen lag kaltes Misstrauen, sie schien Celine zu verdächtigen. Oder bildete Celine sich das nur ein?

Sie hakte sich bei Pete ein, dann schlug sie mit ihrer heimtückischen Kralle zu: „Sie sieht ziemlich gesund aus, Pete, eine kleine Züchtigung könnte nicht schaden.“ Celine hielt den Atem an und starrte auf die silberne Vase mit den Chrysanthemen.

Doch Pete schüttelte den Kopf: „Ich möchte die Gesundheit meiner Mädchen nicht gefährden, sie muss über allem stehen.“ Pete wandte sich Madame Nell zu, die auf ihren Stock gestützt hereinhumpelte und neugierig Celine musterte. Sie trug einen giftgrünen Schal, den sie enger um sich zog. Celine flüchtete aus dem Raum, sie war aufgewühlt und übermütig, sie tänzelte die Treppe hinauf, ihre Euphorie ließ sie unvorsichtig werden, auch schienen ihre Geheimnisse sie zu erdrücken. Einer spontanen Eingebung folgend klopfte sie an Goldies Zimmertür.

Goldie legte schnell die weiße Seide weg, die sie gerade bestickte, steckte die Nadel in ein Kissen und lachte Celine entgegen. Sie hatte ein Zimmer mit vielen kleinen Tischchen mit Nippsachen darauf, es war ein buntes Durcheinander. Celine sah winzige Püppchen dort liegen, die Goldie ihre Sorgenpüppchen nannte. Goldie war eine Naschkatze. Sie stellte eine Sahneschnitte mit Kakaocreme vor Celine hin.

Celine konnte nicht mehr an sich halten und berichtete unter Tränen von ihrem geheimen Liebesleben mit dem Comte, von der seltsamen Rolle, die Kia spielte. Goldies Augen begannen zu glitzern, sie lauschte hochinteressiert. Verschwörerisch legte sie einen Finger auf die Lippen. Doch innerlich schien sie zu schaudern vor Anspannung, ihre süßlichen Worte überzogen alles mit einem klebrigen Schleim.

Celine hielt inne, doch es war zu spät, Goldie wusste fast alles. Zweifel an ihrer Ehrlichkeit beschlichen Celine. Die Villa erschien ihr wie eine Schlangengrube, niemand wusste die Wahrheit vom anderen. Celine stockte, ein beklemmendes Schweigen lag im Raum, dann sprang Goldie auf und puderte sich die Nase, tat, als wäre nichts geschehen, und begann ihr langes Haar zu flechten, die Spitzen und Rüschen an ihrem Gewand schienen zu beben.

Celine ärgerte sich wieder über sich selbst und ihre Schwatzhaftigkeit. Sie fühlte sich zum zweiten Mal an diesem Tag des Comte nicht würdig, sie hatte einen nicht wiedergutzumachenden Fehler begangen. Wie hatte sie Goldies Selbstgefälligkeit und Flatterhaftigkeit einfach vergessen können? Sie wrang ihr scharlachrotes Haarband. Angst beschlich sie. In welche Ohren würde Goldie ihr Geheimnis flüstern? Die Villa war durch und durch verdorben.

Sie hoffte verzweifelt, dass der Comte sich mit seinem Plan beeilen würde, denn nun zählte jede Stunde. Petes Spitzel saßen unentdeckt überall.

Unsäglich einsam saß sie in ihrem Zimmer und wartete geduckt auf das Hereinbrechen einer Katastrophe, die ihr flüchtiges Glück beenden würde. Schatten flatterten dunkel durch ihren Geist, unheimliche Vogelschwingen schienen sie zu berühren. Sie versuchte sich in die beruhigenden Bilder ihrer ländlichen Kindheit zu flüchten. Durch den Garten kam ihr die Mutter mit den trägen Bewegungen einer schwangeren Frau entgegen. Sie trug Celines kleine Schwester. Sie saßen im Garten und aßen Kirschen, Leiterwagen voller Heu rumpelten vorbei, die Bauern winkten ihnen zu. Das Obst war mit Netzen überspannt, Bienen summten und taumelten von Blüte zu Blüte, die Bäume trugen dichtes grünes Laub ... Celine schlief getröstet ein. Der Duft von Tabak und Leder, den sie mit dem Comte verband, wehte um ihren Kopf herum wie ein schützender Schleier. Einmal zuckte sie leicht zusammen, als etwas auf dem Parkettboden knackte, doch gleich darauf entspannten sich ihre Züge.

Eine endlose Woche verging. Pete und Sigrid kümmerten sich nicht um Celine, verlangten keine Dienste. Pete lächelte ihr zerstreut zu, wenn ihre Wege sich kreuzten. Kia schien Celine überhaupt nicht mehr wahrzunehmen, sie sah beharrlich durch sie hindurch, als wären sie nie zusammen im „Tarotcafé" gewesen. Der Comte schickte keine Nachricht. Goldie und die anderen Frauen waren unbekümmert, lachten viel und tranken Apfelwein. In Celine wuchs das Misstrauen. Wurde sie seltsam angesehen? Tuschelten da zwei hinter ihrem Rücken? Goldie schien sie ständig zu belauern, oft folgte sie Celine in den Garten. Stundenlang brütete Celine im Schatten der Hecke und wartete immer verzweifelter auf eine Botschaft, auf eine Auflösung dieser ständigen Spannung, doch nichts rührte sich, alles blieb still wie die Oberfläche eines Teiches. Immerzu dachte sie, *sie kommen, Pete lässt mich abholen.*

An einem sonnigen Nachmittag folgte Goldie Celine wieder in den Garten. Celine konnte ihre Füße auf dem Kiesweg trampeln hören. Goldie schien auf etwas zu lauern. Celine explodierte, alles wurde ihr für einen Moment gleichgültig, sie wollte Goldie nicht länger bei Laune halten. Sie riss sie am Haar und ohrfeigte sie, einmal, noch einmal, Goldie keuchte. Celine geriet völlig außer sich, sie sprang vorwärts, schlug ihr heftig gegen die Brust und schrie laut: „Der Teufel soll dich holen!" Sie begann zu fluchen wie ein Fuhrknecht. Goldies Wangen waren rot gezeichnet, sie riss sich los und rannte laut heulend in die Villa. Celine empfand eine flüchtige Genugtuung, die Bäume schienen sich zu ordnen, sie sah das Licht wieder tanzen. Mutwillig trat sie in die Chrysanthemen, riss sie mit den Wurzeln aus. Nur mühsam beruhigte sie sich.

Die Nebel fielen dichter. Betrübt wegen ihres Ausbruchs setzte Celine sich an diesem Abend neben das Klavier und lauschte Brendans Spiel, sie starrte in die Nebelschleier. Brendan sah melancholisch aus, seine Wangen waren schmal geworden, und seine Blicke musterten Celine sehnsüchtig. Am Tisch saß Sigrid mit ihren langen Ohrringen und aß Lavendeleiscreme mit einem langstieligen Löffel. Ihre Augen glänzten, veränderten sich dauernd. Celine schloss die Augen, ihre Ängste schufen irrlichternde Bilder, die sie bedrängten.

Ganz plötzlich fiel eine Hand schwer auf ihre Schulter, krallte sich ein wie eine Klaue. Pete stand hinter ihr, hoch ragte er auf, seine Augen waren flüssiges Eis. Er bedeutete ihr, ihm zu folgen. Celine erschrak furchtbar, während sich ihre Lackschuhe mechanisch die Stufen der Treppe hinaufbewegten.

Die Tür zum Büro öffnete sich lautlos. Petes Miene war versteinert, der Schreibtisch peinlich aufgeräumt. Ein Papiermesser steckte als Buchzeichen in einem erotischen Bildband, auf dessen Deckel eine Haremsszene mit üppigen Odalisken – die auf schweren Kissen ausgebreitet lagen – abgebildet war. Celine starrte auf das Bild, um Pete nicht ansehen zu müssen. Mit einer unbeirrbaren Gewissheit wusste sie: Das Spiel ist aus. Pete war aschfahl, seine Lippen hatten die Farbe alter Rosen.

Dann sagte er beiläufig, trocken: „Du hast mich also betrogen."

Die Worte tauchten aus der Wüste des Schweigens auf und sanken zurück in die Tiefe. Die Luft schien aufgeladen, etwas flackerte in seinem Blick.

Mit der Geschwindigkeit eines Panthers stand er auf und packte Celine am Genick, dann schlossen sich seine Hände um ihren Hals, und er begann zuzudrücken, seine Nase zuckte.

Blankes Entsetzen über ihre eigene Unverfrorenheit sprang Celine an. Langsam lockerte er den Griff und sagte kalt: „Der Tod wäre eine zu einfache Lösung.". Er ergriff den schweren Briefbeschwerer und einen Augenblick glaubte sie, er würde ihn an die Wand schmettern, doch dann legte er ihn wie in Zeitlupe zurück. „Das hat noch nie jemand hier gewagt!" Er schien zu sich selbst zu sprechen und schüttelte den Kopf.

Der alte Schmerz packte Celine, die Sehnsucht nach dem Comte, aber er war nicht da, er war nicht rechtzeitig gekommen, sie war verloren. Ihr blies ein eiskalter Wind ins Gesicht. Pete packte sie mit eisernem Griff und zerrte sie hinter sich her in ihr Zimmer. Er schob Celine hinein wie eine Puppe und schloss ab. Jeder Ausbruch, ja selbst eine seiner Züchtigungen wären ihr lieber gewesen als sein eiskaltes Schweigen.

Bestürzt kauerte sie sich auf den Bettrand, sah in der Hoffnung auf Hilfe in den Garten hinaus. Alles lag verlassen im Nebel, sie grübelte, wer schnell für sie den Comte benachrichtigen könnte, versuchte zu begreifen, was geschehen war. Goldie hatte sie verraten! Celine krallte ihre Nägel in den gelben Satin ihrer Bettwäsche. Bilder stiegen in ihr auf, Erinnerungen an das dunkle Gesicht des Comte, seine zärtlichen Gesten, das alles hatte sie leichtsinnig verspielt. Ihr Glück, ihre Freiheit schienen weit in die Ferne zu rücken. Wie hatte sie Goldie trauen können? Der weiße Nebel draußen ließ alles unwirklich verschwimmen, sie starrte die Ananas auf ihrem Teller an. Ihr wurde kalt. Was würde Pete ihr antun? Sie hatte ihn nie zuvor so getroffen erlebt. Was war mit Kia geschehen? Ihre Gedanken rasten, ihr Hals wurde enger, sie konnte immer noch Petes würgende Hände fühlen. In ihrem Kopf wogte es, in ihren Ohren begann es zu rauschen, sie war einer Ohnmacht nahe.

Und um Celine herum schien eine gewaltige Schwärze anzuwachsen, sich aufzulösen. Die Zeit stand still wie vor einem Sturm.

Sie hörte eine leise Bewegung an der Tür. Pete trat ein, er war allein. Celine zuckte zusammen, sah ihn von unten an, flehend, wollte seine Verzeihung erwirken, doch sie prallte ab an seiner Kälte.

„Zieh dich aus!“, sagte er abrupt, es klang wie ein Peitschenknall. Es war ein Augenblick ohne Illusionen, klar wie ein Kristall. Celine begann laut zu schluchzen, dann verstummte sie, und alles war still. Nur seine Augen schienen in ihr Inneres dringen zu wollen.

Zitternd entblößte sie ihre Brüste, sie umklammerte den Stoff des Oberteils, dann streifte sie zögernd ihren Rock ab, er war aus weißem Satin und fiel wie eine Sommerwolke auf den Teppich. Die Augen drangen ihr fast aus dem Kopf vor Angst.

„Wie hat er dich genommen?“, fragte Pete mit zusammengepressten Lippen in sachlichem Ton. Wieder packte er sie am Genick und schüttelte sie heftig, sie war steif und fror fürchterlich. Die Bäume warfen im schwachen Licht einer Laterne ein Spitzenmuster an die Wände. Sie drehte sich und wollte sich seinem Griff entwinden, eine trotzige Wut ballte sich in ihr zusammen.

Als er sie kurz losließ, streckte sie ihre nackte Brust vor und sagte laut: „Immerhin fickt er normal, anders als du.“

Er schnellte vor und schlug ihr ins Gesicht. Der brennende Schmerz war eine Erlösung. Sie zitterte am ganzen Körper, sie verfluchte den Comte, weil er sie nicht rechtzeitig herausgeholt hatte. Sie fing an, Pete wüst zu beleidigen. Er presste ihr einen Knebel hinter die Zähne, Celine fürchtete sich ernsthaft. Sie kauerte sich zusammen. Er hielt einen Stock in der Hand und mähte sie nieder mit einer unbeherrschten Flut von Schlägen. Celine fiel hin, rappelte sich hoch, fiel wieder auf den Teppich, er schlug auf sie ein wie ein Besinnungsloser, der Vulkan seiner maßlosen Wut begann sich zu entladen. Celine hockte vor ihm, zusammengekauert, ihre Hände baumelten herab, ihre Augen wurden glasig. Zitternd wartete sie auf das Ende.

Sie blickte ihn aus erschrockenen Augen an, sie war ihm in die Falle gegangen. Ihr Gesäß begann zu brennen, er zeichnete ihre Beine, erbarmungslos drosch er auf sie ein. Doch die physischen Schmerzen löschten nicht ihre Trauer über die Trennung vom Comte und die sinnlose Vergeudung ihrer Liebe. Er schwang den Stock, Wellen von Farben explodierten vor ihren geschlossenen Augen aus dem Schmerz heraus. Als sie blinzelte, sah sie Petes geballte Faust. Sein Gesicht war stark gerötet. Dann schüttelte er sich und ließ den Stock fallen. Er stand vor ihr mit diesem intensiven Blick in seinen Augen, einer unergründbaren Tiefe, einer großen Verwunderung darüber, was Celine getan und was das in ihm ausgelöst hatte. Celine wartete, sie horchte, doch zunächst kam nichts, einfach nichts. Er hob den Stock wieder auf, seine Finger wanden sich hart darum.

Es war wie ein innerlicher Tod für Celine, sie bereitete sich auf einen weiteren Angriff von ihm vor. Verzweifelt warf sie den Kopf zurück. Er griff nach der Kette mit dem grünlichen, in Gold gefassten Anhänger, den er ihr geschenkt hatte wegen ihrer Augenfarbe. Er riss daran, bis sie zu Boden fiel. Der Stein rollte über den Boden. Celine schluckte. Sie erinnerte sich daran, dass sie sich wie eine Prinzessin gefühlt hatte, als er ihn ihr geschenkt hatte. Er hob den Stein auf und hielt ihn mit zusammengepressten Lippen gegen das Licht. Dann warf er sich plötzlich über Celine, packte sie hart, drückte ihr ohne Vorwarnung zwei Finger in die Scham.

„Hat er dich hier gefickt?“ Sein Gesicht war verdunkelt. Celine seufzte tief, ihr Körper schmerzte nach den Schlägen. Er drückte ihre Schenkel und ihre Schamlippen weiter auseinander und schlug hart auf das weiche Innere ihrer Muschel, so, als wollte er den Akt mit dem Comte auslöschen.

„Ich wollte, ich könnte ihn dir herausreißen!“, sagte er, und eine glühende Flamme brannte in seinen Augen. Nie zuvor hatte Celine ihn so außer sich erlebt. Wieder und wieder sah sie zu dem grünen Stein hinüber, und die Wucht einer grenzenlosen Mutlosigkeit sank auf sie herab. Sie hielt ihre Augen starr auf den Boden gerichtet, um seiner eisigen Wut auszuweichen. Er schob ihr wieder seine Finger hinein, und als könnte er nicht tief genug Besitz von ihr ergreifen, arbeitete er sich mit vier Fingern in sie vor, als wollte er sie aufreißen. Pete wollte Celine unbedingt besitzen, aber je tiefer er stocherte, desto weiter rückte sie innerlich von ihm ab. Schließlich sah er sich genötigt, sanfter zu werden. Er rieb schnell mit dem Daumen über ihre Klitoris, so wie sie es gerne mochte. Mit großer Geschicklichkeit gelang es ihm, sie zu erregen. Als sie feucht wurde, triumphierte er lautstark. Celine begehrte ihn wieder, obwohl sie sich gleichzeitig dafür verachtete. In seinen Augen schien sie kapriziöser und fantastischer als je zuvor zu sein. Er ruhte nicht, bis er sie mit vier Fingern penetriert hatte, und sie verging vor Lust. Pirouettenartig drehte sie ihm ihren Unterleib entgegen, spitzte aufreizend ihre Lippen, er dehnte ihre Scham, kreiste tief in ihr, berührte einen geheimnisvollen Punkt, bei dem sie sich aufbäumte. Kurz vor Celines Höhepunkt zog er seine Finger zurück und schob ihr seinen prall erigierten Penis mit einem einzigen glatten Stoß hinein. Es war eine Inbesitznahme. Celine spürte seinen massiven Schaft mit der kugelförmigen Eichel, er peinigte und erregte sie gleichzeitig maßlos. Pete wurde immer entschlossener, beugte sich vor, berührte ihre Lippen und küsste sie hart.

Er war von Ehrgeiz verzehrt, den Comte in Celine auszustechen, ergriff ihre Beine und stemmte sie hoch in die Luft, um noch weiter eindringen zu können. Er wollte sie brechen, sie gefügig machen. Zwischen ihnen entstand eine nie gekannte Heftigkeit, und er durchbrach die Schale, mit der sie ihre Seele umgeben hatte. Etwas Starres und Entrücktes zeichnete sich auf Petes Gesicht ab. Mitleidlos drang er wieder und wieder in sie, zog sich fast ganz zurück, um in einer neuen Woge noch stürmischer hineinzustoßen.

Wieder küsste er Celine, sie spürte seine Bartstoppeln. Das Zimmer schien voll von Lichtern und Schatten, wehenden Vorhängen, alten Kästchen. Weit in der Ferne schien Gold zu flimmern. Celine unterwarf sich ihm, ihre Augen füllten sich mit Tränen. Ihre Beine ragten hoch in die Luft, sein Schwanz in ihr war immer noch zum Bersten hart. Pete nahm sie in seine Arme und begann sie zu liebkosen, vom Haar bis zu den Knöcheln, er ließ nichts aus. Er war leidenschaftlich wie nie zuvor, sie spürte seine Eifersucht auf den Comte, und plötzlich wollte sie ihn so sehr, dass ihr Herz schneller schlug und ihr Hals eng wurde. Sie dachte, sie würden nie wieder ans Tageslicht zurückkehren. Sie bekam Angst vor der unerklärlichen Heftigkeit der Anziehung zwischen ihnen, seufzte ununterbrochen.

Er hielt sie ganz fest, schob eine Hand zwischen ihre Pobacken, weitete die zitternde enge Öffnung und vergrub einen Finger darin. Gleichzeitig küsste er sie begierig, leckte ihre Zunge. Celine wimmerte und fühlte eine süße Qual, der Finger drang immer tiefer in ihren Anus, sie versank in eine Trance der Lust.

Pete zeigte keinerlei Ermüdungsanzeichen, sie verloren jedes Zeitgefühl, ihre Scham brannte, sie bebte ihm entgegen. Seine Finger streichelten den Schaft ihrer zuckenden Klitoris, sanft und leicht waren seine Berührungen. Schließlich beschleunigte er seine Bewegungen, und sein Penis begann in ihr zu pulsieren, Celine ließ sich völlig gehen, kratzte über seinen Rücken, das herausspritzende

Sperma trieb sie in einen wilden Höhepunkt. Die Mauer zwischen ihnen war gefallen. Die ganze Zeit über, während er sich in sie entleerte, blieb er tief in ihrer Scham. Während sie kam, sah sie seinen Penis vor ihrem inneren Auge, wie er cremige Ströme in sie schleuderte, die sie gierig einsaugte. Celine war tief erschüttert. Als sein Orgasmus verebbte, zog er sich zurück und sah sie vorwurfsvoll an. Er sprach nichts, legte sich auf den Rücken und starrte unverwandt zur Decke.

Celine rollte sich zusammen und nickte vor Erschöpfung kurz ein. Er stieß sie an, sein Gesicht wirkte maskenhaft, sein Penis war bereits wieder hoch aufgerichtet, fast lila schimmerte die Eichel. Das Zimmer schien schattiger, die Ecken wirkten dunkler. Gewaltsam zog er sie an einer Hand hoch und schob sie ins Bad.

Er hob Celine auf den Rand des massiven Waschbeckens, das perlmuttfarben schimmerte und mit rosa und grauen Äderchen durchsetzt war. Sein großes Glied streckte sich ihr entgegen. Sie verschränkte die Arme hinter seinem Nacken, öffnete die Beine, und schon drückte er sie auf seinen Penis hinunter. Tränen rannen über ihre Wangen, als er schwer in sie einbrach. Celine presste ihre Beine gegen seine Hüften und half ihm weiter einzudringen in die Tiefe ihres Körpers. Sie wurde gegen ihren Willen in das Geschehen hineingezogen, wand sich, klammerte sich an seinen Nacken, schluchzte, stöhnte. Er machte sie völlig verrückt mit seinen Stößen, und sie merkte nicht einmal, dass er ejakulierte. Er trieb seinen Penis so entschieden hinein wie einen Meißel, als wäre er entschlossen, seinen Weg zu ihrem Herzen zu erzwingen. Und ob es Einbildung war oder nicht, ihre neue Verbindung erschien Celine von einer bisher nicht gekannten, tiefen Bedeutung.

Als er von ihr abließ, lächelte er zum ersten Mal. Abrupt verließ er sie, ließ sie einfach auf dem Marmorboden des Bades stehen und stieß hervor: „Ich werde zurückkommen, ich werde ihn aus dir heraustreiben!“

Celine seufzte tief, sie glaubte ihn zu verstehen, auf den Grund seines Wesens zu sehen.

Sie drehte die Dusche an, ließ das Wasser über sich fließen, bedeckte ihren Körper mit rosenfarbenem Schaum. Sie rieb sich ab mit einem weichen Handtuch, sprühte ihren Lieblingsduft in die Achseln, der sie an die grünen Wiesen ihrer Kindheit erinnerte, und bürstete ausgiebig ihre Haare. Doch das Wasser löschte ihren inneren Aufruhr nicht. Pete war eine ungeheure Herausforderung, sie konnte ihm nicht entkommen. Nie gelang es ihr, ihre Gefühle vor ihm zu verbergen. Alles kam ihr ungeheuerlich, fast absurd vor. Sie schlüpfte in ihre Schuhe, auch sie waren ein Geschenk von Pete, sehr schmal und elegant, aus dem weichsten und schmiegsamsten Leder angefertigt.

Zu müde und erschöpft um weiter nachzudenken, fiel sie aufs Bett. Pete schien ihr nicht mehr zu zürnen, er war zärtlich und spöttisch, wütend und dumpf gewesen, alles zugleich. Noch immer liefen ihr Schauer das Rückgrat hinunter, wenn sie an ihn dachte. Zu welch wildem Tanz er sie verführt hatte, sie, die doch glaubte, den Comte zu lieben. Sie fiel in einen tiefen Schlaf.

Als sie wieder erwachte, stand die Sonne schon tief am Himmel. Ungeweinte Tränen brannten in ihrer Kehle, auf ihrem unaufgeräumten Nachtkästchen lagen Brotkrümel und die Spiralen von Orangenschalen. Sie zitterte, war aber dennoch merkwürdig gefasst. Für Pete empfand sie Zärtlichkeit und Bedauern für den Comte.

Mit einer schnellen Bewegung stand sie auf, eilte nackt zur Tür und versuchte die Klinke hinunterzudrücken – doch vergeblich, sie war eingeschlossen. Die untergehende Sonne durchflutete das Zimmer und warf Schatten in die Ecken. Celines alte Störrigkeit regte sich wieder, Gedanken überschwemmten sie, drangen vor und zogen sich zurück. Pete versuchte sie aufzubrechen, doch sie würde sich verschließen wie eine Auster, solange er bei Sigrid blieb. Schwerfällig fiel sie zurück aufs Bett. Sie trank einen Schluck Cognac aus dem Glas, das sie auf ihrem Nachtisch fand. Dann hob sie ihr grünes Kleid und die zerrissene Kette vom Boden auf. Den Stein suchte sie vergeblich. Sie starrte auf die Muster, die die Sonne auf den Teppich warf, stand still an ihrem Tischchen, und die untergehende Sonne goss ihr letztes Licht über sie.

Lautlos öffnete sich die Tür, und ein Mädchen, das Celine nie zuvor gesehen hatte, betrat das Zimmer mit einer Schale Obst und einem gelb leuchtenden Mangokuchen. Sie hatte ein glattes Puppengesicht und langes Haar, eine kleine Nase, Ohrgehänge mit dicken Holzkugeln und sah aus, als könnte kein Wässerchen sie trüben, trug ein T-Shirt, weiß mit leichten grauen Streifen und um die Taille einen aus mehreren Strängen gewundenen Ledergürtel. Celine entdeckte den schwarzen Stock der Aufseherin an ihrer Seite baumeln. Sie erschrak. Das Gesicht des Mädchens schien völlig leer, als wäre ihr alles gleichgültig.

„Ich bin der Ersatz für Kia", sagte sie, und ein seltsames Lächeln spielte über ihre ebenmäßigen Züge. Sie stellte das Tablett ab, und dann, ohne jede Vorwarnung, zwickte sie Celine fest in den Oberarm. Sie lächelte diabolisch, und bevor Celine sie etwas fragen konnte, war sie bereits wieder verschwunden.

Celine fühlte sich gedemütigt. Sie blickte durch die Gitterstäbe aus dem Fenster auf die glänzenden Dächer der Wagen, die zu den abendlichen Besuchen vorfuhren. Ihr war heiß in diesem Zimmer, sie war eingesperrt. Alles um sie herum schien zusammenzustürzen. Ein weißer Falter schlug mit den Flügeln an die Lampe. Sie fühlte sich unaussprechlich allein, ihre Gefühle für Pete kippten wieder. Sie vermutete ihn bei Sigrid. Lange saß sie in der Nacht am Fenster, sah zu, wie der Himmel sich veränderte, wie Wolken über die Sterne hinweg zogen und sie dann wieder frei gaben. Sie wusch sich, aß ein wenig Kuchen. Allmählich nahm die Einsamkeit den Druck von ihr, niemand sah sie, sie konnte schweigen und musste niemanden belügen. Sie sah auf ihre wohlgeformten Beine und lackierte ihre Nägel himmelblau, betrachtete die vielen Kleider, die glänzenden Stoffe, die guten Schnitte, die sie hier bekommen hatte. Sie dachte an ihr Leben als kleines Mädchen auf dem Bauernhof, an ihren künstlerischen Ehrgeiz, der erloschen war.

Erschöpft legte sie sich aufs Bett. Die Morgendämmerung züngelte schon rötlich über den Himmel, als sie endlich einschlief. In der Ferne hörte sie einen Vogel rufen.

Als sie wieder erwachte, in diesem seltsamen wellenartigen Rhythmus, den ihr das ständige Alleinsein auferlegte, saß Pete neben ihr. Sie hatte ihn nicht kommen hören. Ein leichtes Kribbeln lief über ihren Rücken, sie blinzelte. Er sah ihr tief in die Augen und fragte nicht ohne Ironie: „Und, träumst du immer noch von ihm? Gib's zu, der schwarze Hurensohn erregt die Fantasie der Frauen!"

Celine lachte wider Willen, sie erhob sich, stützte sich auf einen Ellbogen und streckte sich. Pete legte die Handflächen zusammen, als erweise er ihr eine Huldigung, verbeugte sich ironisch und sagte: „Zu Ihren Diensten, Madame!" Er reichte ihr ein Glas Prosecco. Dann zog er ihr die Decke weg und begann ihren Körper zu berühren, sie zu kitzeln. Er schaukelte sie hin und her und warf silberne Kügelchen Schokoladenpapier nach ihr, packte ihren Po und wackelte mit dem Finger.

Celine lachte. Wieder wusste sie nicht, was sie überkam. Plötzlich zog sie ihr dunkelblaues Seidennachthemd hoch und entblößte ihren Bauch. Sie hob ihre leicht gebeugten Beine in die Luft.

„So, so", sagte Pete und schnaubte. Er berührte ihre Brüste, dann öffnete er seine Hose und penetrierte sie mit einem einzigen Stoß. Seine Hast verursachte Celine ein neues Vergnügen. Wieder verlor sie jede Zurückhaltung und presste selbst ihre Brüste mit beiden Händen. Ihre eigenen Berührungen, und Petes wilde Stöße entzündeten ein unglaubliches Feuer in ihr, das sie aufschreien ließ. Pete kam schnell, und Celine schrie wieder in äußerster Lust. Pete warf den Kopf zurück, und mit gedämpfter Stimme zog er sie wegen ihrer Gier auf. Er erinnerte sie an einen gerissenen kleinen Jungen, denn er tauchte seine Finger in ihre Scham und führte sie an seine Lippen – seine Augen glänzten heiter. Dann klingelte das Telefon, ein Kunde wartete auf ihn.

Pete erhob sich schnell und rief Massa, das neue Mädchen. Er befahl ihr, Celine zu reinigen. Dann verließ er wortlos das Zimmer. Celine musste warten, bis er wieder bereit war, sie zu besuchen. Als er den Raum verlassen hatte, war sie bestürzt darüber, wie leidenschaftlich sie sich ihm hingegeben hatte. Etwas Seltsames geschah zwischen ihnen, er strafte sie nicht mehr, wie er es früher getan hatte, er nahm sie nicht mehr wie eine Küchenmagd.

Celine hatte keine Zeit, über die Veränderungen in ihrer Beziehung nachzudenken, denn Massa betrat das Zimmer mit federndem Gang und schwenkte die Hüften unter dem geflochtenem Gürtel. Celine konnte das Rascheln ihres Kleides hören, als sie das Zimmer betrat. Das Mädchen näherte sich ihr, und ihre kleine Hand versetzte Celine mutwillig einen Schlag. Sie füllte das Zimmer mit dem Aroma ihres Parfums und ihrer Arroganz. Dann kommandierte sie Celine unter die Dusche.

Sie begann mit ihren zierlichen Fingern Celines Körper mit einem orangefarbenen Schaum einzureiben. Das Wasser plätscherte. Sie übergoss Celine mit den verschiedensten Düften und Shampoos und schob ihr eine Hand zwischen die Beine. Celine errötete und presste ihre Schenkel zusammen. Massa versetzte ihr mehrere harte Schläge auf die Oberschenkel, wieder berührte sie mit ihrer weißen Hand Celines nassen Schlitz.

Sie duschte den Schaum ab und zwang Celine, mit offenen Beinen stehen zu bleiben, dann trocknete sie sie ab. Dabei summte sie ein kleines Lied und stieß dann Celine aufs Bett zurück. Massa zerrte ihren Minirock hinunter, unter dem sie nackt war und legte sich auf Celine. Sie vergrub ihr Gesicht an Celines nacktem Bauch, zog Celines Scham auf und steckte ihre Finger in den Schlitz.

Celine wollte sich wehren, aber sie war schon mit Pete viel zu weit gegangen, eine Grenze war überschritten. Massa stöhnte und begann Celines Scham zu küssen, während Celine bewegungslos und schweigend dalag, und sich ihre Knie öffneten.

Massa zog Celines Beine weiter auseinander, rieb Celines Schamlippen und nahm ihren Kitzler zwischen Finger und Daumen. Celine schloss die Augen und ließ sie gewähren, ihre Arme fielen schlaff herunter. Massa leckte über die Klitoris, zog sie in ihren Mund, bewegte sie wie einen kleinen Penis. Massas Finger waren weich gepolstert. Aus halb geschlossenen Lidern sah Celine, dass sie sich ihren Mittelfinger in die eigene Vagina schob, dann strichen ihre nassen Finger über Celines Pobacken. Zielstrebig führte sie einen Finger in die enge Öffnung ein, und Celine stöhnte auf. Sie rieb sie, leckte sie und berührte sie mit der Hand, bis Celine mit einem konvulsivischen Zittern kam. Massa hielt Celines Spalte weiter auf und leckte wieder hinein. Dann drehte sie Celine um. Sie zog ihr den Stock über den Po und sagte immer wieder:

„Du böses, böses Mädchen!" Dabei machte sie es sich mit der anderen Hand selbst. Je mehr sie sich ihrem Orgasmus näherte, desto wilder schlug sie Celine, fuhr mit dem schwarzen Stock durch ihre Ritze, scheuerte hinein. Schließlich kam sie heftig atmend.

Ihre Wangen waren rosig überzogen, sie schlug Celine noch ein paarmal heftig und ließ sie in peinigenden Empfindungen zurück. Celine drückte sich flach auf das Bett und fühlte sich wie ein kleines Mädchen.

Nach einiger Zeit erhob sie sich und sah sich im Spiegel an. Sie sah widerspenstig aus, fast trotzig. Ihre Wangen waren leicht gerötet, ihre Haut schimmerte pfirsichfarben, ihre Zähne waren von einem mandelhellen Weiß, ihr Haar mit dem hellen Kupferton, der so selten war, fiel glänzend und seidig auf ihre Schultern. Ihre Augen schimmerten grünlich wie das Meer am frühen Morgen an fernen Küsten, und doch fand sie sich zunehmend verderbter, schämte sich für ihr heftiges Verlangen nach Pete. Sie bückte sich, um ihr Haarband aufzuheben. Die

Lustgefühle, die Massa in ihr erweckt hatte, hatten ihr einen außerordentlichen Schlag versetzt. Klassische Klaviermusik klang durch die Villa.

Sie wandte sich vom Spiegel ab, vom Garten hörte sie Geräusche und das silberhelle Lachen von Goldie. Irgendwo knallte eine Tür. Brendan spielte eine Bachfuge, er war ziemlich melancholisch in letzter Zeit. Celine verzehrte mit großen Bissen den Mangokuchen. Dann sah sie wieder hinunter auf das Grün der Lorbeerbüsche direkt vor ihrem Fenster. Eine Biene torkelte durch den Raum. Celine sehnte sich danach, endlich wieder in den Garten hinauslaufen zu können, um ihrer Einsamkeit und ihrem quälenden Gewissen zu entfliehen. Sie hatte die Liebe zum Comte verraten und beschmutzt, war von Pete stärker erregt worden als je zuvor. Unten streunte eine magere rotweiße Katze, sie erinnerte Celine an das Tarotcafé.

Eine eigenartige Unruhe erfasste sie. Sie wollte endlich den seltsamen Bann brechen, den Pete ihr aufzuerlegen schien, ihre Situation klären, wieder frei sein. Flüchtig erwog sie, die Glasscheibe des Fensters zu zerschmettern.

Hastig trank sie den Rest des kalten Kaffees und sah wieder hinaus durch die weißen Gitterstäbe. Draußen tobte Goldie wie ein kleines Mädchen herum, hüpfte, rannte über die Wiesen. Celine träumte sehnsüchtig von Weißdornhecken, den hohen Farnen, dem kleinen Tor in der Gartenmauer, das sie unlängst entdeckt hatte, und von der hohen Eiche, die wie eine Wächterin frei stand, von Krähen umkreist.

Ihr Herz blieb unruhig. Wehmütig dache sie daran, dass Pete sie hier einsperrte. Sie dachte viel zu viel an ihn, an sein eisgraues Haar, das sich stoppelig anfühlte, an diese schmalen Lippen, die sie so heftig geküsst hatten, auch an die Fältchen, wenn er lächelte, das Kinngrübchen und die ziemlich großen Ohren. Enttäuscht starrte Celine durch das Glas, immer noch rannten unten Goldie und Bette herum, die langen roten Haare flatterten hinter ihr im Wind wie wedelnde Fangarme. Bette trug eine leichte Chiffonbluse mit weinroten Tupfen, unter der sich ihre rosa Brustwarzen abzeichneten. Die Sonne ging schon unter, die weißen Wolken färbten sich rötlich. Bette und Goldie umarmten sich und begannen sich zu küssen.

Goldie hob Bettes federleichten Rock und krallte sich in ihre weißen bebenden Hügel. Celine wandte sich schnell ab. Der Anblick dieser Laszivität rief ihr ihre eigene Treulosigkeit ins Gedächtnis, und sie fühlte sich schäbig. Selbst der sonderbaren Bette schien es gut zu gehen. Nur Celine konnte nicht das haben, was sie wollte, wobei sie nicht einmal sicher war, was genau das war.

In diesem Augenblick betrat Pete das Zimmer, er trug ein Tablett mit Sandwiches und Sektgläsern. Aufgewühlt sah Celine ihm entgegen. Diesmal würde sie nicht länger schweigen. Sie ballte ihre Hand.

„Kann ich wieder in den Garten?" Als Pete nicht antwortete, fragte sie einfach dreist weiter: „Hast du Kia entlassen?" Sie packte einen Strumpf, der auf dem Bett herumlag, quetschte ihn in ihren Fingern, starrte auf ihre pastellfarbenen Fingernägel. Der Druck ihrer Finger schien ihre Angst zu lindern. Pete antwortete nicht, sie war enttäuscht.

Nach einer Weile fragte er: „Liebst du ihn?". Celine verfiel in ein trübsinniges Schweigen. Pete hatte wieder dieses sonderbare Lächeln, das nichts Gutes verhieß. Sie fühlte sich plötzlich gehemmt. Er setzte sich zu ihr aufs Bett, und seine Finger fuhren durch ihr Haar, pressten ihren Nacken, dass es schmerzte.

„Ich will das nicht", wagte Celine zu sagen. „Wo ist Kia, was hast du mit ihr gemacht?" Er lachte bloß, seine Finger erforschten ihren Rücken, wanderten ihre Wirbelsäule hinab, packten ihr Gesäß. Er heftete seinen außergewöhnlich intensiven Blick, der immer dasselbe bedeutete, auf Celine. Er begehrte sie.

„Immer nur Sex!", murrte Celine. „Ich will in den Garten!" Pete krümmte sich leicht und entblößte seinen erigierten Penis. Seine Eichel erreichte ihren Nabel. Gegen ihren Willen bewegte Celine fast unmerklich ihren Unterleib, hob sich ihm entgegen. Dabei schimpfte sie, dass er endlich mit ihr reden sollte. Seine Hände wanderten wortlos zu ihren Schultern hoch, krallten sich dort fest, übten Druck aus, damit Celine nach unten rutschte.

„Wirst du wohl folgen!", sagte er heftig. „Ich teste deinen Gehorsam, solange ich will." Celine zog wütend die Schultern hoch, gab nach. Einen Augenblick lag ihr Gesicht auf seiner Brust, die nach Sandelholz duftete, danach empfing ihr Mund seine glühende Eichel.

Doch dann wollte sie nicht mehr. Er hatte ihr wieder nicht geantwortet, er hielt sie endlos hin. Lustlos leckte sie an seinem Schaft, sie wollte ihm nicht den Genuss ihrer Zunge verschaffen. Bockig saß sie da. Er war enttäuscht und stieß sie brüsk zurück.

„Dann werde ich dich rammen", sagte er mit Genugtuung, „so geht das nicht schon wieder mit deinem vorlauten Mund." Celine hatte nicht einmal die Zeit sich zu fragen, wohin sein Stimmungsumschwung führen würde, da hatte er sie bereits gepackt. Sie war desillusioniert, dachte, dass er nichts verändern, Sigrid nie wegschicken würde. Sie konnte ihn nicht besitzen. Er zwang Celine, sich auf die

Seite zu drehen, presste ihr Kinn hinunter, ließ sie die Beine anziehen, bis ihre Knie fast ihre Brüste berührten wie bei einem Embryo. Dann begann sein knochenharter Penis sich von hinten einen Weg in die Öffnung ihres Gesäßes zu bahnen. Celine runzelte die Stirn, sie war wütend und eng und brauchte alle Willenskraft, um nicht aufzustöhnen. Wieder wurde ihr bewusst, wie mächtig sein Glied war.

„Du bist ein Ungeheuer!“, flüsterte sie vor sich hin. Er stieß weiter in das Innere ihres Leibes vor. Irgendwann begann die Lust den Schmerz abzulösen, und Celine erreichte fast überraschend den Orgasmus. Doch er hörte nicht auf. Sie weinte, denn er stieß sie weiter mit Kraft und Ausdauer, bis neue Spasmen der Lust sie schüttelten. Nun schrie sie lauter als bei seinem Eindringen, zum Teil, weil sie ihn ärgern wollte. Wieder sagte sie, diesmal halblaut: „Du bist ein Ungeheuer!“

Es dauerte endlos, Celine wusste nicht, ob es Stunden oder Minuten waren, die vergingen, bis er sich endlich ergoss. Sie hatte das Gefühl, dass sie eine Art Tauziehen veranstalteten und fand es langsam entsetzlich mühsam. Er sah sie an, als hätte er ein weiteres Mal gesiegt, dann ging er ohne Worte und ließ sie allein auf dem Bett zurück. Die Dunkelheit lastete auf ihr, auf einmal bedrückte sie alles maßlos.

Lange würde sie diese stumme Gefangenschaft nicht mehr ertragen können. Ihr Geist revoltierte heftig.

Draußen im Park flammten Lichter auf, es wurde ein weiteres Fest gefeiert. Celine ging zum Fenster. Schemenhaft sah sie nackte Mädchen mit Blütenkränzen und ein Meer von Gästen. Sie wurde noch wütender auf Pete, der ihr das alles vorenthielt. Mit wildem Herzklopfen suchte sie die Silhouette des Comte, vielleicht würde er sie heute Nacht, wenn alle nicht mehr nüchtern waren, zu befreien versuchen. Zu ihrer Enttäuschung entdeckte sie ihn nirgends. Ihr Blick blieb an einem neuen Mädchen hängen, das mit einer hellen Haarkrone in einem Lichtstrahl stand. Das Licht durchdrang die violette Nacht, die wie Samt um sie herum lag. Das Mädchen schien wie ein Zauber überdeutlich aus der Nacht aufzutauchen. Sie legte ihre Tunika ab, die vom Wind aufgebauscht wurde, an ihrem Leib herabglitt und den gebeugten Rücken mit der langen Furche entblößte. Celine starrte sie an. Der Stoff hing einen Augenblick auf den Hüften des Mädchens. Celine fand sie so bezaubernd, als wäre sie einem antiken Traum entstiegen. Nun berührten sie die Männer. Andrasch und Brendan spreizten ihre Beine, bemächtigten sich sofort ihres Geschlechts. Dann trat ein großer Mann mit krausen Haaren und dicken Lippen vor. Er kniete sich zwischen ihre Beine und führte seinen Penis ein. Das

Mädchen wehrte sich, als wäre sie noch Jungfrau. Celine beobachtete, wie das riesenhafte Glied sich tiefer und tiefer in die Scham hineinschob.

Als er schließlich bis an die Grenzen seiner Möglichkeiten in sie eingedrungen war, stieß er mit unvermittelter Raserei los. Das Mädchen heulte bei jedem Stoß auf. Die Schreie erregten ihn offenbar nur noch stärker, sein Körper durchdrang sie heftig. Er setzte den Verkehr noch lange Zeit fort, presste die Brüste seines Opfers und zuckte immer wieder in lustvollen Spasmen. Er bearbeitete sie mit einer brutalen Leidenschaft, bis er sich schließlich entlud. Celine tat das Mädchen leid, sie begann Hass auf Pete zu empfinden. Sie sah sich mit Pete, Szene für Szene, und wandte sich ab. Zum ersten Mal seit Tagen sehnte sie sich nach dem Comte.

Als sie wieder in die Nacht hinaussah, stöckelte Sigrid die marmornen Stufen der Villa hinunter. Plötzlich entdeckte Celine den Comte, ihr Herz begann wild zu schlagen. Er stand abseits und hatte Mara den Arm um die Schultern gelegt, sanft umschloss er ihre Hand. Mara öffnete ihre Arme, sie begann zu glühen. Celine erschrak. Neben ihm stand auch Antoinette mit dem mürrischen Gesichtsausdruck, den Celine schon im Tarotcafé an ihr wahrgenommen hatte. Verzweifelt versuchte sie, im Gesicht des Comte zu lesen, aber es war undurchdringlich, und er entschwand in den Schatten der hohen Laubbäume.

Sie versuchte zu schlafen, aber das Gefühl, dass der Comte dort unten stand, getrennt von ihr, völlig unerreichbar und gleichzeitig doch so nah, quälte sie. Ihre Finger begannen zu zittern, viele Fragen bedrängten sie, auf die sie keine Antwort fand. Warum hatte der Comte nichts unternommen, um sie aus Petes Gewalt zu retten? Warum empfing Pete den Comte und zürnte ihm nicht? Sie fand keine Antworten und begann allen zu misstrauen. Sie fühlte sich wie ein Spielball unbekannter Mächte, die sie immer weniger einzuschätzen wusste. Es gab keine einzige Menschenseele in der ganzen Villa, der sie trauen konnte. Ihr wurde übel, ihr Magen drehte sich um, schweigend lag sie im Bett und fühlte Grimm in sich aufsteigen. Zähneknirschend schwor sie sich, sich mit allen Mitteln zu sträuben, wenn Pete wiederkam.

Am nächsten Morgen, einem regnerischen Tag, der das allmähliche Ende des Sommers einleitete, stand Celine nicht auf. Sie fühlte sich unbedeutend und verzweifelt, sie passte nicht zu den schnatternden aufgedonnerten Frauen der Villa, die sich keinerlei Gedanken zu machen schienen. Sie konnte ihr Alleinsein und die Ungewissheit über alles, was über sie verhängt worden war, nicht länger ertragen. Sie wollte nur noch dahindösen in einer grauen Zwischenwelt. Tief verbarg sie ihr Gesicht in den Kissen. Der Comte hatte sie zurückgelassen in einer feindlichen und grausamen Welt. Sie fühlte sich plötzlich wie ein einfaches Bauernmädchen, zu ungeschickt, um ihre Gefühle zu verbergen, allein angetreten gegen böse Machenschaften, gegen unglaubliche Verderbtheit und Herzlosigkeit.

Sie fröstelte, die erotischen Nebel der vergangenen Tage waren verschwunden, der Comte hatte sie verraten. Sie schrie um Hilfe in die Kissen.

Massa trat ein, Celine bewegte sich nicht. Sie war schockiert von der letzten Nacht. Massa und ihre erotischen Spielchen waren ihr sehr unangenehm. Sie sah nicht auf, stellte sich schlafend. Doch Massa zog Celine fest an einer Haarsträhne und kündigte an, Pete warte schon in seinem Büro. Celine protestierte laut, sie wollte nicht schon wieder preisgegeben werden. Massa kniff ihr in die Nippel. Celine kroch aus dem Bett und starrte in den Regen hinaus. Draußen war alles grau, der Boden weichte auf, die Blätter tropften. In der Villa herrschte ein dämmriges Halblicht. In Celine brodelte es, als sie Massa folgte. Das Mädchen versetzte ihr kleine beißende Stockschläge, die sie vorwärtstrieben. Frauen, an denen sie vorbeiliefen, wichen ihren Blicken aus, wandten sich ab von der Verräterin, als die sie Celine wohl betrachteten.

Petes Tür öffnete sich wie immer geräuschlos, Massa schob Celine hinein und zog ihr noch ein letztes Mal den Stock leicht über den Po. Celine sah sich Pete und Sigrid gegenüber. Der arroganten Frau fühlte sie sich heute nicht gewachsen. Ihre Empörung kochte über, brüsk wandte sie sich ab.

Sigrid zog den linken Mundwinkel verächtlich nach unten. Sie trug rubinrote lange Ohrgehänge, ihr Haar rieselte üppig herab auf ihr Rosenkleid, das fast durchsichtig war. Sie trug nichts darunter, ihre spitzen Brüste und ihre schmalen Gesäßbacken zeichneten sich ab. Sigrid trat auf Celine zu und versetzte ihr eine Ohrfeige. „Schau nicht so widerwillig!"

Celine mied den Blick in ihre Augen und suchte Pete, doch er wich ihr aus und sagte leise, als wäre es ihm unangenehm: „Ich überlasse die Strafe, die dir zusteht, heute Sigrid." Celine fühlte den Wunsch in sich aufsteigen, Sigrid das Gesicht zu zerkratzen, sie zu massakrieren, sie begann vor Wut zu zittern.

Sie warf Pete bestürzte Blicke zu, doch er senkte nur den Kopf.

Sigrid lächelte maliziös, schwang sich auf Petes Schoß und streichelte über die Erektion, die sich dort bereits beulte. Sie küsste ihn, leckte mit der Zunge in seine Ohrmuschel und öffnete schließlich seinen Reißverschluss. Kundig massierte sie sein Glied, strich über seine Hoden. Petes Schenkel begannen sich zu verkrampfen, er schüttelte die Hosen ab, die Eichel war purpurrot. Wieder reizte Sigrid seine Hoden und auch die empfindliche Partie dahinter bis zum Rektum. Nie zuvor hatte Celine gesehen, dass Pete sich jemandem so weit öffnete. Plötzlich umschloss Sigrid das Glied mit aller Kraft und zog die Haut ruckartig nach unten. In starken Spasmen ergoss sich ein heftiger Strom Sperma.

Nachdem sie ihre erotische Macht über Pete demonstriert hatte, wandte Sigrid sich Celine zu.

„Knie dich hin!" Sigrids Lächeln vertiefte sich. Hilflos sah Celine wieder zu Pete hinüber, doch seine Miene blieb ausdruckslos.

Da Celine keine Chance sah zu entkommen, befolgte sie zähneknirschend den Befehl und ließ sich auf allen vieren nieder. Bleich und arrogant warf Sigrid den Kopf in den Nacken, ihre Lippen zuckten. Sie erinnerte Celine plötzlich an eine Eidechse mit gespaltener Zunge. Sigrid entblößte Celines Gesäß und spreizte ihre Beine auf. Celine wurde immer aufgebrachter, diesmal grauste es ihr fast vor Sigrids Spinnenfingern. Pete begann bereits wieder sein erschlafftes Glied zu reiben. Sigrid fesselte Celines Handgelenke mit einer dünnen Lederschnur und drückte ihr den Kopf auf ihre Arme hinunter. Selbstgefällig sah sie auf Celine hinunter.

Dann knebelte sie sie sorgfältig. Wieder betrachtete Celine Sigrids Hände, hagere Hände mit langen Fingern, nervöse, reizbare Hände, wieder sah sie den schimmernden Ring, der wirkte, als wäre er mit hellblauem Quellwasser gefüllt.

Sigrid drückte Celines Zunge hinunter, fuhr die Zähne entlang und steckte den Knebel tief hinein, dann verschnürte sie ihn hinter ihrem Kopf und legte ihr eine schwarze Augenbinde aus Samt an. Celine versteinerte in der Dunkelheit der Augenbinde. Mehr denn je erinnerte Sigrid sie an eine gefrorene Rose, sie trieb ihr bittere Dornen ins Fleisch. Sigrid begann Celines Brustwarzen ausgiebig zu behandeln, sie kratzte und kniff sie und quetschte die Brüste, bis Celine in ihrem stummen Ausgeliefertsein die Tränen über die Wangen liefen. Sie empfand einen tiefen Hass auf Sigrid, auf diese peinvolle und grausame Veranstaltung, nachdem sie sich Pete so nahe gefühlt hatte. Celine fühlte, wie an ihrem Anus ein dicker Holzpenis angesetzt wurde. Sigrid mühte sich lange vergeblich, ihn in das enge Loch einzuführen. Sie gab nicht auf, immer wieder setzte sie den Holzpenis an und versuchte, ihn in Celine hineinzuzwingen.

Als es ihr schließlich ein Stück weit gelang, explodierten vor Celines Augen rote Funken. Nun pfählte Sigrid sie gnadenlos, sie drückte den Phallus bis zum Ansatz in sie hinein. Celine gurgelte verzweifelt in den Knebel. Sigrid sagte langsam und sonderbar betont: „Ich besorge es dir in deinen Arsch, durch den Kücheneingang, wie Pete das nennt."

Sie lachte in einer fast irren Tonlage. Celine hörte das eintönige Rauschen des Regens und fragte sich, wie sie hatte glauben können, Pete habe sich verändert. Sigrid stocherte in ihr herum, kreiste, und Celine fühlte eine eigenartige Taubheit in den Gliedern. Erschlafft hing sie auf dem Teppich, kämpfte mit den Schmerzen und der neuen Erniedrigung durch ihre Feindin.

„Gefällt es dir?", fragte Sigrid Pete. Celine hörte keine Antwort, wahrscheinlich hatte Pete genickt.

Nun begann Sigrid sie auszupeitschen, ihr gepeinigtes Gesäß, ihre Oberschenkel, ihre Waden und sogar ihre Fußsohlen wurden malträtiert. Unter den grausamsten Schmerzen explodierten eigenartige Bilder in Celines Kopf. Sie sah Sigrid in rosafarbenem Samt, dann als Fuchs im Schnee, der seine halbtote Beute im Maul trug und federleicht davontrabte. Ihr wurde abwechselnd heiß und kalt, sie zitterte, und sie glaubte nicht lebend aus dieser Behandlung herauszukommen. In verzweifelten Schüben fragte Celine sich immer wieder, warum Pete Sigrid gewähren ließ und nicht endlich eingriff.

Wieder misshandelte Sigrid ihre Brustwarzen, bewegte den dicken Holzphallus in Celine, bis sie zu zerspringen glaubte. Celines Zuneigung zu Pete schien unter Sigrids grausamen Händen endgültig zu erlöschen, sie wurde zu kalter Asche und schmeckte plötzlich über alle Maßen schal. Alles schien stillzustehen, nur die unerträgliche Qual steigerte sich von Minute zu Minute.

Vor Schmerz halb von Sinnen hörte Celine blaue Vögel singen und sah Wasser fließen, sprudelnde Quellen, sah rosafarbene Muscheln unter Wasser erblühen, es schien nicht zu enden. Celine wollte auf Knien davonrutschen und sich in eine Ecke zwängen, sich endlich in Sicherheit bringen.

Doch weiterhin musste sie die Stöße mit dem Holzphallus und das Schlagen ihrer Brüste ertragen. Längst war Celine über eine unsichtbare Grenze getreten, grelle

Farben explodierten vor ihren Augen, formten farbige Schlangen und seltsame Muster, die sich verwoben und wieder auflösten.

Plötzlich schrie Pete laut: „Aufhören, aufhören!" Sigrid unterbrach ihren Folterrhythmus.

„Aber", setzte sie an, „sie ist noch nicht so weit, sie soll auf Knien winseln, mir die Hände küssen, nie wieder soll sie ihren roten Kopf erheben ..."

„Verschwinde!", schrie Pete. „Ich will *sie*, ich will Celine!"

„Aber", stammelte Sigrid und schien kurz zu schwanken, „du kannst sie ja jetzt ficken, wenn du das willst, chéri."

Doch Pete war aufgesprungen und trieb sie unbarmherzig aus dem Raum, die Tür fiel hinter ihr zu. Alles war still. Dann beugte er sich zu Celine und strich über ihre Wangen. Mit schnellen Bewegungen entfernte er den Knebel und die Augenbinde. Er drehte an dem Holzphallus, und Celine winselte. Sie weinte unaufhörlich, zuckte bei jeder seiner Berührungen zusammen, erwartete neue Übergriffe. Er schloss sie in seine Arme, versuchte sie zu küssen. Celine fuchtelte wild mit den Armen und zitterte unkontrolliert, ihre Zähne klapperten. Er holte eine weiche Decke und breitete sie über sie. Celine konnte sich nicht fassen, sie war völlig weggetreten, stammelte unzusammenhängende Worte von einer Füchsin, von Tod, von Sterben.

Pete hielt ihr einen Becher mit einem weißlichen Getränk an die Lippen und zwang sie, die Flüssigkeit zu schlucken. Sie schmeckte süß, doch unten schwamm etwas Bitteres darin, das Celine unmittelbar betäubte. Ihre Augen weiteten sich, sie bekam Todesangst, eine Taubheit breitete sich in ihr aus, aber Pete sah sie lächelnd an und sagte: „Keine Angst, schlaf jetzt, es wir dir gut tun."

Celine fiel in etwas Schwarzes, Verschlingendes hinein, sie war schrecklich verzweifelt, konnte nicht sprechen.

Sie träumte von einem weiten Fluss und sah Wildpferde galoppieren, wieder strich der Fuchs um Celine herum, ein Tier so weich wie Schnee, aber mit Zähnen aus Stahl, das sie biss und biss. Ihr Geist bestritt wilde Berg- und Talfahrten vom Leben bis zum Tod, stolperte zwischen wirren Bildern umher. Als sie erwachte, lag sie immer noch zugedeckt in Petes Zimmer. Draußen war es dunkel.

Celine hörte den Regen gleichmäßig aufs Dach prasseln. Dumpf fühlte sie die Schmerzen, die Sigrid ihr verursacht hatte. Immer noch sah sie eine brennende Flamme vor sich, grün wie ein Smaragd, bis sie merkte, dass es ein Licht war, eine schmale Lampe, die Pete hatte brennen lassen. Sie bewegte sich mühsam, versuchte aufzustehen, ihr Geist war immer noch von dem seltsamen Getränk umnebelt. Da stand plötzlich Pete vor ihr.

Er legte sich vorsichtig neben sie und flüsterte heiser: „Ich habe eine Leidenschaft für dich. Ich konnte nicht mehr mit ansehen, wie Sigrid dir Schmerzen zufügt.“ Er brach ab, als wunderte er sich über seine eigenen Worte. „Du bezauberst mich“, begann er wieder leise raunend und schmiegte sich enger an Celine. Er streichelte ihre geschundenen Brüste, ihren Bauch und ganz unwillkürlich glitt sein Schwanz in sie hinein. Er hielt ganz still, sie lagen ineinander getaucht wie auf einem anderen Stern. Celine war immer noch ein wenig im Rausch der Droge. Eine dunkle Lustwelle ergriff sie, auf der sie sanft schaukelte.

Er küsste Celine, ihre Stirn, ihre Augen und stieß sie ganz sanft in kleinen Kreisen. Sie liebten sich im Schein der grünen Lampe, die Schattengitter auf ihre Haut zauberte. Pete flüsterte ihr Koseworte ins Ohr und manchmal dachte sie, dass sie träumte. Sie schmiegte sich fester an ihn, spürte ihn in sich, bettete in einem Wunsch nach Trost ihren Kopf an seine Brust. Er senkte sich tiefer, sie spürte die Stoppeln auf seiner Wange, und sie kamen zusammen, fast bewegungslos und in tiefer Einheit.

Celine weinte ein bisschen, Pete hielt sie fest, ihr wurde übel von dem bitteren Geschmack, den sie immer noch auf der Zunge hatte. Der Raum begann sich um sie zu drehen, Pete bewegte sich, und die Angst kam unerwartet zurück. Wieder sah sie den beißenden Fuchs. Sie wollte Pete festhalten, doch er entriss sich ihr und erhob sich. Bleich sah er aus in dem grünlichen Licht. Er biss sich auf die blassen Lippen und stieß hervor: „Geh Celine, meine kleine Waldfee, ich gebe dir die Freiheit zurück, du gehörst nicht hier eingesperrt. Du bist ein Wildfang, ein Kind der Natur.“ Bestürzt sah Celine ihn an, die Situation wuchs ihr über den Kopf. Er zog aus einer Schublade mehrere Geldscheine und warf sie vor sie hin.

„Warum?“, stammelte sie verwirrt. „Du stellst mein Innenleben auf den Kopf“, sagte Pete hastig. „Ich will das nicht. Geh. Hier hast du keine Chance gegen Sigrid. Geh, bevor ich es mir anders überlege!“ Celine zögerte, sie versuchte ihn dazu zu bringen, ihr zuzuhören. Er wollte nicht, wieder und wieder schickte er sie weg. Celine konnte keine klare Entscheidung fällen, doch Pete drängte sie zu gehen.

Unsicher erhob sie sich. Zittrig zog sie sich an, suchte ihre verstreuten Kleider zusammen. Etwas in ihr weigerte sich, von Pete wegzugehen, er war ihr sehr vertraut geworden. Ihre Augen starrten, ihre Fäuste waren geballt. Pete schob sie aus dem Raum. Sie hörte die schwere Uhr in der Halle regelmäßig ticken, wusste nicht mehr, ob sie der Villa entkommen oder sich lieber mit Pete vereinen wollte.

Draußen war alles tintenschwarz, sie wartete auf das Taxi, das Pete ihr rufen wollte. Sein Fenster im ersten Stock war hell erleuchtet. Immer noch nieselte ein feiner Regen auf die aufgeweichten Wege.

„Wo soll ich denn hin?“, flüsterte Celine immer wieder vor sich hin und dachte mit schlechtem Gewissen an den Comte, folgte in Gedanken den verschlungenen Wegen zum Tarotcafé. Pete erschien Celine begehrenswerter denn je. Sie sah seinen großen Körper vor sich, seine vieldeutigen Augen, seine leidenschaftlichen Küsse. Wie verlegen er vorhin die Hände verschränkt, streng und doch melancholisch ausgesehen hatte. Er wollte sie wegschicken, um ihr ein Leben in der Villa zu ersparen.

Das Mondlicht schimmerte diesig durch den Regen, die weiße Villa schien in der Dunkelheit zu schweben, die fernen Bäume wirkten schwarz. Tränen liefen über Celines Gesicht, sie wandte sich um, um vielleicht Pete am Fenster zu sehen, aber jetzt war alles dunkel. Pete erschien Celine plötzlich in einem blauen romantischen Licht, ihre Augen weiteten und verdunkelten sich. Sie sah die roten Rücklichter des Taxis, das vor der Villa hielt. Diesmal gab das große Tor geräuschlos nach, als Celine in ihre neue Freiheit trat. Alles war still bis auf das leise Brummen des Motors. Celine starrte zum Mond hinauf. Flüchtig dachte sie, dass sie den wahren Pete heute berührt hatte, dass sie ihn vielleicht ausgraben könnte aus dem Morast, der ihn umgab.

Viele Male blickte sie zurück, als sie langsam auf das Taxi zuging. Einmal dachte sie, sie könnte ihn durch einen Vorhangschlitz entdecken. Die Dunkelheit war mitfühlend mit ihrem schwellenden, ungestümen Herzen. Rasch lief sie zum Wagen, stieg ein und nannte das Tarotcafé als Ziel. Sie fühlte sich völlig erschöpft, ihr fehlte nicht die Courage, aber die Energie, um weiter zu kämpfen.

Doch sie wollte nicht in Apathie verfallen. Noch ehe der Taxichauffeur, der eine Wildlederjacke trug und nach Nikotin roch, wenden konnte, rief sie mit überschnappender Stimme: „Halt, ich muss zurück!“ Der Fahrer schimpfte verärgert vor sich hin, murmelte etwas von der Launenhaftigkeit der Frauen. Celine sprang aus dem Wagen, hastete zurück zum Tor der Villa, das sie nun fest verschlossen fand. Bestürzt hielt sie inne, doch ihre Hoffnung lebte wieder auf, es drängte sie mit jeder Faser zurück zu Pete. Halb fürchtete sie jedoch seinen Ärger, weil sie einfach geblieben war. Sie rannte auf dem matschigen Weg herum und suchte weiße Kiesel, die auf dem Weg im Mondlicht leuchteten. Petes Fenster kannte sie genau, wie oft hatte sie hinaufgespäht in der Hoffnung, seinen Kopf dort zu entdecken oder sich davor gefürchtet, von ihm zu einer Strafmaßnahme abgeholt zu werden.

Sie versuchte Maß zu nehmen, die Entfernung abzuschätzen. Sie würde Pete zu einem neuen Anfang verhelfen, er war ihrem Charme erlegen. Die Regentropfen an den Bäumen schimmerten silbrig. Entschlossen schleuderte sie einen haselnussgroßen Stein, der an der Scheibe mit einem krachenden Geräusch abprallte. Die Stille der Nacht trug das Geräusch so weit trug, dass sie erschrak.

Sie lauschte angespannt, doch nichts rührte sich. Von einer maßlosen Ungeduld erfüllt, schleuderte sie nun schnell hintereinander weitere Kiesel auf die Scheibe. Plötzlich ging das Licht wieder an, und das Fenster wurde aufgerissen. Pete sah hinunter. Er verschwand blitzschnell wieder. Celines Herz überschlug sich, doch sie hatte sich viel zu weit eingelassen, um noch umzukehren.

Es dauerte nur Sekunden, dann sprang die schwere Eichentür auf, und er hastete heraus. „Celine, warum bist du noch hier?“ Er schluckte, und zum ersten Mal erlebte sie bei ihm einen Anflug von Hilflosigkeit. Er hatte sich nur rasch eine Hose übergezogen, ein weißes Hemd flatterte lose um ihn herum. Celine fand ihn faszinierend, aufregend. Sie schwieg. Eine plötzliche Ängstlichkeit erfasste sie, schnell richtete sie sich hoch auf.

„Ich kann nicht von dir weg!“, stöhnte sie. Tränen stiegen in ihre Augen. Sie stolperte ein paar Schritte auf ihn zu, Sekunden später drückte er sie an seine Brust. Er schwieg, sah sehr ernst aus, ihm schienen die Worte zu fehlen. Dann legte er ihr den Arm um die Taille und führte sie ins Haus zurück.

Wie Verschwörer versuchten sie jedes Geräusch zu vermeiden. Auf Zehenspitzen folgte Celine ihm in sein Schlafzimmer. Sie befürchtete Sigrids schmale Silhouette in seinem Bett zu entdecken, aber es war leer. Ein kühler Wind wehte durch das weit geöffnete Fenster, die Vorhänge bauschten sich, und ein silberner Lichtstrahl warf einen kalten Glanz auf das Bett.

Pete redete noch immer nicht. Er warf die Hose ab und zog Celine wieder und wieder ungestüm an seine Brust. Ihre Lippen trafen sich, er hielt ihren Kopf fest, sah ihr in die Augen und hörte nicht auf, sie zu küssen.

„Es ist ein Schock für mich“, flüsterte er.

Celine wollte über nichts, was in der Zukunft drohen mochte, nachdenken. Eng umschlungen sanken sie in einen tiefen Schlaf. Vor dem Einschlafen dachte sie an das nasse Gras und an bleiche Apfelblüten.

Seltsamerweise träumte sie von Lämmern mit schneeweißer Wolle, über denen der Mond aufging. Sie grasten auf einer Wiese nahe einem See. Celine trug nur einen violetten Schleier, ihr Haar war hüftlang und hatte die Farbe von Purpur. Verwundert erwachte sie und bemerkte, dass Pete gerade aufgestanden war und über das Zimmertelefon ein Frühstück bestellte.

Er sah hager aus, seine Bartstoppeln wucherten, in seinen grauen Augen glomm ein stechender Funke. Nervös strich er sich übers Haar. Draußen war es diesig, ein grauer Schleier lag über dem Park.

„Celine", sagte er heiser, „ich denke, wir haben einen Fehler gemacht. Für Gefühle ist hier kein Platz, hier geht es ums Geschäft, und Sigrid ist seit langem meine Partnerin." Unsicher sah er zur Seite, während Celines Mund trocken wurde, und sie mehrmals nervös schluckte. Er riss sie mit seinen Worten aus dem leichten Dämmerschlaf. Sie zupfte verlegen an der seidigen Bettdecke herum und fühlte, wie ihr Tränen in die Augen stiegen. Im grauen Tageslicht schienen ihre romantischen Gefühle wie Seifenblasen zu zerplatzen. Sie wollte nicht, dass Pete ihr entglitt. Sigrids Macht zog drohend am Horizont herauf. Ihre Smaragdohrgehänge lagen auf dem Nachttisch, und mit spitzen Fingern begann Celine damit herumzuspielen. Ihre Augen trafen sich, sein Blick war aufrichtig, und Celine erschrak, sie fühlte sich alarmiert. Vielleicht empfand er heute Morgen nur noch sentimentale Reue. Celine stand auf und ging ins Bad, um Zeit zu gewinnen. Sie duschte lange, kämmte sich. Dann drängte sie sich auf Petes Schoß, schmiegte sich an ihn. Ein üppiges Frühstück war aufgetragen worden mit frischem Grapefruitsaft, Eiern im Glas und Carlas Himbeermarmelade, doch keiner von ihnen rührte es an.

Celine streichelte seine stoppelige Wange und sagte einfach: „Ich liebe dich, Pete, ich wollte es lange nicht wahrhaben, du magst ein Schuft sein, aber ich liebe dich, ich kann nicht anders." Er sah unzufrieden mit sich selbst aus, leer, doch jetzt schien etwas in ihm aufzuleuchten, er lächelte und murmelte: „Du liebst mich, nicht diesen schwarzen Banditen aus Marokko, der Teufel soll ihn holen!" Die Gefühle, die sein Gesicht widerspiegelte, änderten sich erschreckend schnell.

Er sah Celine lange an, murmelte vor sich hin, dass sie ihm auch nicht gleichgültig sei. Dann schüttelte er wieder den Kopf und meinte, in der Villa sei alles genau geregelt, er könne da nicht ausbrechen, es ginge um riesige Geldbeträge.

„Das alles ist sehr unangenehm", sagte er dann, „aber ich fühle mich verjüngt und irgendwie beglückt." Er grinste breit und zog Celine enger an sich. Er küsste ihren Hals, und sie spürte, dass sein Penis steif wurde. Schnell fragte sie: „Wer hat dir das mit dem Comte verraten?"

„Dieses kleine Biest, das in den Comte verknallt ist – wie heißt sie noch? Antoinette", sagte er und begann Celines Brüste zu betasten.

Überrascht biss Celine sich auf die Lippen, sie hatte die Falsche verdächtigt und Goldie Unrecht getan. Sie saß jetzt ganz still auf seinem Schoß. Sie waren so eng vereint, dass Celine überzeugt davon war, sie könnten nur Seite an Seite weitergehen. Sie musste lächeln bei dem Gedanken an die vielen Umschwünge der letzten Zeit, an die Irrationalität ihres Gefühlslebens, den schnellen Wechsel von Leid und Lust.

Seine Hände strichen ihre Schenkel entlang, sie kuschelte sich enger an ihn, und die vertraute Erregung begann in ihr zu kreisen. Er schob seine Finger in ihren Schlitz und spielte an ihrer erblühenden Knospe, als die Türklinke sich leise senkte. Dann stand Sigrid auf der Schwelle.

Erschrocken fuhr Celine auf. Sigrid sah bleich und übernächtigt aus, ihre mandelförmigen Augen waren grau umschattet, und ihre Haut wirkte welk und geschwollen von Tränen. Sie hielt einen rosafarbenen Becher in der Hand. Er entglitt ihren Händen und fiel auf den Teppich, wo sich langsam eine kaffeebraune Flüssigkeit ergoss. Ein Schrei drang aus ihrer Kehle. Sie hieb mit der Faust auf den Türrahmen ein.

Pete schob Celine von seinem Schoß, ging zu Sigrid, zog sie ins Zimmer und verschloss die Tür. Sie lehnte sich schwer an ihn und wiederholte immer wieder: „Sag, dass es nicht wahr ist. Sie hat nicht hier bei dir übernachtet?"

Einen kurzen Augenblick lang empfand Celine so etwas wie Mitgefühl mit ihr, wie sie in ihrem kurzen Seidenhemdchen, dessen Träger über ihre schmale Schulter herabglitten, dort stand, todtraurig über Petes Vertrauensbruch. Ihr Mund, der verhältnismäßig groß war, klaffte vor Verzweiflung auf. Ihre Augen wirkten wie versteinert. Celine wusste plötzlich, dass ihr Leben von diesem Moment abhing. Wenn Pete jetzt zögerte oder einen Rückzieher machte, hatte sie endgültig verloren.

Doch Pete ließ Sigrid los, sah aus dem Fenster. Inzwischen war die Sonne über die Nebel gestiegen, und blendende Strahlen fielen über den Teppich Er räusperte sich und sagte: „Es tut mir leid, Sigrid, wir hatten eine lange schöne Zeit miteinander, aber ich fürchte, sie ist zu Ende."

Sigrid sah ihn an, als könnte sie den Inhalt dieser Worte nicht begreifen. Sie wurde noch einen Ton blasser und schien zu verfallen, ihre Pupillen weiteten sich, sie taumelte ein paar Schritte weiter und fiel auf den Bettrand wie eine Marionette, der man die Fäden durchtrennt hatte.

Sie schüttelte den Kopf, als zweifelte sie an Petes Worten, dann schlang sie die Arme um sich selbst, als wollte sie sich festhalten. Sie wiegte sich hin und her.

„Du behältst alle deine Rechte, deinen Status", versuchte Pete sie zu beschwichtigen. Sie griff nach den Smaragdohrringen und riss und rupfte an ihnen, bis die kleinen Perlen über das Bett rollten.

Verlegen trat Celine ans Fenster und sah auf den wogenden grünen Rasen hinunter. Ihr Blick glitt über die Laubkronen der Eichen, sie sah ein paar Amseln herumhüpfen, der erdige Braunton kennzeichnete sie als Weibchen. Ein schöner Spätsommertag entfaltete sich, eine schwere Hummel torkelte über einer Ringelblumenblüte hin und her.

Als Celine sich wieder umdrehte, funkelten winzige Smaragdsplitter auf dem weißen Bett. Sigrid saß da mit hängenden Schultern. Pete suchte nach Worten: „Es verändert sich nichts. Ich habe mich in Celine verliebt. Sonst bleibt alles so wie es war."

Sigrid raffte sich zusammen und schwankte langsam zur Tür. „Das verändert alles", sagte sie tonlos, „hörst du, alles!"

Als sie das Zimmer verlassen hatte, sah Pete betroffen aus. Er trommelte mit den Fingern ans Fenster. Unsicher berührte Celine seinen sehnigen Unterarm. Er schüttelte den Kopf und sagte rau: „Celine, ich muss jetzt ein wenig allein sein, später klären wir alles."

Allein in ihrem Zimmer sah Celine aus dem Fenster. Die Schönheit des Gartens an diesem Morgen ließ sie erschauern. Sie wippte mit den Füßen, all ihre Sinne waren wach, ihre Ohren gespitzt. Doch empfand sie immer noch eine leise Bangigkeit wegen Petes Entscheidung. Sie suchte ein geblümtes Seidenkleid mit Spitze heraus und begann sich langsam zu schminken, um sich die Zeit zu vertreiben und die Knoten in ihren Gedanken nicht entwirren zu müssen. Sie empfand tiefe Dankbarkeit. Wenn sie an Pete dachte, taumelten ihre Gedanken, und eine süße Woge lief durch ihren Leib. Es war köstlich, diesem Gefühl nachzugeben, an seinen großen Phallus zu denken, die pralle Eichel.

Sie bürstete ihr Haar bis es knisterte und Funken sprühte, puderte ihre Nase und suchte Spitzenstrümpfe, die zu dem Seidenkleid passten. Sie zerstäubte noch etwas Goldglimmer über ihrem Haar. Dann wurde sie ungeduldig.

Sie hörte ein leichtes Schaben an der Tür. Zuerst dachte sie, sie hätte sich getäuscht, doch dann wiederholte sich das Geräusch. Sie riss die Tür auf. Sigrid stand vor ihr mit hängenden Schultern, strich sich eine lose Haarsträhne aus dem Gesicht und sagte: „Celine, ich muss mit dir reden. Bitte, ich weiß, ich habe dich nicht gut behandelt."

Celine ahnte nichts Gutes, trotzdem öffnete sie die Tür. Sigrid tat plötzlich sehr vertraulich. Hastig reihte sie Worte aneinander, verschluckte Silben, wiederholte sich. Sie beschwor Celine – wie in der Nacht zuvor Pete – zu gehen, sie würde sie finanziell versorgen und alle ihre Wünsche erfüllen. Nur sollte sie gehen, so weit weg wie nur irgend möglich. Vielleicht ein Auslandsaufenthalt in einem Land, das sie schon immer hatte besuchen wollen, eine Kreuzfahrt in der Ägäis, oder New York ...

Celine schwieg, dann schüttelte sie energisch den Kopf und sah auf ihre wippenden Fußspitzen hinunter, um Sigrids elendem Blick nicht begegnen zu müssen. Sigrids Stimme wurde kreischend, Celine fühlte sich irritiert. Hatte sie wirklich wegen eines Mannes, der überhaupt nicht ihren Moralvorstellungen entsprach, völlig den Kopf verloren? Sigrid zog immer weitere Kreise, überschlug sich mit verlockenden Angeboten. Celine blieb hartnäckig bei ihrer Weigerung. Sigrid wirkte wie eine verscheuchte blasse Krähe, ihr Atem bewegte heftig ihre schmale Brust.

Celine dachte daran, wie mitleidslos sie sie ausgepeitscht hatte und stand auf.

„Bitte geh endlich!", sagte sie kühl.

Sigrid schüttelte ungläubig den Kopf, dann warf sie etwas, das sie bis jetzt hinter ihrem Rücken versteckt gehalten hatte, auf Celines Bett, sah sie noch einmal aus erloschenen Augen an und lief aus dem Zimmer.

Neugierig sah Celine nach. Ein Buch lag dort, der Einband zeigte leuchtende Orangen, das Papier war dick und duftete nach Sandelholz. Eine plötzliche Scheu ergriff sie, das Buch zu öffnen. Sie ahnte, dass es Sigrids Erinnerungen an Pete waren, an ihr gemeinsames Leben.

Doch Celine konnte nicht widerstehen. Schnell schlug sie es auf, blätterte darin. Etliche Fotos waren eingeklebt. Ihr Herz schlug schneller, als sie Pete darauf entdeckte.

Auf einem Foto standen sie an der Reling eines Schiffes. Sigrids Haare wehten im Wind, Pete stand dicht hinter ihr und hatte den Arm um sie gelegt, er war braungebrannt, und ihr gemeinsames Glück schien greifbar. In Celine brodelten stürmische und widerstreitende Gefühle, als sie die anderen Fotos betrachtete, herausgeschnittene Szenen eines gemeinsamen Lebens.

Sigrid als Ballerina in einer Arabeske in einem dieser Studios mit blendend hellen Lichtern, großen Fenstern, riesigen Spiegeln und glänzendem Holz. Sigrid war groß, schön und kühl wie ein Schwan, ihr erhobenes Bein und ihr Oberkörper bildeten ein V. Ihre Ballettkleidung war sorgfältig ausgewählt, ihre Beine schienen endlos. Mit einer Hand umklammerte sie die Holzstange. Später folgten Bilder mit Sigrid auf den Knien, das weiße Gesäß hochgereckt, das Gesicht zur Seite geneigt mit ekstatischem Ausdruck, leicht offenen Lippen.

Ein jüngerer Pete, zusammen mit ihr auf üppigen Festen, immer elegant und lächelnd und oft Händchen haltend.

Nacktaufnahmen von ihrem zerbrechlichen Körper, in Netzstrumpfhosen, auf einem lila Samtsessel liegend mit Ellbogenlangen Lederhandschuhen, die nackte Scham dem Betrachter dargeboten. Ihre Klitoris stand hervor, und Celine entdeckte einen Leberfleck unter der linken Brust. Die intimen Einblicke in Sigrids Leben mit Pete trafen sie mit Wucht, sie wollte das Buch zuschlagen, sich abwenden, vermochte es aber nicht. Sie sah Sigrid mit hüfthohen Stiefeln, verbundenen Augen, ihm den Rücken zukehrend mit aufgespreizter Rosette, lasziv hingerekelt in einem geschnitzten Sessel mit geblümtem Bezug, ein Bein über die Lehne geschwungen, den Arm erhoben, nur mit schwarzen Lackschuhen bekleidet. Immer öfter fiel Celine der tranceartige Blick aus ihren geweiteten Augen auf, der unzweifelhaft auf Pete gerichtet war. Sie blätterte schneller, die Bilder schienen immer näher zu kommen, in sie einzudringen. Beim Betrachten hüpfte ein spöttischer Kobold in Celine, der ihr zuflüsterte, dass Sigrid nun verloren hatte. Dann wieder fühlte sie eine Traurigkeit in sich aufsteigen und war nahe daran, Pete Sigrid zu überlassen, dem sie zweifellos so viele Jahre sklavisch gedient hatte. Die großflächigen Seiten zwischen den Bildern waren mit einer geschwungenen kleinen Schrift eng beschrieben, die Schleifen an den Buchstaben waren spitz und erinnerten Celine an Sigrids lange Fingernägel, die sie ihr so oft in die Haut gekrallt hatte.

Celine begann Passagen zu überfliegen.

13. November

Heute während der Ballettstunde öffnete sich leise die Tür, ein hochgewachsener Herr betrat den Ballettsaal, und mit mehreren Tanzlehrern marschierte er direkt auf mich zu. Seine Augenbrauen zogen sich in die Höhe, als er mich ansah. Mein Bein wurde hochgehoben, vorwärts, seitwärts, rückwärts, höher und höher. Ich musste mich in der Mitte des Raumes aufstellen, um ein Adagio, eine Pirouette und einen Pas de basque auszuführen. Der Mann schien durch das Trikot hindurchzusehen, oft betrachtete er meinen Schamberg. Ich musste ihn immer wieder ansehen, er strahlte etwas aus, das mich erregte. Ich war unkonzentriert und vollendete mein Adagio nicht. Er tuschelte mit der Ballettlehrerin, die eine Russin war. Ich hörte die Worte: „Sie ist entzückend, anmutig." Er könne morgen wieder kommen.

Am nächsten Tag tauchte er erneut in dem Ballettsaal auf, ich trug ein grellrosa Trikot. Er kam direkt auf mich zu, aus dem Augenwinkel sah ich, dass er einen schwarzen Stock an seiner Seite trug. Plötzlich sauste der Stock ohne Vorwarnung auf meinen Arm nieder und dann auf mein Bein. Der Herr mit dem eisgrauen Haar trat hinter mich und flüsterte in mein Ohr: „Bleib so, keine Bewegung". Ich begann am ganzen Körper zu zittern, wagte aber nicht, mich zu bewegen.

Dann fuhr er mit dem Stock an mir entlang, an den Innenseiten meiner Oberschenkel, an meiner Wirbelsäule und an meinen Pobacken, zuletzt fuhr er die Furche entlang und Flammen der Erregung packten mich. Er stand knapp hinter mir, und ich fühlte die scharfe Aufregung einer drohenden Gefahr, die ich nicht bannen konnte. Ich rutschte aus und verstauchte meinen Fuß, mein Knöchel wurde blau und schwarz, doch ich wollte ihn wiedersehen.

Ich stellte mir sein Glied vor, wie er es in mich versenkte, prall, mit feuchter Eichel. Ich wollte mit der Zungenspitze die kleine Öffnung reizen, gleichzeitig spürte ich, dass ich sehr nass wurde, und plötzlich hatte ich überhaupt keine Schmerzen mehr an meinem Fuß, den ich mit Eis kühlte.

17. November

Die Ballettmeisterin hat mir einen Zettel zugesteckt, auf dem stand in einer stolzen raumgreifenden Schrift Café Bijou, 18 Uhr.

Ich wusste sofort, dass der Zettel von ihm war, und mein Herz begann wild zu schlagen.

Als ich das Café betrat, das für seine französischen Spezialitäten bekannt war, sah ich ihn mit einer Zigarre an einem Tisch in einer Nische sitzen. Ich setzte mich mit einem kleinen unbeholfenen Knicks, er sah mich an und dann presste er ganz unerwartet hart meine Brustwarze, die unter dem engen Trikot hervorsprang. Ich ließ es geschehen, ohne zu protestieren oder mich zu wehren. Er sagte mir, dass Tanz nun für mich Erziehung sei, eine strenge Erziehung, er wolle mich Disziplin lehren. Ich war nicht mehr ich selbst und doch erregte mich seine bloße Anwesenheit. Als ich mich setzte, schlug er den Saum meines Rockes zurück, kniff in meine Oberschenkel und fuhr über mein Höschen. Schon diese Berührungen lösten fast eine Entladung in mir aus. Ich stürmte zur Toilette und betrachtete mein Gesicht im Spiegel, meine Wangen waren rot, mein Haar wunderschön, doch ich war wie betäubt. Der Spiegel war meine Obsession, allein vor einem Spiegel blühte ich auf. Ich hatte alles getan, um wegen dieser Schönheit erwählt zu werden. Ich hatte keine Haare auf den Beinen, keine Schamhaare, keine Nackenhaare. Meine Kopfhaare waren zu einem festen kleinen Knoten hochgebunden.

Er sagte dann einfach: „Ich habe Lust auf dich."

Ich folgte ihm wie eine läufige Hündin, er erschien mir wie die Erfüllung von etwas, nach dem ich mich immer schon gesehnt hatte: Strenge und Lust. Mein Gesicht war aufgemalt, schwarze Linien für die Augenbrauen, ich hatte nicht die kleinste Falte. Seine Gewalt war ein Geschenk für mich, für mich war es ein atemberaubendes Spiel, ich konnte gar nicht genug davon bekommen. In der eleganten Wohnung mit dem polierten Parkett hat er mir den Rock heruntergerissen, das Höschen bis zu den Kniekehlen gezogen und ist noch im Stehen mit seinem harten Glied in mich eingedrungen. Es war ein sonniger Tag. Seinen Daumen steckte er mir in den Anus, und dann begann er mich zu ficken.

Ich ließ mich völlig gehen, es kam mir, als er in mich hineinspritzte. Danach behandelte er mich wie ein Baby, badete mich in einem Luxusschaumbad, cremte mich am ganzen Körper ein, sogar meine Füße, und reichte mir einen Drink in einem bauchigen Glas. Danach ließ er mich gehen und sobald ich zu Hause war, schob ich mir einen Finger in die Scham und fuhr hart ein und aus, während ich an sein pralles Glied dachte und an den herben Ausdruck seines Mundes.

22. November

Ich habe ihn wieder besucht, meine Fehltritte begannen mich zu faszinieren. Wir verbrachten eine verrückte lange Nacht. Seine Art Leben war für mich fremd und verwirrend. Er ging mit einer gewissen Brutalität vor, die ich insgeheim schätzte. Ich lebte meine Schwäche bei ihm aus, er tat mir weh, doch ich beklagte mich nicht. Er sagte wieder unverblümt, wir waren noch beim Espresso nach einem opulenten Dinner, dass er mich jetzt ficken wolle. Ich musste mich entkleiden und stand dann nackt vor ihm, die Arme hinter dem Nacken verschränkt, sodass meine kleinen Tänzerinnenbrüste herausstanden. Er erhob sich und schob mir einen, dann zwei Finger tief in den Arsch. Ich verlor vollkommen den Kopf bei dieser Behandlung. Er versuchte nun, mir mehrere Finger in die Fotze zu stoßen, er riss mich auf, wollte die ganze Faust hineinzwingen, aber ich war zu schmal, er kam nicht hinein, so sehr er es auch versuchte. Während dieser Behandlung kam ich drei Mal. Doch er war enttäuscht und schickte mich weg. Mit gesenktem Kopf verließ ich die Wohnung und befürchtete, er wäre fertig mit mir. Doch zwei Tage später schickte er mir einen Pelzmantel und exklusive Ballettkleidung und forderte mich auf, ihn wieder zu treffen.

30. November

Wieder habe ich ihn in der renovierten Altbauwohnung mit den hohen Fenstern und dem spiegelnden Parkett besucht. Sein gut gebauter athletischer Körper, sein flacher Bauch und sein hoher Wuchs gefielen mir unglaublich gut, ich verlor jede Moral. Diesmal musste ich in seinem Arbeitszimmer auf ihn warten, da er noch telefonierte. Damals wollte ich Tänzerin werden, ich spielte immer eine Rolle auf einer Bühne, und nun wollte ich die seiner Geliebten spielen. Ich bemerkte ein Buch auf seinem Schreibtisch, in dem ich gelangweilt herumblätterte, fand darin Abbildungen von gefesselten Frauen, die mir sofort unglaublich gut gefielen, ich wollte, dass er das alles mit mir tat und noch viel mehr. Als er eintrat, versuchte ich schnell es abzulegen, damit er nicht bemerkte, dass ich in seinen persönlichen Angelegenheiten herumstöberte. Doch er sah mich missbilligend an, und ich wurde über und über rot. Ich trug einen weiten Chiffonrock. Er drückte mich auf die Knie hinunter und schlug den Rock über meinen Kopf wie ein buntes Zelt. Unter der Oberfläche spielte sich sehr viel ab zwischen uns, als Tänzerin reagierte ich vor allem mit dem Körper. Meine Zehen zuckten, als er meine Beine weiter auseinanderzog, mein Höschen abstreifte und seinen Penis an meinem Anus ansetzte. Ich schrie auf, doch er zog meine Pobacken weit auseinander und drang ein, bis ich seine Eier an meinem Hintern fühlte. Er fickte mich brutal, doch ich kam schnell, als er mir seinen Saft tief hineinspritzte. Hinterher kaufte ich mir Seifenblasen in einem Spielzeuggeschäft und ließ sie lachend aufsteigen, dabei dachte ich an ihn, und dass ich mit ihm nach Paris fahren wollte.

Obwohl Celine sich dem Reiz dieser Niederschriften kaum entziehen konnte, klappte sie das Buch heftig zu. Sigrids Beschreibungen brachten sie auf, sie begann unwillkürlich Sigrids Erlebnisse mit den ihren zu vergleichen. Sie fühlte sich entmutigt, ihre Augen füllten sich mit Tränen. Sigrid schien einen exzentrischen Zauber zu besitzen, mit dem Celine nicht konkurrieren konnte, sie hatte Pete viele

Jahre lang gefesselt. Celine wollte dieses verderbte, wenn auch prachtvolle Leben in der Villa hinter sich lassen, sie zupfte an ihrem Rock herum und dachte fieberhaft über eine Lösung nach.

Fast lautlos öffnete sich die Tür, Pete trat ein. Sanft legte er Celine den Arm um die Schulter, sein Mund lächelte entspannt. Celine musste weinen, er streichelte ihren Hals, nannte sie Liebste und zog sie an sich.

Celine erkannte plötzlich glasklar, dass Sigrids Erinnerungen etwas fehlte. Sie mochte überwältigende sexuelle Erfahrungen mit ihm geteilt haben, sie war ihm ergeben, ja hörig, doch dieses strahlende feine Gefühl der Liebe fehlte. Obwohl sie so lange an seiner Seite gelebt hatte, hatte sie es versäumt, seine Liebe zu gewinnen. Der Dunst draußen wurde von Sonnenlicht durchzogen, Celines Schuldgefühle Sigrid gegenüber legten sich schlagartig. Sie sah die Schönheit des strahlenden Herbsttages und küsste Pete zärtlich.

„Sie wird es überwinden, früher oder später, sie ist zäh", flüsterte sie ihm ins Ohr.

Pete holte ein Glas mit Sekt und reichte es ihr mit einer schwungvollen Geste, dann entblößte er ihre Brüste und streichelte sie. „Ich möchte zunächst mit dir nach New York fahren, ins Waldorf Astoria, ich habe einige interessante Verbindungen in Chinatown."

Er sah Celine erwartungsvoll an. „Natürlich werde ich deine Erziehung fortsetzen", grinste er.

Er widmete sich weiter ihren Brüsten, die nun rosig überhaucht waren. Die Aussicht, so bald die Villa zu verlassen und mit ihm unbekannte neue Ziele anzusteuern, berauschte Celine, sie drängte sich an seine Erektion. Großäugig sah sie ihn an und ließ sich wieder küssen. Bewundernd musterte sie seinen schlanken, geschmeidigen Körper. Seine Worte erregten sie, schon beugte er sich hinunter, streifte ihren Slip ab und begann sich mit Mund und Händen an ihrem Geschlecht zu schaffen zu machen. Er reizte ihre Klitoris, manipulierte sie mit mehreren Fingern gleichzeitig, sodass Celine sich bog wie ein Bäumchen im Sturmwind. Er drückte ihre Hand und öffnete auch ihren Po mit seinen kundigen Fingern. Celine neckte ihn mit leiser und verführerischer Stimme, ihr Anus zuckte, und die Lust trug sie davon. Erst danach zog er sie auf seinen Schoß, auf sein Glied und stieß sie lange, drückte ihre Schultern hinunter, als würde er sie unterjochen, und alles in Celine schien unaufhörlich „ja" zu schreien. Sie seufzte laut, als sie zusammen mit ihm, eng umschlungen kam. Mit gespielter Strenge forderte er sie auf, sich hinzulegen.

Er lächelte in sich hinein, als er ihr den Kitzler dick mit dem Lustbalsam bestrich. Celine lief rot an und sehnte sich fast sofort nach neuen Berührungen. Anschließend ließ er einen festen kleinen Dildo in ihren Anus gleiten und sagte: „Ein Höschen wirst du nun nie mehr tragen, ich will, dass du immer für mich offen bist, vorne und hinten!" Ein Beben durchlief Celine. Sein Telefon läutete. Voll kitzelnder Erregung lief sie in den Garten hinaus, sah die alten Eichen mit neuen Augen, zupfte an ein paar verblühenden Rosen, der Sommer näherte sich seinem Ende. Einen Augenblick geriet sie aus dem Gleichgewicht, schüttelte im Übermut einen Apfelbaum, der schwer war von überreifen Früchten, riss ein paar wuchernde Pilze mit schneeweißen Hüten aus. Sie biss in einen süßen Apfel, und ihr Herz war erfüllt von einer wilden Lust und Freude, an der Seite des Mannes weiterzuleben, den sie nun einmal liebte.

Celine und Pete schlenderten eng umschlungen durch das Gewühl von Chinatown. Pete hatte an diesem Vormittag eine geschäftliche Verabredung. Sie stürzten sich begeistert in den Strom der Kauflustigen und ließen sich durch das geschäftige Herz des Viertels treiben. Celine bewunderte die Pagodendächer und die reich verzierten Balkone, ihre Wangen glühten. Ihre Reise mit Pete übertraf alle ihre Erwartungen. Sie hatte sich einen dünnen blassgelben Schleier um ihr Haar gewunden, ihre Augen leuchteten. Sie zogen an Körben voller Gemüse und Früchten vorbei. Stände boten glasierte Enten an, die verlockend dufteten, oder Dim Sum. Der leichte Wind bauschte ihren Rock, unter dem sie nackt und frisch rasiert war. Kichernd drückte sie den Rock nach unten, Pete berührte sie einen Moment unzüchtig zwischen den Beinen, und ihre Schamlippen schwollen an, sie begehrte ihn fast ständig.

Chinatown wirkte auf Celine wie ein tropischer Wald, dicht und bunt gefüllt mit verlockenden Waren. Sie drängte Pete in einen Trödelladen, in dem es in hohen Schubladen geheimnisvolle Kräuter gab. Rinden, Wurzeln und Blätter, aber auch getrockneten Fetzenfisch. Kantonesische Musik rauschte um ihre Ohren, während

Pete in den engen Gassen, einem Labyrinth aus schmalen Durchgängen, immer wieder verstohlen unter ihren Rock griff und mit dem Daumen flüchtig ihre Scham durchpflügte. Überall hingen rote und goldene Banner, goldene Drachen wanden sich um Straßenlampen.

„Ich bin heiß auf dich!“, flüsterte Pete an ihrem Ohr, und Celine presste sich voll Begehren an ihn, fühlte seinen sich rasch versteifenden Penis. Sie blickte kurz zur Seite, um sich zu vergewissern, dass niemand sie beobachtete in dem geschäftigen Treiben, dann schmiegte sie sich an ihn, und sie küssten sich heftig. Pete zog sie mit sich unter einem Drachentor hindurch in engere Gassen. Schnell liefen sie weiter zu drei glänzenden roten Balkonen mit roten Doppeltüren.

„Was ist denn los?“, fragte sie Pete verwundert. Er zog ihr den Schal vom Kopf und fuhr durch ihr rotgoldenes Haar: „Dort hinten liegt ein traditionelles Bad, lass es uns ausprobieren!“

Pete lachte und steckte sich eine lange Zigarre an.

Sie beobachteten, wie eine Frau in einer Kiste mit Blaukrabben herumstocherte. Celine war fasziniert von dem Treiben in dem Fischgeschäft. Eine Unmenge Fische schwammen im brackigen Wasser, es gab Tanks voller Krebse, Schildkröten in Gefäßen, riesige Fliegen summten umher, die Angestellten trugen strahlend weiße Schürzen. Pete küsste sie auf die Schläfe, Celine hatte gerade gedrehte Muscheln mit rotem Fleisch entdeckt, die aussahen wie Einhornhörner. Ihr Blick glitt liebevoll über die hohe elegante Erscheinung ihres Geliebten, und sie lächelte. Ein Sonnenstrahl fiel direkt auf ihr Haar. Sie bogen um die Ecke einer geschäftigen Straße und sahen am Ende einer steilen Gasse eine rot lackierte Tür. Die Klinke schimmerte golden, neugierig drückte Celine sie herunter.

Sie standen in einem kleinen dämmrigen Tempel, überall hingen Bilder in Rot und mattem Gold. Die Luft war schwer von Räucherwerk, in einer Ecke fegte ein kleiner, ganz in Schwarz gekleideter Mönch den Boden. Ein wenig benommen von den schweren Düften blieben sie stehen. Der kahl geschorene Mönch lächelte ihnen zu und bedeutete ihnen, ein paar Münzen in ein kleines Wasserbecken zu werfen, das in einem verwaschenen Blaugrün schimmerte. Pete spendete reichlich, und der Mönch führte sie – sich eifrig verbeugend – durch eine mit Papier bespannte Tür in einen Garten hinaus. In einem Hain weiß blühender Bergkirschen lag eine heiße Quelle, über die sich ein Baumhausrestaurant erhob. Es war von einigen immergrünen Zedern umgeben. Eine bezaubernde junge Chinesin mit schwarzen Zöpfen und in einem scharlachroten Kimono führte sie auf den kleinen

Balkon, auf dem ein Tisch für sie vorbereitet war. Pete lächelte geheimnisvoll. Ein erlesenes Mittagsmahl wurde serviert: Kirschblütensuppe, viele rosa Blüten schwammen wie Schmetterlingsflügel auf einer würzigen Brühe, gedämpfter Ingwertofu auf Farnen angerichtet, Wurzeln und Nüssen, rote Reisküchlein und ein gebratener Fisch, der köstlich schmeckte. Celine war wie verzaubert von den vielen Eindrücken, die sie umgaben.

Am Ende des Mahls zog Pete ein kleines Kästchen aus seiner Tasche, reichte es Celine augenzwinkernd und sagte: „Das ist für die Fee mit den meergrünen Augen, die mich verzaubert hat."

Celines Herz schlug heftig, als sie es öffnete. Es war ein Ring mit einem Stein, der in vielen Grüntönen schillerte. Sie variierten mit dem Lichteinfall. Pete hatte versucht, einen Stein genau in der Farbe ihrer Augen zu finden. Einen Augenblick lang stand Celine mit offenem Mund da und starrte ihn an. Pete umfasste ihre Schultern und küsste sie fest auf die Lippen. Ihre Knie gaben nach, sie wurde von einer Flutwelle der Begierde erfasst und erwiderte seinen Kuss. Innerhalb weniger Sekunden waren sie ausgezogen und glitten eng umschlungen in die heiße, leicht salzig riechende Quelle. Petes Mund ließ nicht mehr von ihr ab, und sie küssten sich mit der Wildheit junger Verliebter. Eine berauschende Aura umgab den kleinen Park. Celine war weich und offen, als sie ihn in sich aufnahm. Sie schwieg verzückt, dann flüsterte sie ihm kleine Koseworte ins Ohr. Nie zuvor hatte sie sich so wunderbar vollständig und von Liebe erfüllt gefühlt.

Epilog

Es war ein strahlender Herbsttag. Der Comte fuhr durch die Stadt. Der Himmel wirkte fast bleich in der Sonne. Der Horizont aus sich zusammendrängenden Gebäuden verschwand, der Comte fühlte sich freier. Obwohl er sich mit der ganzen Kraft seines Wesens dagegen wehrte, löste Celines Treulosigkeit eine tiefe Verwüstung in ihm aus. Er hatte immer versucht, jedem Ereignis die ihm zukommende Bedeutung zu verleihen, Frauengeschichten hatte er nie sehr ernst genommen. Sie hatten ihm bislang eher ein sarkastisches Lächeln als ein ernst zu nehmendes Gefühl entlockt. Doch Celine mit ihren klugen Augen und ihrem feinen rötlichen Haar hatte ihn gespalten in einen Mann, der mit ihr in Lust schwelgen wollte und einen, der nach Rache an Pete und ihr dürstete.

Von Zorn erfüllt blickte er düster auf die grünen Wiesen, die an ihm vorbeiglitten. Er fuhr mit enormer Geschwindigkeit, er wollte das alles hinter sich lassen, endgültig die Versuche aufgeben, Frauen aus der Zwangsprostitution zu erretten oder herauszuholen. Das Land öffnete sich, weizenfarbene Strecken wechselten mit Maisfeldern. Flüchtig erinnerte er sich an die seidige Glätte von Celines Haar, und er begehrte ihr perlmuttfarbenes Gesicht mit Küssen zu überdecken, ihren üppigen Mund mit seiner Zunge zu öffnen.

Seine Wunde saß tiefer, als er sich eingestehen wollte, er fühlte sich von Pete grenzenlos gedemütigt. Wieder packte ihn die rasende Wut, die er während der letzten Tage so oft niedergerungen hatte. Bisher war es ihm immer gelungen, seine Konflikte mit einer gewissen heiteren Ruhe zu lösen. Eifersucht war etwas, das bei ihm bisher keinerlei Saiten zum Klingen gebracht hatte. Er schüttelte unwillig den Kopf über sich selbst, dann überquerte er einen grauen Fluss, und bald kamen die gepflegten Vororte in Sicht, wo er kürzlich eine alte, ein wenig heruntergekommene Jugendstilvilla gemietet hatte. Die Karten waren neu gemischt. Er fuhr nun an Kanälen vorbei, die wie Jade schimmerten, sie trugen eine dicke Algenschicht. In der mit Pappeln gesäumten Straße verlangsamte er das Tempo. Neben seinem Anwesen stand eine rosa gestrichene Stuckvilla, eine Kunstschule. Er parkte auf dem Kiesweg und schlenderte langsam hinüber zu dem Haus. Im Garten der Kunstschule saßen etliche Schüler um einen großen Kastanienbaum herumgruppiert und zeichneten. Sie arbeiteten still vertieft.

Man hörte nur Geflüster und Husten, hin und wieder das Reißen von Papier. Die hohen Fenster standen offen, um die warme Morgenluft hereinzulassen. Unter der

Dachrinne nisteten Vögel, Amseln mit gelben Schnäbeln. Die lebhaften Farbtöne – Rosa, Ocker, Grün, das rötliche Braun der ersten Kastanien – sprachen ihn an. Er blieb am Zaun stehen und sah zu einer Gruppe junger Mädchen hinüber, die konzentriert zeichneten.

Eine von ihnen, blond und mit einem braunen samtigen Pullover bekleidet, sah zu ihm hinüber. Sie hatte ein leidenschaftliches Gesicht, riesengroße Augen und bleiche Lippen. Unwillkürlich lächelte der Comte ihr zu. Auf einmal sah er alles klarer, eine neue Welt öffnete sich ihm …

Onyxe

Onyxe studierte Theaterwissenschaft, Psychologie und englische Literatur und schloss ihr Studium mit dem Magister Artium (M.A.) ab. Sie tanzt seit Jahren begeistert Flamenco und befasst sich intensiv mit Geheimwissenschaften, Mystik, der Sexualmagie im alten Ägypten, Tantra und den taoistischen Lehren der weißen Tigerin.

Sie schreibt seit mehreren Jahren Lyrik und Kurzgeschichten, die in Anthologien veröffentlicht wurden. Am liebsten schreibt sie über den „süßen Schmerz“ des „Dark Eros“.